KB115330

장씨세가 호위무사 13

조형근 新무협 판타지 소설

초판 1쇄 찍은 날 § 2019년 7월 4일
초판 3쇄 펴낸 날 § 2023년 8월 17일

지은이 § 조형근
펴낸이 § 서경석

편집책임 § 황창선
편집 § 박현성

펴낸곳 § 도서출판 청어람
등록번호 § 제387-1999-000006호
등록일자 § 1999. 5. 31
어람번호 § 제2-2792호

주소 § 경기도 부천시 부일로 483번길 40 서경B/D 3F (우) 14640
전화 § 032-656-4452 팩스 § 032-656-4453
E-mail § chungeorambook@daum.net

ISBN 979-11-04-92008-0 04810
ISBN 979-11-04-92007-3 (세트)

장씨세가 호위무사

第五幕

13

조형근 新무협 판타지 소설

張氏世家

청어람

목차

第一章

광휘의 각오

"와하하! 으하하하!"

"걱정하지 말고 들라고. 우린 공신이라고!"

고즈넉하던 왕실 후원에, 일단의 난동꾼들이 모였다.

개방 문도들은 소반과 상에 놓인 음식들을 작살내고 있었고, 황실 전용 요리방인 어선방은 지금 이게 음식을 만드는 건지 전쟁을 하는 건지 모를 처지였다.

와구와구! 우걱우걱!

먹는 모습에 서로 격동되어 음식과 전투를 벌이는 거지들.

그 최중심에는 개방 방주 능시걸이, 오랜만에 본색을 드러냈다.

거지 왕초답게 죄다 먹어치웠다는 이야기다.

"자리가 자리이니 오늘은 품위 있게 먹자!"

불과 한 시진 전에 온 나라 거지들 앞에서 그리 호령했던 능시걸은, 신선한 과일과 식지 않은 고기 앞에서 눈이 뒤집혔다.

자리에 앉을 때만 해도 깨끗하던 옷은 지금 음식과 기름기가 잔뜩 배어 있었다.

이런 난장판은 황실 곳곳에서 열리고 있었다.

＊　　　＊　　　＊

"난리군."

후원에서 조금 떨어진 정자.

한 그루 노송만이 심어진 적막한 곳에서 구문중은 슬며시 미소를 보였다.

거지들의 와자지껄한 연회는 보기만 해도 활기가 돌았다.

"옆에 있으면 피곤하겠어."

당연히 그는 거기에 끼지 않았다. 지나친 번잡함은 체질에 맞지 않았던 것이다.

너무 어려서부터 바위 앞, 아니면 폭포 앞에서 마음을 맑히고 가다듬는 것만 해온 삶이니 어찌 보면 당연한 것일까.

"잠시, 청정에 누를 끼쳐도 되겠소이까."

스륵.

한데, 문득 바람에 풀잎 몇 개가 날아들며 누군가가 인기척을 냈다.

'이런.'

구문중은 속으로 혀를 찼다. 이리 가까이 올 때까지 모를 정도로 너무 마음이 풀려 있었나 싶은 것이다.

사박, 사박.

게다가 말로는 저어하는 듯하지만 상대는 단단히 작심한 듯, 허락의 뜻도 표하지 않았는데 바로 신을 벗고 올라와 인기척을 냈다.

"음. 허음, 흠."

구문중이 반응하지 않자 그는 다시 한번 인기척을 내며 입을 열었다.

"지나가던 늙은이가 고인의 청정을 깨뜨려 사과드립니다. 실례인 줄 알지만 제가 알던 분과 워낙 비슷하여 이렇게……."

"오랜만이구나."

구문중은 못 당하겠다는 듯 한숨 쉬었다.

퍼뜩.

그리고 대원 진인은 창백하게 얼굴이 질렸다. 그의 기억이 십여 년 전, 한없이 까마득해 보였던 젊은 사숙을 그려냈다.

"서, 서원 도사(書原 道師)가 맞으십니까?"

머리로는 그럴 리 없다고 생각하고 있었다.

맹에서 보낸 통보도, 그간 무당에서 올린 제사에서두 ㄱ억 사후 공덕을 기린 일이 한두 번이던가.

하나 눈앞에 드러난 익숙한 외모, 그리고 허허롭던 그 특유의 기질이 증명하고 있었다.

무당의 서원 도사.

오백 년 역사의 최연소 장문인으로서 태극(太極)으로부터 시작하는 기공(氣功), 구공(球功)을 통달한 달인이며 검(劍), 권(拳), 지(指)의 원류를 이해한 무학의 도인이.

지금 그의 눈앞에 있는 것이다.

"어찌… 어찌 이런 곳에 계십니까."

"그 전에."

구문중이 살짝 손을 들어 말을 막았다.

"어찌 나를 찾아오게 된 건지부터 말해줄 수 있겠느냐? 괜찮다면."

"어, 어찌도 뭐도 없습니다. 황상의 행렬 후에 제자들을 점검하다가……."

대원 진인이 횡설수설 말을 늘어놓았다.

황제가 피격당하는 대사건이 벌어졌으니, 당연히 전후 관계가 어찌 된 것인지 문파 내에서도 소상히 조사를 해야 했다.

결과가 잘 나와서 망정이지 자칫했으면 무당파 전체가 피로 물들 뻔했으니까.

"한데, 격전 중에 이상한 맹인 검객이 제게 검을 훈시하고 갔습니다."

"무당에 검을 훈시하고 가?"

일대제자가 이야기를 처음 했을 때만 해도 다들 콧방귀를 뀌며 기도 안 차 했다.

한데 그가 하나하나 말을 읊어주고 동작까지 시연해 보이자, 이번에는 눈이 튀어나오려 했다.

"다시 한번 말해보거라! 그, 그분의 외모가 어떻더냐!"

"듣자마자 바로 직감했습니다. 장문인, 장문인밖에 없으시다고."

내원 진인의 말에 구문중은 끌끌 혀를 찼다.

결국 그 때문이었던가.

차마 보고 넘기지 못해서 한마디 한 것이 결국 자신을 드러내고 만 것이다.

"전(前) 자를 붙이시게, 장문인."

"하나 사숙……"

"본도는 이미 무당에서도, 맹에서도 귀천한 몸 아니던가."

오랜만에 자파의 동도를 만나서인가, 구문중은 도사답게 말을 골랐다.

"잘 키우셨더군. 하나하나."

"아!"

그리고 대원 진인의 얼굴에 감정이 여실히 드러났다.

그는 그때 선사를 만난 일대제자를 속으로 여실히 칭찬하며 재빨리 읍을 해 보였다.

"일대제자가 실례를 범했다고 들었습니다. 제가 크게 혼을 내어 다시는 이런 일이 없도록……."

"아닐세. 그 시절에는 그리해야지. 무당의 제자가 무당의 검에 자부심을 느끼는 것을 무에 탓할까."

"서원 도사……?"

투욱.

대원 진인은 흐뭇하던 뒷덜미가 갑자기 싸하게 일어났다.

후후 웃으며 눈 감은 채 일어서는 구문중.

정자 한쪽에 세워둔 지팡이를 드는 서원 도사는, 지나치게 허허로워 보였다.

아무 미련도, 인연도 기억하지 않는 사람처럼.

"서원 도사, 언제 본 파로 다시 돌아오실 것입니까?"

대원 진인은 저도 모르게 다급한 목소리로 다급히 묻고 말았다.

"고원(高原) 각주도, 전대의 장로들도 모두 그리워하고 있습니다. 이미 서원 도사께서 귀천하셨다는 말을 누차 들었음에도, 믿지 못하고 이곳저곳 떠돌아다니며 소식을 묻곤 합니다. 그것이……."

"대원 진인."

"무, 물론 오해였지만요! 대사께서 이리 청청히 살아 계신데……."

"무당 장문인."

구문중이 힘 있게 말을 끊었다. 대원 진인이 파르르 떨며 대답했다.

"…예, 도사."

"오늘 본도를 본 일은 잊어주시겠는가."

질끈!

대원 진인의 눈이 강하게 감겼다. 혹여나 했던 불길함이 현실이 되어 강타한 것이다.

"왜, 왜 그러시옵니까, 도사."

"현세에 살아가는 사람들에게 과거의 아픔을 굳이 들추어낼 만한 이유가 있는가. 난 모두의 기억에서 잊혀야 할 사람일세."

스륵.

구문중이 고개를 돌리자 그를 본 대원 진인의 눈이 부릅떠졌다.

그는 원래 아니라고 말하려고 했다.

당신은 강호를 위해 무당의 누구보다 치열하게 싸운 사람이니, 모두에게 추앙을 받아야 한다고 거세게 항의하려 했다.

"도사……."

하나, 자신의 이 비통한 마음을 한순간 덮어버린 것은 때마침 드러난 구문중의 눈이었다.

검어야 할 동공이 하얗게 변색된 그의 눈자위.

구문중은 맹인이었다.

"몸이 같은 건물에 있든 없든, 거리가 지척이든 구만리든 무슨 상관인가. 하늘 아래 무당이라는 자긍심만 있다면, 우린 이미 늘 함께하고 있는 것이거늘."

"사숙……."

투욱.

대원 진인은 차마 말을 잇지 못했다. 구문중은 맹인 같지 않게 자연스레 걸어가, 주저앉은 그의 어깨를 두드렸다.

"동도도 마음을 잘 다스리고 지내시게. 어찌 속인(俗人)처럼 인연에 얽매이시는가. 모든 것은 한때의 꿈이거늘."

"……."

대원 진인이 가볍게 흐느꼈다.

도인으로서 자유롭게, 세상 만물에 얽매임 없이 살아야 한다지만, 도문의 규율이 지금은 원망스럽기 그지없었다.

돌아서는 구문중을 붙잡고, 묻고 싶었다.

그동안 왜 돌아오시지 않았냐고, 지금이라도 무당의 일에 손을 보태달라고, 함께해 달라고 말하고 싶었다.

하나 차마 그러지 못하는 것은, 세월이 물씬 느껴지는 구문중의 얼굴.

자신이 상상조차 할 수 없는 일들을 겪은 세파의 무게 때문이었다.

타타닥!

그때였다.

대원 진인과 조금씩 멀어지던 구문중의 시야에 피풍의를 둘러쓴 염악이 나타났다.

"무슨 일인가?"

흠칫, 하고 구문중의 어깨가 떨렸다.

그는 맹인이다.

그렇기에 오히려 사람의 숨소리, 기파에 민감하다.

"속히 가서야 할 것 같소이다. 심주현에서……."

그런 그의 감각은, 염악이 이를 악물고 최고로 긴장함을 알려 주고 있었다. 구문중의 뒷덜미가 섬뜩하던 가운데, 신음하듯 염악이 뒷말을 이었다.

"심주현에서 우려하던 일이 터졌습니다."

*　　　*　　　*

"방주님!"

"오, 우으 이이야?"

개방도 하나가 헐레벌떡 거품을 물며 달려왔다.

"무을래?"

음식이 워낙에 많다 보니, 거지가 고기를 나눠 주는 풍경도 연출된다.

능시걸이 불쑥 내민 닭다리에, 방도는 난처한 얼굴이 되어 손을 휘이휘이 저었다.

"그것이……."

방도는 급히 그의 귀에 대고 속삭였다. 아무려면 어때, 하는 얼굴로 듣던 능시걸의 안색은 점차 굳어졌다.

꿀꺽!

그리고 씹지도 않고 음식을 통째로 삼킨 그가 착 깔린 목소리로 물었다.

"그게 정녕 사실이냐?"

"그렇습니다. 요사이 맹주와 광휘라는 호위무사님이 보이지 않은 것도 그 사건 때문이랍니다."

"그걸 왜 지금 말해!"

쾅!

능시걸은 밥상을 후려갈기며 고성을 질렀다.

분명 그도 맹주와 광휘가 없어진 것을 아침에 보고받았다. 하지만 그때만 해도 고수들 특유의 기벽이 도졌거니 하는 정도였다.

폭탄은 이미 진작에 터져 있었던 것이다.

"끌끌, 무슨 일입니까? 방주."

"혼자만 경단 처먹지 마! 그건 내가 아까부터 찜해놨던 거라고!"

"이봐! 그만들 먹어! 이놈들아!"

능시걸이 고함을 질렀다. 하지만 상황의 심각성을 모르는 개방도들은 여전히 태연했다.

이리저리 돌아다니며 오로지 먹을 것에만 희희낙락할 뿐이었다.

"아! 진짜!"

쾅! 와드드득!

인상이 점점 붉어지던 능시걸은 급기야 밥상을 다 뒤집어엎어 버렸다.

와르르르! 철퍽! 우드득!

거지의 최대 금기.

음식을 내버리는 행위다. 다른 사람도 아닌 개방 방주가 상을 뒤엎자 개방도들은 경직된 얼굴로 바라보았다.

"그만 처먹어, 이 거지새끼들아! 지금 비상 상황이라고!"

방주 능시걸이 시뻘게진 얼굴로 일갈을 내질렀다.

＊　　　＊　　　＊

장씨세가 대전에는 술렁술렁 불안감이 감돌았다. 장로들을 비롯한 주요 인사들이 한데 모여 있었다.

그리고 그 중앙.

지팡이를 짚고 조금은 불편한 자세로 서 있던 장원태는 맹주를 향해 조심히 입을 열었다.

"이유가 무엇인지 짐작이 가십니까?"

맹주는 고개를 저었다.

방금 전, 그에게 들은 얘기만으로 모든 상황이 정리가 되지 않은 까닭이다.

연유는 이랬다.

나흘 전, 운 각사가 말없이 장씨세가에 나타나 장련의 처소로 걸어갔다는 것.

그를 저지할 사람은 없었다.

구룡표국의 무사들과 능자진까지 나섰고, 심지어는 소식을 들은 방천과 방곤이 덤볐지만 허깨비처럼 쓰러졌다.

상대의 손끝 하나 건드리지 못하고.

겁을 집어먹은 사람들을 주변에 두고 운 각사는 장련에게 말했다.

"오, 소문의 장련 소저군요. 잠시 저를 따라오시겠습니까?"

백주 대낮에 벌어지는 납치였다.

장원태는 당연히 극구 말렸다. 장웅은 차라리 죽이라며 죽음을 불사하고 덤벼들었지만.

어찌 된 영문인지 누구도.

어느 누구도 그에게 접근조차 못 했다고 한다.

장련 역시 강하게 거부했지만.

"폭탄이……."

"저쪽에서."

장원태가 침통한 얼굴로 잿더미만 남은 전각들을 가리켰다.

운 각사가 가볍게 손짓하자 장씨세가는 물론이고 심주현 곳곳에서 폭굉이 터졌다. 안색이 창백해진 그녀에게 운 각사는 히죽, 누런 이를 드러내 보이며 말했다.

"저는 지금 정중하게 권유하고 있는 겁니다. 어쩌겠습니까. 따라오겠습니까? 아님 말겠습니까?"

"해치지 않도록 노력하겠습니다. 물론 보장 같은 건 없지만요."

"허어."

결국 장련은 사람들을 위해서 그를 따라갔다.

자신의 의지로.

단리형은 단장의 아픔을 참고 말하는 장원태에게 가볍게 끄덕이며 그의 걱정을 함께해 주었다.

"아마도……."

고심하듯 한참을 생각에 잠겨 있던 맹주가 입을 열었다.

"뭔가 서신을 보내거나 할 겁니다."

"서신이라면?"

"납치를 했으면 몸값을 노리는 게 당연하지요."

단리형의 말에 장원태는 고개를 끄덕였다.

그 정도는 누구든 유추할 수 있었다.

"그자는 광휘, 호위무사님을 노리고 있는 게군요."

"예, 하나 그것만으로 장련 소저를 끌고 가지는 않았을 겁니다."

장원태의 말에 맹주는 미간을 찌푸리며 대답했다.

"그 정도로 단순한 놈이었더라면 이미 이빨을 드러내고도 남았을 테지요. 제가 중원을 비우던 시간 동안 보고받은 것이 있습니다."

맹주는 그간 읽어온 수많은 보고서를 머리 한편에 떠올리며 짚어보았다.

하북에서 일어난 수많은 일들.

원인도, 의도도 알 수 없는 사건들.

그 모든 것을 운 각사에 대입시켜 보면 어느 정도 정황이 맞았다.

아무 맥락도 없어 보인다는 것이 오히려 명백한 의도를 느끼게 하는 것이다.

"분명한 것은, 그는 황실에서도 모습을 보이지 않았습니다. 만약 놈의 목적이 광휘를 제압하는 것이었다면 그곳에서 움직이는 게 유리했을 터. 백령귀도 운 각사가 오지 않은 것에 대해 분노한 것을 보면 알 수 있지요."

"그 말씀은?"

맹주는 허공을 노려보며 말했다.

"잘 모르겠습니다. 광휘 외에도 분명 노리는 게 더 있을 거라는 정도만 예상 가능하군요."

말하다 말고 맹주는 잠시 입을 다물었다.

이 순간 떠오르는 얼굴은 바로 아영이었다.

전대 천중단이 최후까지 애를 먹었던, 은자림 최후의 신재.

'하나……'

이 역시 맞지 않는 부분이 있었다.

아영이 목적이라면, 그리고 보고서 내용대로라면 광휘가 황실로 떠난 직후 납치하는 것이 손쉽다.

하지만 그는 그러지 않았다.

'대체……'

그럼 어느 쪽인가.

한쪽을 맞춰보면 다른 쪽이 맞지 않는다. 하나로 귀결되는 결론이 없었기에 무림맹주는 더욱 혼란스러웠다.

최악을 가정하려 해도, 밝혀지지 않은 변수가 너무 많았다. 각 방향마다 어디로 가는 것인지 알 수가 없으니.

"늦어서 죄송해요."

때마침 대전 앞으로 한 여인이 숨을 헐떡이며 들어왔다.

가주, 맹주 할 것 없이 좌중의 시선이 그녀, 서혜에게로 향했다.

"아……."

맹주를 한눈에 알아본 서혜가 잠시 흠칫했다.

하지만 이내 침착하게 단상 앞으로 걸어오며 묵례를 해 보였다.

"반갑습니다, 소녀는……."

"그대가 서 소저구려. 인사는 나중에 하도록 하고… 파악한 일이 있소?"

단리형은 이미 보고서 내용으로 그녀를 한눈에 알아봤다.

또한, 그녀의 손에 쥐어진 서신으로 보이는 종이도.

"이걸 보세요."

서혜는 손에 든 서신을 맹주에게 내밀었다.

단리형이 그걸 받아 들며 담담히 내용을 읽어갔다.

"이건 어디서 났소?"

그리고 급격하게 굳어진 얼굴로 묻는 맹주.

지켜보던 사람들이 의아한 얼굴로 다시금 서혜 쪽을 향했다.

"인근 곳곳에 붙어 있는 방(訪)이에요. 그리고 이걸 지시한 사람으로는……."

"그놈이군."

쫘악.

맹주는 서신을 한 손으로 구겨 잡으며 이를 갈았다.

"무엇이 적혀 있는 겁니까?"

장씨세가 사람들을 대표로 장원태가 조심히 물었다.

맹주는 분노를 힘겹게 누그러뜨리며 입을 열었다.

"달포 뒤, 광휘와 나, 그리고 아영이를 데리고 심주현 저잣거리로 나오라는 말입니다."

"…예?"

"허!"

당황하는 장원태와 장씨세가 사람들. 하지만 그것이 끝이 아니었다.

"거기다 무슨 생각인지 장문인들을 불러오라는군요."

"어느 문파의 장문인을?"

장원태가 당황하자 서혜가 잠시 쓴웃음을 지었다.

"구대문파 전부요."

"……!"

＊　　　＊　　　＊

구대문파.

소림을 중심으로 무당, 화산, 아미, 곤륜, 점창, 청성, 공동, 해남파로 이루어진 중원의 기둥으로 불린다.

오랜 역사와 더불어 적게는 수백, 많게는 수천에 달하는 문도들이 모여 만든 성지.

운 각사가 불러들이려는 사람은 그곳의 대표들이었다.

"크흠."

"허어."

어처구니없는 상황에 장씨세가 사람들은 저마다 탄식을 토해 냈다.

하지만 그것이 지나친 자신감의 발로인지, 아니면 무언가 계략을 꾸미고 있는 것인지 아직은 알 수 없었다.

"서 소저."

잠깐의 침묵 후에 무림맹주가 입을 열었다.

그의 시선은 장내에서 가장 강호상의 정보가 많을 서혜를 향하고 있었다.

"이 서신에 지목된 아영이라는 소녀는 어떤 사람이오?"

"아영이는……."

서혜는 빈사직으로 눈살을 찌푸리다가 이내 신중하게 대답했다.

"전형적인 구음진맥이에요. 음기가 너무 강해, 열여섯을 넘기지 못하는 신체죠. 하지만 그 때문에, 초월이라고밖에 할 수 없는 이능을 가진 사람들이 종종 발견되기도 해요. 한데 이상한 것은."

말하는 도중 서혜가 다시 미간을 찡그렸다.

"그 애는 열여섯을 넘었어요. 외견은 어려 보이지만요."

"그렇소. 아마도 그게 놈들의 이유일 거요."

"이."

순간 서혜가 인상을 썼다.

그 모습에 장원태는 바작바작 속이 타서 참지 못하고 물었다.

"저기, 맹주님. 그게 무슨 뜻입니까?"

"스물이 넘은 아영, 그럼에도 구음진맥. 이게 아마 녀석들이 그녀를 지목한 이유일 거요."

맹주가 결론을 내자 서혜가 이유를 상세히 풀어서 말했다.

"앞서 말했지만 구음진맥을 타고난 신체는 주로 여아. 그리고 여아에게 음기는 좋은 것이지만, 지나치면 독이나 다를 것 없죠. 음양의 조화가 깨어지는 열여섯이면, 목숨을 부지 못 해요."

"그럼 왜 아영 소저는?"

"변이가 일어난 게지. 나도 처음 보는 경우요. 그러니 운 각사가 손에 넣으려고 하는 게고."

장원태가 따라잡지 못한 부분을 맹주가 알기 쉽게 보충해 주었다.

아영.

그녀는 과거에 맹주, 그도 만난 전적이 있었다.

천중단의 대규모 전투 때 그녀의 염력 때문에 죽을 고비를 맞은 단원이 여럿이었다.

그리고 그런 특이한 능력은 구음진맥에서 시작되었다는 것이 가장 좋은 설명이다.

"운 각사, 그놈일 거요."

생각에 잠기며 내뱉은 맹주의 말.

서혜가 다시 풀었다.

"이제까지 알려진 바로는, 하북에 일어난 수많은 괴사들에 은자림이 연관되어 있어요. 그리고 그 은자림의 가장 막후의 자가 바로운 각사. 이제껏 왜 은자림이 실익도 없이 강호를 뒤집어대는지 이해할 수 없었는데, 역시나 그들의 목표는… 아영이었군요."

"그러니까… 왜?"

장원태의 의문은 모두가 마침 의아해하던 부분이었다.

일단 은자림의 목표가 아영이란 것은 알겠다.

그리고 아영이 구음진맥이면서도 스무 살 넘게 살아 있다는 게 특이하다는 것도.

하지만 그렇다고 장련을 납치해 광휘를 끌어내고, 구대문파의 장문인들까지 불러들이라는 의도는 도저히 추측하기 어려웠다.

"저도 모르지만 아마도… 뭔가 특별한 것이 있는 거겠죠. 구음진맥을 가진 소녀와 다른 뭔가가. 그리고 그걸 얻어내려 하는 거고요."

여전히 의아한 얼굴의 장원태를 향해 맹주가 설명을 거들었다.

"그게 뭔지는 나 역시 모르오, 아니, 아무도 알 수 없지."

좌중의 시선이 자연스레 맹주에게로 모여졌다.

"하지만 하나 확실한 건 있소. 그게 우리에게 결코 좋지는 않을 거라는 거요. 어쩌면 생각 이상으로 위험할지도."

단순히 위험한 정도가 아닐 것이다.

광휘와 자신을 상대로 그만한 자신감을 보였다는 것만 봐도 자신들의 생각을 넘어서는 수가 있을 터.

"구대문파 장문인분들은 왜 부르려는 겁니까?"

이번엔 일 장로가 나서며 물었다.

맹주의 말대로 그 아이가 목적이라면 굳이 일을 이렇게까지

키울 필요가 없기 때문이다.

"지금 짚이는 것이라면 두 가지 정도가 있어요."

서혜가 일 장로의 시선을 붙들었다.

"첫째로, 일파의 장문인들은 요구를 받았다고 그냥 나오지 않아요. 당연히 호위 및 수행할 인원이 함께하죠. 달리 말하면 각파의 최정예고수들, 그들을 빼서 진영을 비워 버리려는 거죠."

"…허어?"

"혹은 죄다 쓸어버리려는 목적일지도."

지나치게 과감한 서혜의 발언을, 맹주가 더더욱 과감하게 비약시키며 한마디 더 내뱉었다.

"과거에 비해 지금의 은자림은 신도가 부족한 실정이오. 그래서 놈들은 큰 기적을 노리려 들 거고, 중원 무림의 구대문파, 그 장문인들이라면 충분히 좋은 전과지. 또한 이들은 천중단의 전신(前身)이기도 하니 증오가 깊고."

"다만 여기에는 한 가지 전제가 따라붙어요."

서혜는 맹주가 한 말의 문제를 지적했다.

장씨세가 사람들은 정신없이 주고받는 맹주와 서혜의 대화에 빠져들고 있었다.

"은자림은 정말로 자신 있는 걸까요? 조사하기로 광휘 대협께서 이번 황실 전투 때 보인 전력은 그야말로 무시무시했어요. 그분께서 가시고, 또한 맹주께서도 가실 거죠?"

끄덕.

맹주는 두말없이 고개를 끄덕였다.

"여기에 구대문파의 장문인, 그 수행원들이라면… 이건 강호 전체를 상대로 전쟁을 선포하는 거나 마찬가지예요. 일을 벌여 놓고, 그들이 감당할 능력이 있을까요?"

"능력은 모르겠지만, 수단이라면 있지. 놈들에게는 폭굉이, 그것도 예전과는 비교도 안 되게 강력한 신형 폭굉이 있으니까."

맹주의 발언이 끝나자마자 좌중에 흑, 하는 신음이 흘렀다.

신형 폭굉. 그 끔찍함은 여기에 모인 모두가 직간접적으로 겪지 않았던가.

"그렇다면 역시나 함정이군요."

서혜가 입술을 깨물었다.

만약 험지 같은 공간이 있다면…….

예를 들어 주변이 암벽으로 둘러싸인 밀폐된 공간에서 폭굉이 터진다면, 이건 호신강기고 뭐고 막을 방법이 없다.

그런 곳에서 살아남을 수 있는 인물이라면 강호의 모든 고수들을 손꼽아서 단 한 명.

"나도 강철은 아니라오."

시선이 몰리자 무림맹주가 어깨를 으쓱했다.

그는 분명 건곤대나이로 폭굉의 폭발을 흐트러뜨릴 수야 있지만, 그 힘을 계속해서 발휘하는 것은 불가능하다. 그도 사람이니까.

반면 은자림이 폭굉을 얼마나 비축해 놓았는지는 그들만이 알 일이었다.

강요된 전장에 강제로 이끌려 나가는 것.

병법에서는 가장 피해야 하는 상황인 것이다.

"하나, 문제는 구대문파를 칠 정도로 예전의 은자림도 아니라는 것이오. 이렇게 생각해 보면 앞서 말한 것들도 가능성은 높지 않다는 생각이 드는구려."

"그럼 대체 뭘까요?"

서혜의 말에 맹주는 고개를 저었다.

아직은 알 수 없었다.

아영이란 아이에게서 얻으려고 하는 것이 무언지, 그리고 그것으로 구파와 광휘, 그리고 자신을 상대하려는 그의 의도가 보이지 않았다.

"그나저나… 광휘는 어디 있소?"

*   *   *

끼이이익.

오래된 나무판자가 무게를 받아 소음을 흘려낸다.

어두컴컴한 방으로 들어온 광휘의 시선이 주변을 훑었다.

사람 허리 높이만 한 선반.

그 아래위로 커다란 술동이가 일렬로 놓여 있었다.

대충 셈을 해도 백여 개가 넘는 술동이가 놓여 있는 곳. 이곳은 장씨세가의 주류 창고다.

그간 석상처럼 방에 처박혀 있던 광휘가 일어나자마자 찾은 곳이 바로 이 장소였다.

저벅저벅.

광휘는 가까운 술동이 앞으로 걸어가며 표주박을 집어 들었다.

두둑.

거칠게 술동이의 뚜껑을 벗겨낸 그는 기갈 들린 사람처럼 한바가지를 퍼 들었다.

"혹시, 술을 드셨나요?"

술을 입으로 가져가던 광휘의 시선이 흔들렸다.

갑자기 떠오르는 과거의 상념이 그를 멈칫하게 만든 것이다.

"술을 드시고서도 저를 지켜줄 자신이 있으세요?"

"……."

퍼억!

표주박이 벽에 부딪히며 깨졌다.

신경질적으로 던진 광휘의 손짓에 박살이 난 것이다.

두욱, 바르르.

광휘는 벽에 기대며 시선을 돌렸다.

때마침 그의 시선에 들어온 오른손은 자신도 모르는 사이 혼자서 떨어대고 있었다.

"……."

힘을 주어 주먹을 쥐어보았다.

덜덜덜.

하지만 손의 떨림은 멈추지 않았다.

오히려 그의 통제를 벗어나 제멋대로 움직이고 있었다.

스윽.

광휘의 시선이 위쪽으로 올라갔다.

떨림이 오른손을 타고 팔목으로 이어지고 있었기 때문이다.

그리고 차츰 어깨로 이어지더니 급기야 가슴을 타고 온몸으로 퍼져 나가고 있었다.

"역시 그것 때문이었던가……."

광휘가 쓴웃음을 머금었다.

과거에 지긋지긋하게 그를 괴롭혔던 후유증, 한때 완전히 사라졌다고 생각했던 발작이 다시 나타났다.

장련이 사라지자마자.

투욱.

광휘는 벽에 기댄 채 자리에 주저앉았다.

허망했다.

그간 수없이 노력하며 이루려 한 신검합일은, 알고 보니 이미 이루고 난 뒤였다.

나약해지지 않기 위해 필사적으로 감정을 버리고 단단해지려 했더니, 그게 오히려 자신을 갉아먹는 일이었다.

"나는 어째서 하는 일마다……."

그의 인생은 언제나 이런 식이었다.

최선을 다했지만, 결국은 깨어지고 부서져 가장 소중한 것까지 잃는다.

그리고 마지막에는 그 혼자 상처를 핥으며 감내해야 했다.

"왜 하는 일마다 매번 이 모양이지."

투욱.

광휘는 다시금 자리에서 일어났다. 계속해서 몸이 떨렸다. 이대로 있다간 죽을 것 같았다.

처억.

광휘는 벽에 걸린 표주박 중 아무것이나 집어 들며 동이 앞으로 다가갔다.

"미안하오, 소저."

술동이 앞에 선 광휘가 변명하듯 읊조렸다. 한때 끊었던 술이었지만, 지금은 아니었다.

술조차 먹지 않으면 버틸 자신이 없었다. 지금 이대로라면 발작을 버티지 못하고 분명 죽을 터.

추욱.

광휘는 떨리는 손을 부여잡고 표주박에 술을 가득 담아 들어 올렸다.

그리고 덜덜 떨며 입으로 가져갔다.

"제게 약속 하나 해주세요."

다시금 멈춘 광휘.

무엇을 본 것인지 그의 동공이 떨리기 시작했다.

"언제고 무사님이 누군가를 좋아하게 되면, 그 사람을 마음에 담게 되면 제게 꼭 말해주는 걸로요. 어때요?"

청산혈독에 중독되어 본 가로 돌아왔던 장련.
그때 그녀가 자신에게 했던 말이, 지금 이 순간 귓가에서 속삭이듯 들려오고 있었다.

"저를 좋아한 적 있나요?"

투욱.
광휘의 손에서 표주박이 떨어졌다.
시선도 아래로 내려갔다.
왜 갑자기 이것이 떠오르는지는 모르는 그였지만, 아니, 당시엔 몰랐지만.
이제는 알 것 같았다.
"좋아하오, 소저."
누군가를 좋아하게 되면, 자신에게 말해달라는 장련의 말이 무슨 의미인지.
아마 처음부터였을 것이다.
마차 앞에서 처음 만난 날, 자신을 호위하러 왔느냐고 물을 때부터.

축 늘어진 어깨 밑으로.

놀랍게도 떨림은 잦아들고 있었다.

"술을 마시고도 지켜줄 수 있냐고 물었을 때, 강호의 고수는 우리 같은 사람과 다르다는 말을 했을 때부터."

묵객을 영입하기 위해 노심초사하는 얼굴을 봤을 때부터 그랬던 것 같았다.

스르륵.

천천히 떨림이 잦아들었다.

당장에라도 터질 것 같던 발작이 진정되기 시작했다.

"소저의 간질한 모습을 보는 것만으로도, 나는 왠지 위안이 되었소. 내게는……."

툭. 툭.

이윽고 발작이 완전히 멎었다.

그저 마음이 편안해질 때쯤.

광휘는 무심한 듯 말을 내뱉었다.

"그대를 정말 많이 좋아하오, 소저."

말투는 덤덤했다. 언제나의 그처럼.

하지만 말투와는 달리 눈에는 어느새 눈물이 가득 차 있었다.

그의 손이 허리에 찬 괴구검을 짚었다.

"어떤 모습이든 상관없소. 나와 만날 때까지 살아 있기만 하면 되오."

타악.

한때 발작으로 떨리던 그의 몸은 이제 넘쳐나는 투기로 떨리고 있었다. 그는 이제 들고 있던 표주박을 던져.

"내가 단숨에 구해낼 테니까."

휙. 카가각!

술과 예전의 기억을 모두 깨뜨려 버렸다.

산산이 스물여섯 조각이 난 표주박 아래로, 흩어진 술 방울이 아롱아롱 무지개처럼 피어올랐다.

第二章

방천의 조언

울창한 숲 사이로 지어진 모옥 한 채.

균열이 간 벽 사이로 푸른 풀이 돋아나 있는, 외견상으로도 허름해 보이는 건물이었다.

탁, 탁. 끼익, 끼익.

그런 건물 안에 사람의 인기척이 들렸다.

부딪치는 그릇 소리, 삐걱대는 의자 소리가 새어 나온 것이다.

쩝쩝쩝.

천장에 주저앉은 들보 밑으로 한 여인이 음식을 먹고 있었다.

득이하게도 손으로 음식을 먹고 있었는데, 무슨 이유인지 한쪽에 놓인 젓가락을 쓰지 않고 있었다.

그녀는 상에 차려진 진귀한 음식들을 한 식경이 되기도 전에 모두 비워 버렸다.

그렇게 한 식경쯤 흘렀을까.

"입에는 잘 맞으십니까?"

미공자가 방 안으로 들어오며 말을 붙였다.

음식을 모두 비운 여인은 소매로 입을 스윽 닦으며 대답했다.

"잘 맞아요."

운 각사는 묘한 표정을 지어 보였다.

이곳에 온 뒤로 음식이라면 물 한 모금 마시지 않던 장련.

그녀가 무슨 심경의 변화가 생겼는지 오늘따라 모든 음식을 비워 버린 것이다.

태도도 바뀌어 있었다.

음식을 게걸스럽게 먹는 것하며 묻는 말에 부드럽게 대답하는 것도 그랬다.

예전과는 판이하게 다른 모습이었다. 전에는 자신을 보기만 해도 외면하더니, 지금은 조금 여유가 생긴 듯했다.

"뭐, 그렇다면 다행이오. 대화하기 좀 더 편할 테니까."

촤라락.

운 각사는 장련 맞은편 의자에 앉으며 부채로 얼굴을 가렸다.

그리고 한마디 더 건네려던 그때.

"뭔가 착각하고 계신 것 같은데요."

장련이 불쑥 대화를 막았다.

"제 발로 걸어온 거예요. 스스로 원해서."

"아, 그랬지요."

운 각사는 눈웃음을 흘리며 고개를 끄덕였다.

사실, 반은 맞고 반은 틀린 말이다.

스스로 가겠다고 했으니 맞는 말이며, 거부할 상황이 아니니 틀린 말이기도 했으니까.

투욱.

운 각사는 그녀 앞으로 첩지 하나를 내밀었다.

"하북 저잣거리에 내걸린 방(訪)에 붙은 서신 내용입니다. 심주현 일대에도 당연히 걸어놓았으니 장씨세가의 귀에도 들어갔을 거고요."

장련이 시선을 아래로 내렸다.

그녀는 조용히 종이에 적힌 내용을 읽어가던 중 갑자기 풋하고 웃음을 흘렸다.

"무슨 문제라도 있으십니까?"

의아한 표정으로 운 각사가 눈썹을 들어 올렸다.

그러자 장련은 다시 운 각사에게 시선을 두며 말했다.

"무섭지 않은가 보군요."

"……?"

"그렇지 않고선 이분들을 모두 불러들일 이유가 없잖아요."

"음."

운 각사가 그제야 알았다는 듯 고개를 끄덕였다.

그러고는 마치 여인처럼 자신의 긴 머리를 한곳으로 쓸어 넘기더니 말했다.

"알고 있습니다. 하나같이 뛰어난 고수들, 아니, 그 이상의 분들이 아닙니까?"

"제게 보기엔 모르는 것 같은데요?"

"설마요."

운 각사가 고개를 저으며 말했다.

"저는 천중단 시절, 구파의 장문인과 직접 싸운 적도 있지요. 현 맹주인 단리형의 검에 죽기도 했었고 말입니다."

"……."

장련이 말없이 아미를 살짝 떨었다.

과거 구파의 장문인들과 직접 싸웠다는 대목도 그렇지만 죽음을 당했다는 부분에서 괴이한 이질감을 느낀 것이다.

"하지만 이들 중 누구보다 강한 자는 광휘, 그입니다. 정말 놀랍도록 대단했습니다. 은자림 중 누구 하나 제대로 상대할 수 있는 자가 없었으니까."

"말씀대로 두렵다면서 굳이 왜 싸우려는 건가요?"

특이한 자였다.

상대가 강하다면서, 두렵다면서 싸우길 바라고 있었다.

말과 행동이 정반대가 아닌가.

"그걸 뭐라 말씀드려야 할까요."

운 각사가 미소와 함께 다시 한번 긴 머리를 쓸어내리자 장련은 눈살을 찌푸렸다.

새파란 눈동자의 색목인.

거기다 머리색도 미미하게 금빛이 감도는 것이, 중원에서는 쉽게 찾아볼 수 없는 용모였다.

"아, 이렇게 말하면 좋겠군요. 광휘란 분이 예전보다 약해졌기 때문이랄까."

"그건 당신이 몰라서 그래요."

장련이 단칼에 말을 잘랐다.

운 각사와 시선을 맞춘 그녀는 담담하지만 진지하게 대화를 이어갔다.

"그분은 여전히 매우 강해요. 이제껏 해결하지 못한 사건이 없었죠. 석가장도, 팽가의 어떤 분도 무사님을 당해내지 못했어요."

"푸후, 푸훗! 후후후훗!"

장련의 말이 끝나기가 무섭게 운 각사는 여인처럼 웃음을 터뜨렸다.

과한 몸짓에 장련이 표정을 굳히자 운 각사는 재빨리 손을 내저었다.

"미안합니다, 소저. 소저의 말이 너무 웃겨서 참을 수가… 풋. 푸하하하, 하하하하!"

여인과 남자의 목소리가 섞인 중저음.

그 기분 나쁜 웃음소리는 한참 동안이나 이어졌다.

그러다 어느 순간, 뚝 하고 웃음을 그치며 입을 열었다.

"석가장, 팽가라… 아무래도 소저는 그를 몰라도 너무 모르시는 것 같습니다. 과거에 그가 얼마나 대단했는지 아십니까?"

"…무슨 뜻인가요?"

"음… 아무래도 은자림에 대해서 조금 설명을 드려야 할 것 같군요."

운 각사는 자신을 노려보는 장련을 뒤로하고 자리에서 일어섰다.

그리고 균열처럼 쩍쩍 갈라진 창가로 걸어가며 조용히 말을 걸었다.

"과거 우리 은자림 내에는 삼괴사라는 이들이 있었습니다. 신을 받드는 사람들. 즉, 무력을 갖추지 않은 이들을 신도라고 부르는데, 이들 중 재능에 따라 훈련시킨 사람들을 가리키지요."

"……."

"첫째로 신마, 마기를 전문적으로 익히는 자들입니다. 둘째로 신자, 폭굉을 들고서 스스로의 목숨을 도외시하고 뛰어드는 자들이지요. 셋째로 신녀, 기기묘묘한 외도(外道)의 힘을 쓰는 선택받은 여인들입니다. 곤충의 눈처럼 전방위를 보는가 하면, 환술을 쓰고, 평시에는 신도들을 모으는 역할을 하지요."

그는 계속 설명을 이어나갔다.

"마기를 쓰는 일급 신마는 강호의 일류고수 따위는 쉽게 죽입니다. 당장 폭굉을 든 일급 신자는 절정고수 하나와 능히 동수를 겨룬다고 하지요. 물론 그 대가는 목숨입니다만… 여하튼 그렇습니다. 그리고 신녀는 무공이 아닌 외도의 힘으로 절정의 고수들도 상대하기 꺼려했죠."

"그런 걸 왜 제게 설명하는 거죠?"

"일단 들어보십시오, 소저."

날 선 목소리의 장련에 운 각사가 강압적인 얼굴을 지어 보였다.

"당시 광휘는 수백의 일급 신마들과 싸웠고 죽였습니다. 폭굉을 든 수십의 신자들과 상대하면서 상처 하나 입지 않았죠. 그의 손에 죽은 신녀는 셀 수 없었습니다. 그런데 석가장? 팽가? 고작 그런 놈들과 비교해요? 이거 제가 웃음이 나오지 않겠습니까?"

"……."

자박, 자박.

운 각사는 다시금 장련 앞으로 걸어갔다. 그런 그의 얼굴에는 이제 미미한 찬탄의 빛이 어렸다.

"단언컨대, 과거의 그는 우리에겐 무신(武神)이었습니다. 대항할 수도, 저항할 수도 없는 절대적인 존재. 한데 지금은 나약해진 인간의 모습이 되었지요. 슬프게도."

투욱.

장련 지척에서 멈춘 운 각사가 이를 드러냈다.

부채가 치워진 그곳엔, 아름다운 이목구비와 전혀 어울리지 않는.

누런 이가 보였다.

"그래서 나는 당신이 필요한 겁니다. 그때의 무신을, 다시 본래의 모습으로 돌아오게 해줄 당신이란 존재가."

"무슨……."

운 각사의 웃음에 장련은 말문이 막혀 버렸다.

기분 나쁘게도 이빈엔 남자나 여자의 그것과 다른, 마치 동물 같은 웃음소리였다.

"무슨 생각을 하는 거예요, 당신?"

"글쎄요? 무슨 생각을 하는 걸까요?"

모호한 물음에 장련은 얼굴이 굳어졌다.

그가 무슨 의미로 하는 말인지 전혀 알아들을 수가 없었다.

하나, 확실한 것은.

"키키킥."

거북한 행동, 이질적인 분위기.

거기서 보이듯, 뭔가 아주 섬뜩한 음모를 꾸미고 있다는 것을.

장련은 느낄 수 있었다.

*   *   *

끼이이익.

누군가 삐꺽대는 주류 창고 문을 열고 있었다.

사람 얼굴 크기만 한 작은 창.

거기를 통해 들어오는 미약한 저녁 빛이 겨우 주변을 밝혀주고 있었다.

"광휘?"

맹주의 눈에 바닥에 주저앉은 그가 보였다.

좌우로 진열된 술동이들, 맨 가장자리에 주저앉아 있던 광휘였다.

"광휘!"

맹주가 놀라 급히 움직이자 담담한 목소리가 그의 발길을 막았다.

"요란 떨지 마. 그냥 앉아 있을 뿐이야."

"……?"

"술은 마시지 않았어."

"어휴…….'

광휘 앞으로 다가간 단리형은 그제야 안심했다.

자칫 자신을 잃고 위험하게 무너진 상황일 줄 알았는데 다행히 그렇진 않은 모양이었다.

"그렇게 계속 멀거니 서 있을 텐가."

가슴을 쓸어내리던 단리형을 향해 광휘가 올려다보며 묻자.

맹주는 피식 웃으며 그의 옆자리에 앉았다.

"……."

"……."

잠시 정적이 흘렀다.

누군가 먼저 말을 꺼내는 사람도 없었고, 또 눈치도 보지 않았다.

그저 말없이 시선 우측 위에 나 있는 작은 창을 보며 둘 다 조용히 침묵하고 있었다.

하지만 가끔, 말하지 않아도.

이런 침묵이 건네는 말이 있다.

오랜 시간을 함께 싸웠던 두 사람이기에.

서로 무슨 생각을 하고 있는지, 무슨 걱정을 하고 있는지 알고 있을 터였다.

"하… 그러고 보니 말일세, 옛날 생각이 나는군."

맹주가 침묵 끝에 먼저 입을 열었다.

"청설각(靑雪閣)에 몰래 들어와 음식을 빼 가지 않았었나?"

잠시 침묵이 흐를 때쯤.

"내가?"

이번엔 광휘가 물었다.

"그럼 누구겠어."

맹주가 투덜거리듯 말을 받았다.

"그때 자네 때문에 괜히 나까지 엮여 들어가서 치도곤을 맞은 걸 내가 기억 못 할 리가 있나."

"……."

"뭐야, 설마 이제 와서 발뺌하려나?"

맹주가 돌아보자 광휘가 덤덤히 그를 바라봤다. 강렬한 눈빛 때문일까.

결국 이실직고하듯 광휘가 피식하며 웃어 보였다.

"야! 망 제대로 보라고!"

"알아! 음식이나 빨리 꺼내!"

맹에서 연회가 있던 날이었다.

천중단 내 흑우단은 따로 정해진 곳을 벗어나지 못한다는 것이 관례라 그 연회에 참석할 수 없었다.

굳이 가겠다고 하면 맹에서 용인했겠지만 광휘가 소속된 흑우단 7조만은 달랐다.

몇 시진 뒤 중요한 임무가 있었기에 따로 몸을 뺄 수 없는 상황이었던 것이다.

하지만 임무가 내려오기 한 시진 전.

광휘는 맹의 곳간을 털기로 마음먹고 수하들과 함께 단독으로 움직였다.

그러다 주변을 걸어가던 단리형과 우연히 마주치게 되고, 단리형은 얼떨결에 흑우단과 함께하게 되었다.

"그래, 그랬던 기억이 나는군."

광휘의 입에 잔잔한 미소가 걸렸다.

드문드문 나는 기억들.

처음 장씨세가에 왔을 때와 다르게 잊고 있었던 옛 기억들이다.

이제는 조금만 떠올려도 쉽게 머릿속에 그려졌다.

"그래서 뭐라던가?"

광휘가 물었다.

단리형이 그를 의아하게 바라보자 재차 말을 이었다.

"장 소저를 납치해 갔으니 놈들이 요구한 바를 전달해 오지 않겠는가?"

"허어."

단리형은 턱을 쓸어내렸다.

장련의 납치로 반쯤 정신이 나간 줄 알았는데, 그래도 이 와중에 적의 의도를 짐작하는 냉정에 자못 놀란 것이다.

'하긴, 그는 천중단의 중심이었지.'

잠시 잊고 있었다.

광휘는 흑우단 출신으로 천중단 단장까지 지냈다. 은자림에게 의표를 찔리면 다음에 무슨 일이 벌어질지 습관적으로 사고하는 것이다.

"자네와 나, 그리고 아영이란 아이를 데리고 오라더군."

"……."

"거기다 구대문과 장문인도 함께 오라고 했네."

단리형은 말을 끝내고 광휘의 모습을 살폈다. 조금 놀라지 않을까 싶었지만 상대는 무덤덤하게 고개를 끄덕였다.

"놀랍지 않은가?"

맹주가 재차 물었다.

"그다지."

"왠가?"

"짐작하고 있던 내용이라."

"짐작?"

단리형의 물음에 광휘는 차분히 대답했다.

"운 각사에 대해서는 자네도 몇 번 이야기를 했었지. 직접 싸운 적은 없어도 호기심과 집착이 어마어마한 놈이라며."

"맞네."

맹주는 문득 광휘가 왜 그런 말을 했는지를 떠올려 보았다.

그날. 은자림의 본부를 잿더미로 만들었던 날. 곤붕은 겨눠진 그의 칼에 씨익 웃으며 오히려 목을 들이밀었다.

"해봐. 그 검으로 이곳을 찌르면 돼."

"아! 뜨거워! 이런 기분이었다니! 으하하하!"

곤붕이란 자와 상대하면서 단 한 번도 그가 보통 사람으로 보인 적이 없었다.

놈은 스스로 단리형의 칼에 제 몸을 맡기고, 마지막에는 좀 싱겁다면서 스스로 불구덩이에 기어 들어가 죽었다.

놈은 최후의 순간 희한할 정도로 들떠 있기까지 했다. 두고두고 생각나는 미친놈 중의 미친놈이었다.

"분명 내 칼에 죽었는데, 내가 죽인 것 같지 않아 기분이 씁쓸했었어. 제 말로는 사후 세계가 궁금하니 이참에 한번 죽고 싶었다던가."

당시의 단리형은 억지로 스스로를 납득시켰다. 아마 은자림이 궤멸된 상황이라 놈이 자포자기한 모양이라고.

하지만, 지금 생각해 보니 그런 게 아니었을지도 모른다.

"그럼 혹시 자네, 운 각사가 구대문파까지 부른 이유는 짐작이 가는가?"

"흐음."

광휘가 생각을 하려는 듯 눈을 감았다.

그리고 눈을 떴을 때.

입을 열었다.

"황실에 가기 전에 그와 한 번 마주한 적이 있네."

"음?"

"처음 보는 분이 오셨군요."

"이거 뭐, 보자마자 바로 아시나?"

"황제가 위험하옵니다."

단리형은 광휘의 뜻밖의 이야기에 눈을 크게 떴다.

"잠시 몇 초 정도 겨뤘었는데… 확실히 정상적인 놈이 아니야. 그리고 두 가지가 걸려."

"뭐가?"

"첫째로, 녀석은 어마어마하게 강하네."

광휘가 어마어마하게 강하다고 할 정도면, 그건 정말로 강한 것이다. 단리형은 운 각사에 대한 경계를 조금 더 높였다.

"그리고 이건 기분 탓인가 모르겠는데… 둘째로 녀석은 나와 싸우고 싶어 하지 않는다는, 그런 기분이 들었어."

"……."

단리형은 조금 고민에 빠졌다.

때로 강호고수의 직감은 이치를 따질 것 없이 단번에 핵심을 짚어낸다. 단리형이 아는 광휘는 그런 면에서 특히나 탁월한 이였다.

"당시에는 녀석이 나를 두려워한다고 생각했어. 하지만 이제 와서 보니 아영이를 손에 넣는 게 목적이었지. 그 여자로 뭘 하려는지 모르겠지만……."

광휘가 잠시 생각하다가 말했다.

"자네 말을 듣고 보니 뭔가 이해가 가. 이건 내 억측인지 모르겠지만 녀석은 보고 싶어 하는 것 같다."

"뭘?"

질문하는 맹주의 신경이 곤두섰다.

뭔가 불길한, 듣기만 해도 가슴이 서늘해지도록 광휘의 목소리는 착 가라앉아 있었다.

"신검합일을 이뤘던 내 옛날 모습을."

"뭐, 뭐?"

"그러니까 잊지 마, 단리형."

광휘가 단리형의 어깨를 짚었다. 그리고 신중하고 진지한 시선으로 말을 이었다.

"만약 내가 신검합일에 오르게 되면, 자네기 막아야 해. 만약 최악의 경우엔."

"……."

"내 부탁 잊지 말게."

"……."

단리형은 대답하지 못했다. 평소와 같이 농담으로 둘러 대답하지도 못했다.

왠지 대답하게 되면.

정말로 그런 상황이 일어날 것만 같았다.

*　　　*　　　*

"여기 있습니다."

차라락.

하오문 서열 10위, 하북을 담당하고 있는 중년인이 노란 서류를 내밀었다.

서혜가 빠르게 훑은 다음 물었다.

"모두 확인된 사실인가요?"

"그렇습니다."

명화전주(明化殿主) 사유강의 말에 서혜는 굳은 얼굴로 한 번 더 서류를 검토했다.

파락, 파락.

유심히 보려는 것인지 글 한 자, 한 자를 꼼꼼히 읽어보던 시선이 마지막 서류에서 움직이지 않았다.

(이십 일 내로 구대문파 장문인, 모두 집결 예상)

놀라운 일이기에 앞서, 의아함이 먼저 들었다.

이십 일이면 예상보다 너무나 빠르다.

아무리 맹주가 직접 도움을 요청했다고 해도, 장로회 같은 정식 절차 없이 서신을 받자마자 전력을 다해 움직이겠다는 이야기 아닌가.

해남이야 일전에 함께 싸운 일이 있으니 바로 응한다고 쳐도, 곤륜파와 점창파의 결정은?

해남보다도 먼, 물경 수천 리가 넘는 거리를 이십 일 안에 당도하겠다고 공언했다는 건 그녀의 예상을 뛰어넘고 있었다.

"맹주의 위엄이 대단하긴 한가 봅니다."

사유강이 골똘히 생각하는 서혜를 보고 말했다.

이는 그로서도 당연히 가진 의문이었다. 정보를 보고하기 전, 마지막으로 검증을 거쳤으니까.

사락.

마지막으로 서류를 또 한 번 읽어본 서혜가 후, 한숨을 쉬며 말을 흘렸다.

"맹주 때문이 아닐 거예요."

"그럼?"

"무림맹은 맹주를 중심으로, 구대문파의 협력에 의해 운영되는 곳이죠."

티억.

서혜는 의자에 등을 기대며 사유강을 올려다보고 말을 이었다.

"맹주만은 못해도, 구파의 장문인 역시 각 지방을 좌지우지하는 인물이에요. 말 한마디에 즉각 따르는 것은 오히려 이상해요."

"그건 분명히 그렇습니다만, 그럼 이유가 무엇일까요? 폭굉과 은자림을 그토록 경계한다는 걸까요?"

"아뇨. 폭굉은 하북 내에서일 뿐 중원 전역으로 퍼지지도 않았고, 인신매매 같은 일도 보고된 바 없어요. 더욱이 은자림의 세력은 예전에 비하면 비교하기 어려울 정도예요."

"으음."

"저도 결론 내리기는 어렵네요. 구파 중 의협심이 강한 장문인도 있겠지만 체면과 문파의 존립을 더 우선시하는 장문인도 있으니까."

뚜렷한 답이 떠오르지 않았다.

서혜는 소록소록 솟아나는 기존의 의문들을 재확인했다.

맹주 때문도 아니고, 폭굉도 아니다.

은자림의 세력도 아니라면 대체 무엇이 그들 모두를 움직이게 한 것인가?

"대체 예전에 뭐 하는 사람이었길래……."

퍼뜩!

그러나 사유강이 투덜대듯 흘린 말에 곧 눈에 이채를 띠었다.

"천중단 단장."

"…예?"

"광휘 그 사람이군요. 그도 뭔가 패를 따로 쥐고 있었던 모양이에요. 제게 깨우쳐 줘서 고맙군요."

사유강은 머쓱했다. 그냥 지나가듯 흘린 말에 서혜가 칭찬하자 대단히 민망해진 것이다.

한편 서혜는 그동안 공식, 비공식적인 조사를 통해 들어온 정보를 머릿속에서 꿰맞추고 있었다.

'천중단 최후의 단장. 그리고 단 하루나마 무림맹주직을 맡았던 사람.'

천중단.

과거 은자림과 최전선에서 싸웠고 수많은 사람들을 구해낸 일세의 영웅들.

몇 개월째 하오문 조직을 통해 조사를 해보았지만 그들의 활약에 대해서는 아직 밝혀지지 않은 정보들이 더 많다.

그렇기에 역으로 생각해 볼 수 있었다.

왜 이렇게 자료가 없는 것일까. 그리고 왜 알려지지 않은 것일까.

'끈을 더 넣어서 조사해 볼 필요가 있겠어.'

어쩌면 무림맹의 핵심 세력인 구파일방.

그들이 관련되어 있기에 이제까지 적극적으로 은폐돼 온 것이라면?

그리고 이번에 과거의 어떤 일에 대해서 광휘가 언급한 것이라면?

그렇다면 얼추 뭔가 맞아떨어지는 것도 같았다.

투욱.

책상을 내려다보던 그녀는 사십여 장으로 된 서류 더미 중하나를 집어 들었다. 그리고 그곳에 적힌 글귀를 다시 한번 내려다보았다.

〈우리가 해남의 용이라면.

그는 구파일방의 용이다.〉

해남과 문주가 했다던 말.

어쩌면 이것이 과거의 광휘와 관련된 실마리일 수 있겠다는 생각이 들었다.

＊　　　＊　　　＊

두두두두두!

빠른 속도로 질주하는 이두 마차 안.

작은 창 안으로 밖을 내다보고 있는 앳된 얼굴이 보였다.

피부가 백지처럼 희고 고운 여인.

양 갈래로 곱게 땋은 머리카락이 소녀처럼 앳된 얼굴을 톡톡 건드렸다.

"아영아."

하지만 신체적 발달이 16세에 머물러 있긴 해도 그녀는 스무 살도 넘은 여인이었다.

다각다각.

맞은편에 앉아 있던 당고호가 그녀를 불렀지만, 아영은 별다른 반응 없이 창밖을 내다볼 뿐이었다.

"납치된 여인은 광휘분과 친한 사이죠?"

그러다가 조금 뒤에 물었다.

당고호의 표정이 살짝 굳어졌다.

뭐라 말하려던 그는 이내 고개를 돌리며 한숨과 함께 대답했다.

"그렇다 하더군."

"그래요?"

아영은 소녀답게 살짝 놀란 얼굴을 했다.

구구국.

당고호가 불편한 듯 엉덩이를 들었다가 다시 붙였다. 육중한 몸 때문인지 마차 의자에서 바람 빠지는 소리가 들렸다.

"미안하게 되었구나."

아영의 눈치를 슬쩍 보던 그가 나직이 말을 꺼냈다.

당장 말투는 평소처럼 가장하고 있지만, 얼굴도 살짝 웃음 짓는 듯하지만, 눈만은 달랐다.

겁에 질린 두려움.

그것이 고스란히 묻어 나오고 있었다.

"상황이 이리되다 보니 너에겐 위험한 일을 강요하는 모양새가 된 것 말이다. 네가 만약 정말로 운 각사를 만나는 것이 싫다면 내가 한번 다른 방법을 강구해……."

"아저씨, 예전에 저는 말이에요."

쭈뼛쭈뼛 불편해하는 당고호에게 이영이 말했다.

조금 어색한, 하지만 분명한 미소를 지으며.

"참 많은 사람들을 죽였어요. 가끔은 내가 죽인 수많은 사람들, 꿈에서 그 사람들 얼굴이 보여요. 지옥 같은 악몽이죠."

"……."

"그게 제가 원한 건 아니었지만, 그렇다고 변명이 되지는 않겠죠. 잘 알아요. 그런데 그 악몽에서 벗어날 방법이 생겼어요. 과거의 죄를 씻고, 용서를 구할 수 있는 방법이."

"아영아……."

"누구를 위한 것이 아니라 나를 위해서예요. 예전부터 그걸 찾고 있었는데… 이렇게 묘하게 맞아떨어지네요. 이런 걸 포기할 수는 없잖아요."

당고호는 아영의 말에 살짝 고민스러운 얼굴이 되었다.

분명히 겁을 먹고 있다.

그래서 드문드문 떨림이 흘러나왔다. 하지만 목소리에 담긴 저 감정은.

동시에 단호하기도 했다.

"정말 그리 생각하느냐?"

당고호는 한 번 더 물었다. 이 아이가 누군가의 강요에 의해서가 아닌, 정말 스스로 그리 생각하는지 알고 싶어서.

"네, 무섭다고 계속 도망칠 수는 없으니까."

아영이 웃으며 고개를 끄덕였다.

새하얀 빛에 투영된 피부 때문인지 평소보다 훨씬 더 밝아 보였다.

"후우……."

덜컥.

길게 한숨을 내쉰 당고호.

무슨 생각인지 그는 가슴 속에 품고 있던 목함을 꺼내 열었다. 그러자 약처럼 진한 향이 코끝을 자극했다.

"챙겨두거라."

당고호가 흰 종이로 덮인 환약 하나를 내밀자 아영이 의아한 얼굴이 되었다.

"크흠! 별거 아니다. 한 식경 정도 몸을 보(保)하고 기운을 유(流)하게 다스릴 수 있는 보약이다. 정말로 운 각사란 자의 목표가 너라면, 단순히 죽이려는 게 아니라 뭔가를 얻으려는 건지도 모른다."

"이거… 비싼 거 아니에요?"

"그냥 상비약 같은 게야. 부담 가지지 마라. 효과가 한 식경 정도밖에 못 가거든. 위험하다 싶으면 바로 먹어라."

은은하게 빛이 감도는 환약.

"정말 귀한 거 아니죠? 확실하죠?"

"귀하기는."

당고호는 피식하며 고개를 저었다.

"몸에 좋은 건 중사당의 노인네가 다 처먹었어. 그나마 구실로 좋은 거 하나 넣은 거야."

거짓말이었다.

이 환약의 효능을 알게 된다면 아영은 부담스러워서 받아들이지 못했을 것이다.

구환단(求丸丹).

만독불침까진 아니더라도 천독불침의 효과가 있고 독의 내성뿐만 아니라 나쁜 기운도 몰아주는 효능이 있다.

한마디로 중사당을 대표하는 최고의 약 중 하나였던 것이다.

"감사해요. 잘 쓸게요."

"뭘, 약 하나 가지고 인사씩이나."

피식 웃으며 툭 하고 말을 내뱉은 당고호는 잠시 고개를 돌려 마차 벽을 노려보았다.

'저거 나중에 아들내미한테 줘야 하는 건데.'

원래라면 중사당주 취임식에서 받는 보물.

독과 약으로 유명한 사천당문에서도 극히 소수에게만 지급되는 영약.

어릴 때 영재에게 잘 먹이면 벌모세수에 버금가는 효과가 있다.

그걸 이런 데서 써버린 것이 아쉽기는 했지만.

'뭐. 내가 자식이 있어, 제자가 있어? 아, 제자는 있었구먼. 그래도 뭐.'

이제 와서 되돌릴 수도 없다.

간만에 한번 질러 버린 중사당주는 크흠, 크흠 헛기침만 해댔다.

*　　　*　　　*

사아악.

산들바람이 불어왔다.

조용히 석벽을 보고 좌선 중이던 방천이 눈을 떴다.

누군가 옆에서 자신을 보고 있다는 걸 깨달은 것이다.

반개한 눈으로 고개를 돌린 그는 사내를 확인하자마자 급히 일어나 읍을 해 보였다.

"고생하셨습니다."

대답 대신 짧게 묵례를 해 보이는 광휘.

방천은 그를 데리고 한쪽에 지어진 정자로 안내했다.

짹짹짹.

아침 날씨는 화창하며 따사로웠다.

시원한 바람을 맞으며 정자에 앉은 광휘는 방천이 앉자마자 먼저 말을 걸었다.

"변고를 당하셨다고 들었습니다."

"노납의 수행이 부족한 탓입니다."

방천이 가볍게 미소를 지었다.

큰 고역을 치렀음에도 어찌 된 것인지 그의 얼굴은 밝아 보였다.

광휘가 고개를 끄덕이며 잠시 침묵했다.

왠지 그답지 않게 눈치를 보는 모습이라, 이번엔 방천이 말했다.

"무슨 얘길 하러 오실지 알고 있었습니다."

"무슨……."

"본 사의 장문인이 오신다지요?"

광휘의 얼굴에 약간 당혹스러움이 어렸다.

오늘 아침 얘길 듣고 오는 길인데 그들은 이미 정보를 전해 들은 모양이었다.

"대사, 죄송하게 되었습니다. 사실……."

"시주, 괜찮습니다. 어차피 한 번은 마주쳐야 하는 일이었습니다. 그보다."

광휘가 미안해하자 방천이 손을 내저었다. 그리고 물었다.

"운 각사란 자를 이길 수 있겠습니까?"

"……."

"소승이 태어나 처음 경험해 본 무위였습니다. 지근거리까지 다가갈 수 없는 허공섭물, 동시에 피어낸 삼매진화의 불꽃. 그는 이미 극마의 끝에 이르렀을 것으로 추정됩니다."

극마(極魔).

마공을 익힌 자가 절정을 뛰어넘으면 얻게 되는 입신(入神)의 영역.

극마의 끝에 이르면 환골탈태나 반로환동의 무인이라 칭하기도 하고, 또한 어떤 신체 능력의 변화 없이도 완벽한 강기(罡氣)를 구현하는 자들이라 말하기도 한다.

"극마의 끝에 이르렀다는 말은……."

광휘가 말끝을 흐리자 방천이 침음했다.

"예, 탈마(脫魔)의 영역에 도달했다고 보여집니다."

탈마.

마기를 익힌 마인이 이룰 수 있는 최고의 경지.

알려지기론 무한한 내공으로 수십, 수백의 강기를 쏘아낼 수 있다고 했다.

하나, 탈마는 소문으로만 무성할 뿐 누구도 이 경지에 도달한 자가 없었다.

인간이 닿을 수 없는 미지의 경지라 언급된 것도 그 때문이다.

"과연 놀랍습니다. 탈마라는 말에도 시주께선 담담하시군요."

잠시 광휘의 표정을 살피던 방천이 감탄했다.

많이 놀라지도 않은 걸 보니 더욱 그랬다.

"딱히 놀랄 일도 아니오. 극마를 이룬 자들은 과거에도 몇 있었지. 그리고 화경도 있었소. 물론 지금도 있지."

광휘가 천천히 고개를 내저었다.

마도에서 말하는 극마의 경지.

정파에선 그걸 화경, 또는 신화경이라 부른다.

방천은 광휘가 언급한 그런 인물이 누가 있나 생각해 보다가, 현 무림맹주를 떠올렸다.

"그리고 극마든, 탈마든 결국 한 명의 인간일 뿐이오."

광휘의 이어진 말에 방천은 고개를 끄덕였다.

한때 천중단장.

그리고 흑우단의 조장이었던 광휘다.

강함에 상관없이 누구든 암살하거나 처단하는 것이 그의 일이었다.

결국은 한 명의 인간.

단순하지만 명확히게 징리해 버린 광휘의 말에 방천은 동의했다.

"하긴 생각해 보니 그가 탈마라도 상관없을 겁니다. 시주께서 이기어검(以氣御劍)을 쓸 수만 있다면."

"대사……."

광휘가 조금 당황해서 눈을 돌렸다.

이기어검.

화경을 뛰어넘는 경지로 검과 의지가 하나가 되어야만 펼칠 수 있는, 인간이 이룰 수 있는 최고의 경지를 그가 말하고 있었다.

"다른 말로는 신검합일이라 하지요?"

"…그렇소."

"그럼 모든 감정을 토해내십시오, 시주."

살짝 흔들리는 광휘에게 방천은 담담히 말을 이었다.

그 또한 불문의 고승.

지금이야 파계했다 하나, 소림은 불문. 마음을 다스리는 정심(正心) 수행에서 정도 문파 중 제일이라 할 수 있는 곳이다.

"시주는 기실, 신검합일에 도달하는 방법을 이미 알고 계시지 않습니까?"

"…아셨소?"

광휘는 짧은 장탄식을 토해냈다.

예전에 황 노대가 그의 앞에서 죽었을 때, 광휘는 극도의 분노를 일으켰고 한순간이나마 예전의 그 경지를 회복했었다.

이미 육체는 신검합일에 도달해 있다.

몸에 배인 경지는 사라지지 않는다.

"누르지 마십시오. 억제하지 마십시오. 힘은 그저 힘대로 흘러가게 두십시오. 그것이 순리입니다."

"하지만… 그랬다간."

심각하게 낯빛이 변한 광휘가.

방천을 보며 읊조렸다.

"모두 죽을 거요."

광휘 역시 그걸 알고 있었다.

그렇기에 평소에 의식적으로, 무덤덤함으로 그 힘을 절제하고 있는 것이다.

신검합일.

그건 그야말로 마의 벽이라고도 불린다.

열어버리는 순간, 광휘는 완전히 광인이 된다.

적아도 구분 못 하고, 모든 것을 베어버리는.

단 한 자루의 검으로.

"완전치 않으니 그럴 뿐입니다. 사로잡히지 않으려고 노력하십시오."

도르륵.

방천은 손안의 염주를 굴리며 선문답을 하는 고승처럼 대답했다.

"일체유심조. 삼라만상 모든 것은 마음에서 비롯될지니. 부처를 만나면 부처를 죽이고, 행자는 스스로의 길을……."

"그러다 막지 못하면."

"……."

"그러다 막지 못하면 어찌할 것이오!"

다그치는 광휘.

그는 이런 방법밖에 없다는 걸 알고 있었음에도 방천을 쏘아붙였다.

"그렇다고 나아가지 못하면 운 각사에게 죽겠지요."

"……."

이번에는 광휘가 반박하지 못했다.

운 각사 역시 분명 승산을 따져서 패를 내밀었을 터.

놈이 자신만도 아닌, 맹주와 구파일방의 장문인들을 불렀다는 것은.

아마도 극마, 아니, 그 이상일지도 몰랐다.

"빨라지고 싶다면 먼저 빨라지고 싶은 마음을 버려라. 벗어나고 싶다면 먼저 벗어나고 싶은 마음부터 버려라."

"……."

"노납이 검에 대해 조예는 깊지 않으나, 한 가지는 알 수 있습니다. 신검을 얻고 싶다면, 먼저 그것이 신검이라는 생각부터 버리십시오. 그러면 얻을 수 있을지도 모릅니다."

도르륵.

방천이 다시 염주 알을 굴렸다.

"아니. 이번에는 어렵소."

광휘는 이제 한숨을 쉬었다.

"열에 아홉은 빠져나올 수 없는 광마. 과거에도 세 번이나 겪었소. 그리고 최근에 한 번 더 있었지. 나는 분명히 아오."

이번에 들어서게 된다면 다섯 번째가 된다.

이제껏 운이 좋게도 살아남을 수 있었지만, 그 운이 언제까지 이어질지는 아무도 장담 못 한다.

"그 말을 되짚어보지요, 시주. 네 번째까지 어떻게든 돌아오지 않았습니까?"

"……!"

광휘의 눈에 한 노인이 비쳤다.

그랬다. 세 번이나 광마에 들어 다음번엔 분명 죽을 거라 했던 자신은 살아났다.

마지막 황 노대의 죽음에서도 그는 기적적으로 발작을 멈출 수 있었다.

"무엇이었습니까, 시주. 세상을 베고 자르는 검이었다가 다시 돌아오게 된 계기. 시주를 다시 사람으로 돌린 것이 무엇입니까?"

멍한 눈이 되어 있던 광휘에게 방천이 물었다.

"……."

부르르.

광휘의 입술이 떨렸다.

얼굴이 고통에 물들었다. 슬픔과 그리움이 눈에 담겼다.

어쩌면 그 스스로도 이미 알고 있었던 모양이다. 지금 방천이 물을 때까지, 그 이름을 말하지 않으려 했던 것은.

"누구입니까."

"……."

광휘는 잠시 침묵했다.

가슴속에 가시처럼 파고든 아픔을 얘기하듯 광휘는 힘겹게.

"…장 소저요."

힘겹게 입을 열었다.

때마침 툭, 하고 그의 눈가로 뭔가 살포시 떨어져 내렸다.

당황스럽게도 그의 눈앞에 떨어져 내린 꽃은.

목화였다.

"그녀가 내 발자을 멈춰주었소."

"그럼 이번에도 믿으십시오, 시주. 장 소저가 시주를 막아줄 것이라고."

방천이 부드럽게 말했다.

그는 마치 삼라만상을 깨우친 사람처럼 편안하게 웃음 짓고 있었다.

第三章

모산파(茅山派)의 등장

태양이 내리쬐는 이른 아침.

황량한 들판 아래, 무슨 일인지 백여 명의 사람들이 한데 모여 있었다.

대열을 갖춘 위치도 복장도 특이했다.

해진 옷과 낡은 신발. 어찌 보면 농민처럼 보였지만 허리춤에 맨 칼자루가 그런 인식을 완전히 지워 버렸다.

사사삭.

바람도 없는데 소나무 하나가 흔들렸다.

찰칵.

일부 무인들이 칼자루에 손을 가져가자 대장으로 보이는 자가 손을 들어 제지했다.

"순찰당주시다."

타닷.

말이 끝나기가 무섭게 누군가 나뭇가지를 밟고 도약했다.

중년인으로 보이는 그는 무리 한복판으로 빠르게 파고들었다.

"어떻게 되었나?"

때마침 대열 가운데에서 노인 하나가 걸어 나왔다.

반나절 동안 이 주변에 대기하고 있던 총관 서기종이었다.

"따돌린 듯합니다."

순찰당주 임조영이 고개를 숙이며 말하자 서기종의 표정에 안도감이 일었다.

며칠간 맹의 정찰조를 벗어나기 위해 부단히 애쓰지 않았는가. 다행스럽게도 추적을 뿌리치는 데 성공한 모양이었다.

"고생했네."

서기종은 임조영의 어깨를 두드리며 격려했다.

자신들을 쫓던 상대는 맹의 비선당, 정보 측 전문가들이다.

정찰부대의 심리를 잘 아는 순찰당주라 할지라도 그들을 따돌리기가 쉽지 않았을 터.

"…무슨 걱정이라도 있는가?"

지시를 내리려던 서기종의 시선이 처음 있던 곳으로 되돌아갔다.

임조영의 표정에서 뭔가 불편해 보이는 심기를 읽은 것이다.

"뭐, 그냥……."

그는 대충 말을 얼버무렸지만 서기종은 곧장 의미를 깨달았다.

사실, 맹을 나온 그때부터 알고 있던 것이었다.

임조영이 무엇을 염려하는지를 말이다.

"두려운 게구먼."

"총관……."

"알고 있네. 어찌 모르겠나. 자네만큼이나 나 역시 오랜 시간 동안 고민했었으니까. 하나 순찰당주, 난 이게 최선이라고 보았네."

최선이란 단어에 임조영의 눈꼬리가 올라갔다.

이윽고 총관을 응시하던 그가 입을 열었다.

"출타 중이던 맹주는 황실로 돌아가 은자림을 격파하는 큰 공을 세웠습니다. 그에 반해 우리는 구명줄이던 오왕이 몰락했습니다. 이게 최선이란 말씀이십니까?"

"최선일세. 방법은 이것밖에 없었어."

사박사박.

서기종은 뒷짐을 지며 몇 걸음 걸었다.

그리고 느릿한 시선으로 들판 위에서 지시를 기다리고 있는 대원들을 슬쩍 바라봤다. 그곳엔 2개의 부대, 풍운검대와 복건 추룡대(服虔追龍隊)가 있었다.

"우리가 맹에 계속 있었다면 어찌 되었겠나?"

서기종의 물음에 임조영은 잠시 뜸을 들이다 말했다.

"큰 징계를 받았겠지요. 잘되어봐야 세력을 모두 잃고 낙향. 자칫하면 근맥을 폐하게 됐을지도 모릅니다."

"그렇지."

"하나 총관, 지금 이 행동은 그것과는 전혀 다릅니다. 이제까지는 지시 불이행 정도로 넘어갈 수 있었지만 지금부터는 항명, 심지어 반역이라 할 수 있는 것이지 않습니까?"

무림맹은 거대한 계파 집단이 뭉친 복마전이다.

그 속엔 맹주를 지지하는 이들도 있지만, 음으로 양으로 거스르는 이들 또한 있었다.

일이 이제껏 여러모로 꼬이긴 했지만, 맹주의 견제 세력들을 끌어들이고 위험한 증거를 없앤 후 협상에 나서면 그나마 처분의 강도를 줄일 수 있다.

임조영은 그 점을 지적한 것이다.

"자넨 너무 자기중심적이군. 이 문제가 어디 자네와 나, 둘만의 문제인가?"

"그게 무슨 말씀입니까?"

"저길 보게."

서기종은 들판 위에 대원들을 가리켰다.

"팽가의 일에 손을 보탰던 우리 대원들, 그리고 여기엔 없지만 천군지사대 대원들도 있었지. 그들의 명예와 남은 가족들은 어찌 되겠는가?"

"음."

임조영이 침음했다.

서기종의 말대로 이건 자신들 두 사람만의 문제가 아니었다.

그들을 따랐던 맹주의 견제 세력들, 이제껏 친분이나 의리 등으로 상관의 명령에 따랐던 수백 명의 무사들의 삶 또한 함께 걸린 문제인 것이다.

"그냥 반역자라는 낙인이 찍히게 되면, 저들만이 아니라 저들의 후손까지 영원히 백안시될 걸세. 우리야 그렇다 치고, 저들도 그렇다 쳐도, 저들의 자식은 무슨 잘못인가? 맹에서 내쳐지고 가산을 모두 잃고, 영원히 동냥이라도 시킬 셈인가."

"……."

어찌 보면 가장 억울한 것은 자신들의 정략 다툼으로 피해를 본 사람들이었다.

당장 팽가에 지원했던 맹의 고수들만 해도 참여 인원의 절반이 죽지 않았는가.

"그렇다고… 은자림에 협력할 수야 없지 않습니까!"

임조영은 반박했다.

상황이 나쁘긴 해도 그것이 지금 행동에 정당화기 되진 않는다.

이미 많은 것을 잃었다고 해서 빚까지 져 도박판에 가산을 탕진하는 꼴이 되지 않는가.

정 과거의 잘못을 쓸어내려고 한다면, 지금만큼은 야욕을 버리고 현실을 직시해야 할 것 아닌가.

"헛, 참 내. 자넨 날 너무 안 좋게만 보는구먼? 설마하니 내가 은자림에 협력하기라도 할 것 같은가?"

"총관께서 그리 극단적으로 갈 거라는 생각은 하지 않습니다. 하지만 상황이라는 것이 어디 순탄하게만 흘러갑니까? 이제껏 매번 우리 예상과 다른 변수가 일어났습니다. 그에 대한 탈출구로 혹여……."

"아냐, 잘못 짚었네. 난 맹주를 도울 걸세."

"…예?"

임조영이 눈썹을 꿈틀댔다.

전혀 예상 못 한 말이었다.

맹의 정찰대의 눈을 피해 이리 빠져나와서는 맹주를 돕겠다니.

"자네도 알다시피 은자림은 심주현 저잣거리에서 구파일방과 조우하게 될 것이네."

총관 서기종은 허연 턱수염을 쓸어내리며 미소와 함께 재차 입을 열었다.

"그곳엔 맹주도 있을 거고 천중단도 있겠지. 제대로 한판 싸움이 일어날 게야."

"결국 저희가 할 일은 아무것도 없지 않습니까. 구파일방과 무림맹주라니……."

"끌끌, 자네는 은자림이 어떤 존재인지 모르는구먼."

"……?"

"그리고 운 각사란 자에 대해서도. 자네가 과거의 은자림이 어떤 놈들이었는지 알았다면 그런 막연한 소리는 하지 못할 걸세."

"……."

임조영은 납득하지 못한 얼굴이었다.

은자림의 전력이 분명 위협적이긴 했으나, 이제껏 그들이 벌인 일이라곤 하북 내에 수백 명의 신도들을 부려 폭발과 그로 인한 위협적인 분위기를 만드는 정도였다.

그리고 운 각사란 자의 무위가 얼마나 되는지는 모르나, 당장 맹주부터가 경천동지할 무공을 가지고 있지 않은가.

거기에 광휘, 구파일방이라는 대전력을 가지고, 총관은 오히려 모자랄 거라는 듯한 기색을 보이고 있었다.

그사이 총관은 하늘을 올려다보았다.

"마지막 싸움이 될 걸세. 그 싸움은 중원의, 그리고 우리의 미래를 결정할 테지. 그러니 우리는 마지막까지 숨겨진 칼이 돼야 하는 걸세. 누구도 예상하지 못한, 가장 결정적인 때에 한 번 찌를 수 있는 검이."

"……."

총관은 다시금 임조영을 바라보다 자신의 가슴을 툭툭 쳤다.

"만약 그렇게 할 수만 있다면 우리의 과오도 씻겨 나가길 바라네. 어쩌면 명예로운 행동이라고 추앙받을지 몰라. 과거에 여러 번 그랬던 것처럼."

총관의 눈이 넓디넓은 하늘을 올려다보았다.

수없이 흐렸다가 개기를 반복하는 하늘.

그 하늘은 오늘도 무심하게 평화로웠다.

*　　　*　　　*

딱. 딱딱.

단리형의 왼손이 책상을 툭툭 쳤다.

그의 시선 아래로 서른여 장의 문건들이 펼쳐져 있었다.

장씨세가에 도착한 후 이십 일 사이 벌어진 사건 사고들이었다.

"엊그제부터였구먼."

맹주는 맞은편에 꼿꼿이 서 있는 송유진을 향해 말했다.

"죄송합니다, 맹주."

"굳이 죄송할 필요까지야. 순찰당주 임조영은 비선당의 밀마를 누구보다 잘 알고 있으니."

"그렇다고 해도… 백 명이 넘는 무인들이 움직이는데 종적을 놓쳤다는 책임을 피할 수 없습니다. 맹으로 복귀하면 처분을 달게 받겠습니다."

"그만하게."

맹주는 고개를 내저으며 책상 위에 펼쳐진 문건들을 내려다보았다.

최근 맹에서 일어난 가장 큰 사건은 병력 이탈이었다.

총관 서기종을 필두로 순찰당주 임조영와 관련된 모든 부대가 무림맹에서 자취를 감추었다.

비선당이 추측하기론 그들은 은자림, 정확히는 운 각사를 따르기로 했다는 보고였다.

"가벼이 보실 일이 아닙니다, 맹주. 이번에 이탈한 병력은 적지 않은 전력입니다. 풍운검대와 복건추룡대를 포함하면 맹의 삼 할에 근접합니다."

미동도 않는 맹주에게 송유진이 잔뜩 우려하는 얼굴로 말했다.

팽가의 싸움으로 병력의 손실이 있다곤 하지만 풍운검대는 여전히 맹을 대표하는 조직이었다.

거기다 순찰당주가 이끄는 복건추룡대 역시 충성도로 따지면 무림맹의 제일이 아닌가.

"너무 최악으로만 보는군. 애초에 총관 서기종이 은자림에 협력한다는 증거는 없어. 그간 서기종이 했던 일들은 은자림을 따르는 것이 아닌 오왕의 줄을 잡기 위한 움직임이 아니었던가."

맹주는 목에 힘을 주며 말했다.

"이미 저들은 명분을 잃었네. 그리고 이쪽은 구파의 장문인, 그를 위시하는 호법, 장로들까지 포함하는 거대한 전력일세. 만에 하나 저들이 은자림과 협력한다고 해도 얼마나 힘을 낼 수 있겠나?"

"하기야… 그 문제도 있겠군요."

그제야 송 당주는 고개를 끄덕였다.

풍운검대와 복건추룡대는 원래 무림맹의 최정예였다. 그리고 그들이 그런 무위를 갖추게 된 것은 구파일방에서 협력한 수많은 교관들 때문이었다.

즉 총관이 끌고 나간 전력은 정식 사형제간은 아니지만 구파일방과 은연중에 교류가 깊은 편이다.

어제까지 한솥밥 먹던 친우들이 갑자기 적으로 싸우는 것이 마음 편할 리가 없다.

이건 총관 서기종 또한 당연히 알 수 있을 터였다.

송유진이 물었다.

"그럼 대체 무슨 생각인 걸까요?"

"낸들 알겠나. 어쨌든 중요한 문제는 아니야. 어차피 몇 시진 뒤에 보게 될 자들이니 그 문제는 넘어가고."

스륵.

맹주는 책상 위의 문서 한 장을 넘겼다.

그가 언급했던 금일이 바로 운 각사가 지정한 날이었다. 그의 말대로 어떤 식으로든 총관의 무리들을 보게 될 터.

"구파 장문인들이 정말 한데 모여 있는가?"

맹주는 화제를 돌렸다.

"예, 장씨세가와 조금 떨어진 환빈관(歡賓官)이라는 곳에 모여 있답니다. 그리고 지금 장씨세가로 출발했다는 전언이 왔습니다. 숫자는 대략 이백여 명. 일파당 삼십 명 정도로 추산하고 있습니다."

소림과 화산, 무당은 진즉에 와 있었다.

다만 장씨세가로 곧장 오지 않은 것은 괜한 소란을 줄이고 다른 문파와 합류하기 위해서였다.

그리고 보고에 적힌 내용으론, 해남보다도 더 먼 곤륜파, 강호에 거의 모습을 드러내지 않던 공동파를 맞이하기 위함이라는 얘기도 있었다.

"헐헐헐, 하나같이 중요하신 분들이니 이 늙은이도 엉덩이를 좀 들어야겠군."

착착.

단리형은 서류를 한데 모으며 자리에서 일어섰다.

실로 오랜만에 만남이었다.

맹주가 된 이후 처음이니, 거의 십 년이란 세월 만에 보게 되는 것 아닌가.

그들 중에는 원수처럼 싸운 이들도 있었고, 피를 나눈 형제처럼 친한 이들도 있었다.

시간은 모든 것을 아름답게 윤색한다.

예전에 수염 붙들고 싸웠던 이들도 지금은 다들 혈기가 죽었을 테니, 왠지 껄껄 웃으며 술 한잔 나눌 수 있을 것도 같았다.

"그런데 맹주."

투욱.

걸어 나가던 맹주의 시선이 송유진에게로 향했다.

"또 보고할 게 있나?"

"예, 확인된 바는 아닙니다만… 생소한 문파가 합류하겠다고 알려왔답니다. 이동이 너무 신속하여 아직 위치는 잡지 못했습니다만."

"거기가 어딘가?"

"모산파(茅山派)입니다."

"……."

맹주의 눈가가 좁혀졌다.

고개를 갸웃거린 그는 다시 한번 송유진을 응시하고 말했다.

"뭐? 어디라고?"

＊　　　＊　　　＊

심주현 장씨세가 앞에서는 진귀한 풍경이 벌어지고 있었다.

보통 양민들은 살면서 평생 보기도 힘든 무림의 원로 고수들이 이백이 넘게 몰려온 것이다.

먹물 들인 승복을 입은 승려들과 관을 쓴 도사들, 문파마다 가지각색으로 다른 옷을 입은 무림인들이 문 앞에 서 있자 장씨세가 사람들도 몰려 나와 잔뜩 흥분해 있었다.

"저기 저분들도 소림파인가?"

"예끼 이 사람! 소림에 여승이 있던가? 비구니인 걸 보니 아미파겠지?"

"어, 저분들은 화산파야. 소매 아래에 저 매화 문양. 본 적은 없지만 들은 적은 있어."

"갈색 피풍의? 어, 저거 어느 문파인지 아나?"

소림, 화산, 무당은 워낙 많이 알려져 있고, 그 특색도 확실하다.

하지만 청성, 공동, 점창 등의 도문 4파는 다르긴 다른데 정확히 어떤 곳인지를 알지 못했다.

하기야 강호 무인이 아니고서야 도복과 검의 수실만으로 정확히 알아맞히기는 힘들었다.

양민 기준에서는 그냥 승복을 입으면 불문이고, 그중 남자면 소림, 여자면 아미 정도였으니까.

"해남파다!"

"오랜만에 오시는군! 남도의 기상!"

물론 과거에 들렀던 해남파는 바로 알아보았다.

덕분에 은연중 갈채에 차이가 났고, 그건 또 혈기 방장한 일대제자들이 뿔이 나게 만들었다.

"하, 이 무지한 것들이 정말……."

"자중하거라."

도인답지 않게 성미를 돋우는 일대제자를, 점창의 장문인 안평 대사(安平 大師)가 책했다.

큰 거사를 앞두고 괜히 감정적인 대응으로 소란이 일 것을 경계하는 것이다.

대규모로 모인 무림인들이 은연중에 신경전을 벌이고 있을 때, 약속이라도 한 듯 사람들의 시선이 한곳으로 쏠렸다.

저벅저벅.

구파 사람들에겐 낯선 사내였다.

초가을에 들어선 날씨인데 겨울에나 입을 길고 두터운 장포 차림. 기이하게 꺾여 있는 기형검은 모두의 시선을 한눈에 사로잡았다.

그리고.

저벅저벅.

그를 따르는 낯익은 가사의 노승들.

특히나 소림사 쪽의 눈길을 단숨에 사로잡았다.

"다들 먼 길을 오시느라 고생하셨소."

"……."

"……."

대문 앞으로 나와 깊게 포권한 사내의 모습에 구대문파 사이에는 일순 정적이 내려앉았다.

이건 뭔가 하고 당혹스러워하는 사람두 있었고, 블쾌히게 얼굴을 찌푸린 이들도 있었다.

"저런, 저……."

"이런! 망측한! 대체 누구야!"

"지금 여기 누가 오셨는지 알기나 하는가!"

급기야 혈기 넘치는 일대제자들이 장로와 장문인이 만류하기도 전에 폭갈을 토해냈다.

낯선 사내가 대수롭지 않게 인사를 던진 상대는 강호상 최고배분인 구파의 장문인도 포함되어 있었다.

스승을 하늘처럼 섬기고 자기네가 최고라 여기는 각 파의 일대제자들이 거품을 물 만도 한 일이다.

"넌 뭐 하는 놈이냐! 여기가 어느 안전이라고……."

"놈! 어디서 귀하신 손님들을……."

그런데 뭔가 조금 이상했다.

벌컥벌컥 화를 내던 일대제자들의 목소리가 천천히 줄어들었다.

이런 때 '흠!' 하며 은근히 노한 기색을 보일 장로들의 반응이 영 잠잠했던 것이다.

그리고 그건 구파일방 모두가 그랬다.

무당과 화산은 조용했고, 청성은 잠시 소란이 있었지만 장로들 사이에서 뭔가 차가운 목소리가 몇 번 울리더니 즉각 수그러들었다. 심지어 소림파는 간간히 침통한 얼굴로 불호만을 외는 이들도 있었다.

"…아미타불."

그들 제일 앞에 나선 장문인의 시선은 낯선 사내가 아닌, 그 뒤에 선 세 명의 노승들에게 고정되어 있었다.

"괜찮겠소?"

장포의 사내가 묻자, 그 뒤에 선 노승들이 조용히 한 손을 들어 반장했다.

"괘념치 마십시오, 대협. 이런 때에 숨길 것도 아니지 않습니까."

"소림?"

승려의 인사하는 모습을 보고 구파 중 누군가가 중얼거렸다.

합장이 아닌, 한 손으로 예를 표하는 것. 이는 무림에서 오로지 소림만이 행하는 것이다.

소림의 개파사조인 보리달마, 그 제자가 되기 위해 스스로 한 팔을 자른 혜가를 기리는 예.

"잠깐만, 소림의 사람들은 저기 있는데?"

"이곳에 왜 소림이 아닌 이들이……"

"하하하하, 또 왔네, 광휘. 잘 지냈지?"

쿵. 쿵.

술렁임이 퍼져 나가는 가운데, 구파 중 박장대소하며 앞으로 걸어 나오는 기골이 장대한 노인이 있었다.

장씨세가 사람들도 낯이 익은, 해남파 문주 진일강이었다.

"여기 남는 밥 좀 있나?"

긁적긁적.

그리고 그 옆에 누덕누덕 기운 누더기를 입은 거지 하나. 개방 방주 능시걸도 있었다.

"어어……"

아까 버럭 했던 일대제자들은 이제 기분이 이상해지기 시작했다.

별것 없는 개 꼬리인 줄 알고 밟았는데, 알고 보니 집채만 한 호랑이의 꼬리 같은 기분이었다.

차아악.

저벅저벅.

때마침 잿빛 가사를 입은 깡마른 노승, 소림의 장문인 방혜 대사(方蕙 大師)가 무리를 떠나 앞으로 걸어 나왔다.

진일강과 능시걸은 서로 눈짓을 주고받으며 옆으로 피해주었고, 방혜 대사는 광휘를 향해 느릿하게 반장을 해 보였다.

"나무아미타불. 참으로 오랜만입니다, 유 시주. 그간 강녕하셨는지요."

"허……."

"대체 무슨……."

이제 일대제자들은 오금이 다 저려오기 시작했다.

강호상 최고 배분이라는 방혜 대사가 먼저 인사를 한 것이다. 아무리 봐도 끽해야 마흔, 그 정도밖에 안 되어 보이는 평범한 사내에게.

"팔 년 만이구려, 방혜 대사."

주변에서 웅성이거나 말거나 광휘는 감정의 동요 없이 말을 받았다.

"아니지요. 얼마 전 해가 지났으니 구 년입니다."

"…벌써 그렇게 되었소?"

"예, 소승이 기억하지 못할 리 없지요. 그날을."

방혜는 스윽 주위를 한 번 둘러보았다.

그리고 마치 들으란 식으로 목소리를 한껏 높이더니 광휘에게 말을 이었다.

"전대 무림맹주 유역진 대협, 귀하가 모두를 위해 직을 내려놓은 그날을 말입니다."

＊　　　＊　　　＊

"…전대 무림맹주?"

"지, 지금 소림 방장께서 무슨 말씀을 하신 거야?"

소곤거리던 웅성임은 이제 모두가 들을 만큼 커져 있었다.

전대 맹주. 시일이 9년이나 지났다는 이야기까지.

구대문파의 모두는 어느새 소림의 방주기 하는 말에 귀를 기울이고 있었다.

저벅.

"역시나 했는데 유 대협이셨군요."

두 사람의 대화 중에 나선 이가 있었다. 코 옆에 사마귀가 솟아 있는, 공동파의 남색 도복을 입은 이였다.

"…오성 대사(悟性 大師)?"

"그렇습니다. 먼발치에서 긴가민가했는데 직접 보니 감개가 무량합니다. 의각 회의 때 본 뒤로 처음이지요? 정말 오랜만입니다, 대협."

뒤이어 나온 자는 육십이 넘는 나이에도 고아한 목소리를 가진 아미파 장문인, 수월 신니(水月 神尼)였다.

"대체 이 무슨……."

"허허."

구파의 장문인들이 하나둘씩 나서자 좌중의 혼란은 이어지고 있었다.

장로들은 입을 쩌억 벌리고 있었고, 호법들은 지금 본 게 맞는지 눈을 비비고 있었다.

"곤륜파 장문인 당초 도장(唐椒 道長)입니다."

"청성파 장문인 석명 도사(石明 道士)입니다."

"점창파 장문인 안평 대사입니다."

곤륜과 청성, 점창파 장문인까지 하나둘 읍을 해 보이자 장내의 사람들은 충격을 넘어서서 아예 경이로움을 느꼈다.

구파일방의 일대제자들은 혼돈에 빠졌고, 이 과정을 지켜보던 장씨세가 사람들은 신기하기만 했다.

뭔가 사달이 일어나는가 싶더니, 갑자기 서로 인사를 자청하며 예를 갖춘다. 다른 자도 아닌, 강호의 기둥이라는 구파의 장문인들이.

'전대 무림맹주라면…….'

하나둘씩 나서는 와중에, 무당파 장문인인 대원 진인은 한발 떨어진 채 이 광경을 보고 있었다.

직접 나서서 예를 표하던 다른 장문인과 달리 그는 아직 제대로 된 이해를 하지 못한 것이다.

'대체 무슨 일인 거지…….'

화산파 장문인인 현각 도사도 매한가지였다.

그 역시도 제대로 납득하지 못해 혼란스러운 상황이었다.

"다들 오랜만에 뵙소."

광휘의 대답에 좌중의 소란이 봇물이 터진 것처럼 커졌다.

여전히 상황을 파악하지 못한 일대제자, 좀 더 사정을 듣고 싶은 장로들까지 혼란이 극심해진 것이다.

하지만 구파의 장문인이 나선 상황에 대놓고 질문을 하는 이는 없었다.

그런 상황에 멀리 떨어진 곳에서 피풍의를 휘날리며 걸어오는 무리들이 있었다.

"무림맹주를 뵙습니다!"

그들과 거리가 가까워질 때쯤, 일대제자 하나가 인상착의를 알아보고 예를 표했다.

구파의 사람들이 너 나 할 것 없이 허리를 숙이며 깊게 포권을 했다.

"무림맹주를 뵙습니다!"

"무림맹주를 뵙습니다!"

함성과 같은 소리가 장내에 울려 퍼짐과 동시에 걸음을 멈춘 무리.

무림맹주가 이곳에 온 것이다.

"다들 먼 길을 오느라 고생이 많으셨습니다."

맹주가 느릿하게 포권하자 장문인들도 화답했다.

조금 떨어져 있던 화산파 장문인과 무당파 장문인도 직접 다가와 예를 표했다.

그들을 알아본 단리형이 입꼬리를 올렸다.

"두 분은 황궁에서 뵙고 또 뵙는군요."

"그러합니다."

"며칠간이지만 잘 계셨지요?"

단리형은 두 장문인의 말을 받으며 주위를 슬쩍 둘러보고 고개를 끄덕였다.

다른 장문인과 달리 화산파와 무당파만 멀찍이 서 있는 모습에 대충 상황이 그려진 것이다.

"두 장문인께서는 당시 어가를 호위하시느라 광휘란 친구와 만나지는 못하셨지요?"

"음, 그렇습니다."

"솔직히 고명을 듣는 것조차 오늘이 처음입니다."

두 장문인이 고개를 끄덕였다.

맹주 단리형은 탄식하다시피 길게 한숨 쉬며 말했다.

"광휘 이 친구는 한때 저보다 먼저 무림맹주로 추대된 적이 있습니다. 한데 당시 맹의 회의에서는 이것저것 반발이 많았지요. 그 일로 소림과 화산, 두 파의 전대 장문인께서는 항의하는 의미로 직을 내려놓기까지 하셨습니다."

"…그런?"

"아니, 그럼 소림 방장께서는?"

"방혜 대사께서는 그즈음에 광휘 이 친구와 몇 번 면식이 있었으니 바로 알아본 것입니다."

맹주의 말에 방혜 대사가 스윽, 한 손을 들어 반장을 취했다.

무당과 화산의 두 장문인은 안색이 변했다.

정확히 아는 이야기는 아니지만, 그들도 전대 장문인에게 뭔가 들은 말이 있었던 모양이다.

"맹주, 그 말씀은 혹시 이분이……."

무당의 대원 진인이 뒤늦게 불편한 얼굴로 물었다.

"예, 전대 천중단 단장입니다."

"……!"

"……!"

"……!"

맹주의 말에 쑥덕대던 좌중의 목소리가 삽시간에 멈춘 듯 흘러갔다.

전대 천중단 단장. 그렇게 말한 단리형이 침묵에 빠져든 좌중을 향해 덧붙였다.

"그리고 이 늙은이의 친우이자, 중원을 구하는 데 가장 많은 노력을 한 친구이옵니다. 당시에는 정말 맹 내의 분위기가 흉흉했지요. 큰 문파의 소속이 아니라는 이유로 맹주 같은 중차대한 직을 맡……."

"흠, 흠. 맹주, 지난 일을 말하기에 그리 좋은 자리는 아닌 것 같소이다."

뜨끔한 얼굴로 화산파 장문인 현각 도사가 나섰다.

맹주는 피식 웃는 얼굴로 그를 보다가 슥 고개를 돌렸다.

"하긴 그것도 그러하외다. 지금 여기 모인 이들은 선불 맞은 송아지처럼 겁도 없이 구파일방에 도전장을 낸 은자림 놈을 징치하러 온 것이니 말이오."

"그렇습니다."

"맞습니다."

무당과 화산의 두 장문인이 얼른 대답했다. 단리형은 능글능글하게 그들을 보고 웃다가 정색을 했다.

"그럼 출발하기 전에 잠시 입장을 확인하지요. 무림의 해악, 은자림을 징치하는 일에 대해 각 파는 어떻게 보고 계십니까?"

분위기가 숙연해졌다. 단리형이 기세를 숨기지 않고 드러내자 공기가 싸늘하게 가라앉았다.

이후.

"소림은 맹주의 뜻에 따르겠습니다."

소림 방장인 방혜 대사가 나오며 예를 표했다.

그러자 다른 장문인들이 하나둘씩 입을 열었다.

"공동도 함께하겠습니다."

"우리 곤륜파, 강호에 정의를 바로잡겠습니다."

"해남은 말할 것도 없소."

이윽고 모든 문파 장문인이 동의 의사를 표명하자 단리형이 슬쩍 광휘를 보며 웃었다.

그러다가 고개를 갸웃했다. 여전히 무표정한 광휘. 그가 아직도 기다리는 모양새였기 때문이다.

"무슨 문제가 있는가?"

결국 단리형이 물어오자 광휘가 고개를 저었다.

"한 문파가 남았어."

"한 문파? 어디?"

스윽.

광휘는 대답 대신 손을 들어 가리켰다.

사람들 사이에 작게 자리 잡은, 노란 깃발을 든 한 무리의 도인들을 향해.

"모산파의 귀인들께서는 어떤 고견을 갖고 계시오?"

*　　　*　　　*

모산파.

강소성(江蘇省) 구용현(句容縣)에 위치한 도교 문파로, 강호무림 소속이지만 오히려 민간의 귀신을 쫓는 축귀(逐鬼)를 업으로 삼는 곳이다.

소문만 무성하고 워낙 모습을 드러내지 않는 곳이다 보니, 정작 구파일방의 문도들도 술렁거리며 호기심을 드러냈다.

"모산파?"

"정말로?"

투욱.

광휘가 가리킨 곳에서 도사 대여섯 명이 걸어 나왔다.

통상적인 도복과는 달리 소매가 길고 짙은 회색에 노란색이 그어진, 도인이라기보다 민가에서 축귀하는 법사 같은 치림이었다.

"유 대협을 처음 뵈오. 이 사람은 모산파의 이천(利川) 대사라고 하외다."

"만나 뵈어 반갑소. 광휘라 불러주시겠소?"

광휘는 무심하게 응대했다.

뭐라 말하려던 모산파 도인은 고개를 끄덕이며 읍을 해 보였다.

"그러지요, 광휘 대협. 본 파는 세상의 번잡함에 섞이는 것을 좋아하는 문파가 아니외다. 하나 이번만큼은 이 일대에 사이한 일들이 나타났기에 작은 수고라도 보태려 나온 것입니다."

"사이한 일?"

꿈틀.

개방 방주 능시걸이 눈썹을 찌푸렸다. 모산파 도인은 끄덕였다.

"실례가 되지 않는다면 여러 영웅들께서는 저희를 따라와 주시겠습니까? 워낙 믿기지 않는 현상이라 백번 말하는 것보다 한 번 보는 것이 낫겠지요."

"음……."

능시걸은 맹주를 보았고 구파의 시선이 하나둘씩 맹주에게로 향했다.

그런 상황에 맹주는 광휘를 보며 의사를 물었다.

"갑시다."

광휘가 고개를 끄덕이자 모산파는 바로 움직였다.

타닥!

확실히 무림에 잘 관여하지 않는 탓인지, 으레 할 법한 인사한 번 없었다. 구파일방의 사람들은 조금 우왕좌왕했고, 광휘만 재빨리 뒤쫓았다.

"어, 개방주. 모산파가 여기 있다는 건?"

"어쩌면 운 각사의 술수가 뭔지 볼 수 있을지도 모르지."

하나둘씩 자리를 뜨는 모습을 보던 진일강이 슬쩍 문자 능시걸이 곧장 대답했다.

모산파는 귀신을 쫓는 일을 업으로 삼는 곳. 술법에 능하며 염력과 부적술 같은, 무공 외의 이능(異能)과 방술(方術)에도 밝다.

강소가 하북에서 꽤 떨어진 곳이긴 하지만 한동안 하북에서 은자림이 소동을 벌였으니 모산파의 등장이 이상한 것만은 아니었다.

"아영이, 그 애를 잘 챙겨두시게."

"그러지요."

해남문주의 말에 능시걸도 고개를 끄덕였다.

타닥, 타닥.

구파일방의 장문인들이 하나둘씩 움직이자 그 수행원들도 뒤를 따랐다.

단번에 서른 명가량이 움직이자 거대한 행렬이 되었다.

"허허허."

그렇게 한 번에 정문 앞이 비어버리자, 장원태는 지팡이에 의지해 기막힌 웃음을 지었다.

방금 눈으로 직접 보고도 믿겨지지 않는 광경을 목격한 것이다.

"아버님, 괜찮으십니까?"

"괜찮다, 웅아. 잠시지만 우리 세가가 온 천하의 이목을 받는구나."

장원태는 뿌듯한 얼굴로 하늘을 올려다보았다.

광휘 한 명 때문에 구파일방이 죄다 대문 앞으로 몰려왔다. 어지간한 가문이라면 한 번 들러주어도 영광인 각 파의 장문인들을 전부 보았다.

거기에 무림맹주라니.

아니, 무엇보다 광휘가 전대 무림맹주였다니. 그런 사람과 한집에 있었다는 게 부담스럽고 얼떨떨하기까지 했다.

"좀 과하게 바빠질 듯합니다."

"그렇지."

한동안 각 파와 지역 유지들 사이에서 초대장이 벌 떼처럼 날아들 터였다.

장원태는 흐뭇하게 웃었다.

"소자가 가문의 이름에 누나 끼치지 않을지……."

"웅아."

장원태가 탁탁, 아들의 어깨를 두들겼다.

"그때의 일 때문이냐? 웅아, 혼자서 짊어지려 하지 말거라. 이 싸움은 중원 모두의 싸움이다. 너는 스스로 구파일방의 사람들보다 더 큰 사람이라고 여기느냐? 그래서 이렇게 자책하고 있는 것이냐?"

"그, 그건 아닙니다……."

"걱정 마라. 보란 듯이 광 호위가 련이를 구해내고 우리 앞에 데려올 것이야. 난 믿는다. 그러니 너도 상계의 아들이라면."

툭툭.

장원태는 아들의 어깨를 두드리고 밝게 웃으며 말했다.

"어디에 돈을 걸어야 하는지 보일 것이 아니냐."

"아버님……."

장웅은 고개를 들지 못했다.

조금은 민망했지만, 그래도 그간 가지고 있던 마음의 짐이 한결 가벼워지는 것 같았다.

"저도 믿고 있습니다."

광휘, 그 사람이라면.

사람들이 우르르 빠져나간 쪽을 향하며 장웅이 조용히 속으로 중얼거렸다.

* * * *

삐이꺽, 삐이꺽.

남루한 집 안으로 삐걱대는 소리와 함께 사람들이 속속 몰려들었다.

열 명이 넘는 사람들이 하나둘씩 들어오더니 방 가운데 서서 걸음을 멈췄다.

"허어."

손으로 입을 가리고 시선을 회피하는 와중에, 뒤늦게 들어오던 공동파 장문인이 신음을 내뱉었다.

참상이었다.

굵은 동아줄에 목을 맨 시체가 방 중앙에 매달려 있었다. 그리고 마치 가져다 두기라도 한 듯 주변에 시신이 몰려 있었다.

물론, 다들 오래된 강호인답게 인상을 찌푸리거나 물러서는 자가 없었다.

"죽은 지 하루 정도 된 것 같소이다."

거지라서 시체 만져본 경험이 가장 많은 개방 방주 능시걸이 바닥에 분비물들을 스윽 문질렀다.

바닥에 떨어진 오물들의 굳기를 보고 곧바로 파악한 것이다.

사람이 죽으면 회음부의 근육이 힘을 잃고, 얼마 지나지 않아 장기 안에 있는 음식물들이 몸 밖으로 배출된다.

"아미타불… 기근 때문도 아닌 듯 보입니다."

소림의 방혜 대사가 한마디 거들었다.

목을 맨 시신은 살가죽이 보이지 않을 만큼 깡마른 몸이었다. 하나, 바닥에 떨어진 오물들의 양을 보건대 기근 때문에 먹지 못한 것도 아닌 모양.

"마공 역시 아닙니다."

시신을 관찰하던 청성의 장문인 석명이 대답했다.

마공에 당한 상흔이라면 부패의 정도가 극심해야 했다. 그런데 시체의 외견상에는 부패한 흔적이 없었다.

"그냥 자결일까요?"

아미파 수월 신니가 물었다.

"그건 아닌 것 같소. 가슴 쪽에 뭔가 큰 상흔 자국이 있소."

다른 시신을 더듬던 점창파 안평 대사가 말을 받았다.

스륵.

그가 시신의 가슴을 펼치자 장문인들의 시선이 쏠렸다. 과연. 안평 대사의 말처럼 손톱처럼 뾰족한 것에 찔린 자국이 눈에 보였다.

"흡정공?"

"아닙니다."

누군가가 떠올리는 의문에 공동파 장문인이 확신하듯 고개를 내저었다.

"정기를 모두 빨아먹는 흡정공을 사용했다면 죽어도 진작에 죽었지, 목을 매고 죽었을 리가 없습니다. 그리고 살려고 발악하는 저항의 흔적이 있을 터."

"화공대법(化功大法)도 아닌 듯합니다."

그의 말을 받은 이는 곤륜의 장문인이었다.

흡성대법의 한 갈래로 내공을 흩어버리는 화공대법. 하나 내공이 높은 무림인에게나 쓰지, 일반 양민들에게 굳이 사용할 필요가 없었다.

"대체 그럼 이것이 무슨 현상인가?"

"허허허."

무당파와 화산파 장문인은 혀를 찼다.

나름 강호에서 오래 버텨 시신을 여럿 본 그들조차도 처음 보는 증상이라 사인을 추측하기 힘들어 혀를 내둘렀다.

"참, 이리 높으신 고인들도 모르는 증상이라니. 이것도 당연히 은자림 늄들의 짓일 텐데."

그런 와중에 해남파 진일강은 머쓱한 듯 한마디 던졌다.

"그대들의 생각은 어떠시오?"

맹주 단리형이 모산파 문도들을 향해 한마디 던졌다.

스윽.

좌중의 시선이 집중되자 여섯의 모산파 인원 중 이천 대사가 나섰다.

"부끄럽지만 저희들도 잘 모릅니다."

"허?"

"사인을 추정하는 법은 저희도 나름 자신이 있다 생각했습니다. 하나 지금 이들은 세상의 수만 가지 사인들과도 맞지 않습니다. 단 하나 확실한 것이라면."

모산파의 이천이 잠시 생각하다가 다시 말을 이었다.

"이런 시체에는 귀신도 들어오지 않습니다."

"그게 무슨 말이오? 귀신도 들어오지 않는 몸이라니?"

사자에게 너무 욕이라 생각한 능시걸이 혀를 찼다. 이천은 그게 아니라는 듯 고개를 내저었다.

"말 그대로 지금 이 시신에서는 생기가 없고 혼도 느껴지지 않습니다. 책에서나 보았지, 도문에서 말하는 음양(陰陽)이 뒤틀린 현상인데……."

"규화보전(葵花寶典)이오."

"……!"

"……!"

순간 장문인들의 시선이 한곳으로 휙 꺾였다.

이제껏 한 발짝 떨어져 가만히 서 있던 광휘였다.

"역시. 그건가."

그 말에 맹주 단리형이 동조했다.

"규화보전이라면?"

"설마 그건……."

말을 알아들은 장문인들의 눈이 커졌다. 하지만 그나마 그중 몇 명뿐. 대부분은 그 무공이 무언지도 아는 자가 없었다.

"규화보전? 설명을 부탁드려도 되겠습니까?"

아미파의 수월 신니가 물었다.

"은자림의 무공. 정확히는 천축에서 전래한 무공이오. 흡정공(吸精功), 흡성대법(吸星大法)과 비슷해 보여도 여러 부분에서 많이 다르오."

광휘가 한탄하듯 설명했다. 그는 복잡한 표정으로 천천히 말을 골랐다.

"흡정공은 양기를 빨아들이지만 음기는 놓아두지. 이를 악용한 강호상의 유명한 사법이 바로 채음보양이오."

남자가 여성의 음기를 빼앗으려 들면 채음보양.

거꾸로 여자가 남자의 양기를 빼앗으려 들면 채양보음이 된다.

강호상의 색마나 쓰는 외법이 거론되자 모두의 얼굴이 찌푸려졌다.

"흡성대법은 음과 양이 아닌, 사람의 내기를 빨아들이지. 반면 규화보전은 생기 그 자체, 양기와 음기, 내기며 선천지기며 가리지 않고 짜다 빨아들이오. 그리하여 중용(中庸)을 꾀하고."

도가에서는 사람이 수련하는 길을, 음에도 양에도 치우치지 않은 중도로 잡는다.

이는 극단적으로 가지 말라고 할 뿐 음양을 모두 구하라고 하는 말이 아니다. 애초에 사람은 양쪽의 기운을 모두 가질 수 없으니까.

한데 규화보전, 이 무공은 단어 그대로 음과 양을 모두 **빨아**들여 태초의 근원에 닿고자 하는 무공이다.

남자가 이 무공을 익히면 음기를, 여자가 이 무공을 익히면 양기를 빨아들여 자신의 기운을 중성으로 만드는 것이다.

"아니, 그러니까… 남자가 여자로, 그리고 여자가 남자로 바뀐다고?"

진일강이 묻자 광휘가 고개를 저었다.

"정확히는 바뀌는 것이 아니라 중간. 이도 저도 아닌 완전히 다른 것이 되는 것이고."

"……"

현실을 무시한 탁상공론으로만 존재했던 것인데, 이걸 정말로 가능하게 만들어 버린 것이 규화보전이다.

남자의 양과 여자의 음을 모두 가지고, 둘을 동시에 통제함으로써 엄청난 내공, 그리고 이능을 얻게 된다.

말 그대로 절대적인 경지에 올라설 수 있는 것이다.

"광휘 대협, 과거 은자림이 세상을 덮었을 때도 이런 무공이 있었습니까?"

모산파 이천 대사가 물어오자 광휘는 고개를 저었다.

"있기는 했지만 사용하는 이는 많이 없었소. 뭐, 대법을 소화할 수 있는 그릇이 없었다고 보는 게 맞겠지."

"허허허, 참 규화보전이라니……."

진일강은 혀를 찼다.

강호상에서 알려지지 않은 무공.

광휘의 말대로 무공이라기보다 이 정도면 대법이라 해도 이상하지 않다.

사람의 성별을 바꾸고, 남자도 여자도 아닌 괴물이 되어서 내공이고 이능이고 부리는 무공이라니.

뭐 이런 어이없는 무공이 다 있는가.

"아미타불. 그것이 평범한 사람들에게 독수를 쓴 것과 무슨 관련이 있을까요?"

방혜 대사가 물어오자 이번엔 맹주가 대답했다.

"처음에는 신도들로 만들었겠지요. 그러다가 자격 요건이 안 되는 자들은 이렇게 죽일 것이고."

"자격 요건?"

"재능이나 그릇이랄까요. 쓸데가 없다 싶으면 서슴없이 버리는 것이 녀석들의 방식입니다."

맹주의 말에 방혜 대사의 얼굴이 굳었다. 그는 이제 주변에 널린 시신을 보고 신음했다.

"아미타불. 이천 대사, 혹시."

"많습니다."

모산파에서 방혜의 말이 끝나기도 전에 고개를 끄덕였다.

"이 주변의 민가나 창고마다 시신이 그득합니다. 하나같이 이런 모양입니다."

"아미타불… 운 각사와 조우하게 되면 어째 그 옆에 있는 수백 명의 신도들을 함께 볼 것 같소."

방혜 대사의 한탄에 구파일방 모두의 얼굴이 굳었다.

규화보전의 무공.

그리고 정체 모를 사법이 더해진 신도들.

"적어도 구파일방을 부른 것이 결코 자만심이 아니라는 거군."

"크흠."

"흠."

맹주의 말에 장문인들은 내색하지 않았지만 앞으로 상대할 적의 무게를 체감했다.

"여기서 이럴 게 아니라, 주변을 직접 찾아봅시다."

"그럽시다. 뭔가 더 단서 될 만한 게 있을지 모르니."

누군가의 제안에, 사람들은 모산파의 사람과 함께 하나둘씩 나가기 시작했다.

마지막까지 방 안에 남은 이는 광휘와 맹주였다. 광휘는 물끄러미 목내이(木乃伊: 미라)처럼 말라붙은 시신을 보며 우울하게 물었다.

"단리형, 저들이 왜 여기에 왔을까?"

"모산파?"

맹주가 되물었다. 가만히 있다가 툭 하고 내던지는 광휘의 어법은 아는 사람이 아니면 익숙해지기 힘들다.

"글쎄, 규화보전이란 무공은 듣기로 모산파에서도 연구한 적이 있다고 들었네. 이건 무공보다 대법이지 않은가."

"혹 불순한 의도로 왔을 가능성은?"

"설마. 모산파잖나."

모산파는 기본적으로 속세, 정확히는 강호의 무림과 거리를 두는 곳이다.

세간의 사악한 것을 내쫓고, 민간의 양민들에게 복을 빌어주며, 부적을 붙이고, 주문을 왼다.

비록 굿이나 하는 부적쟁이라고 구파일방에게는 때때로 비웃음받지만, 정작 그들의 뼈대는 태초에 도사라는 사람들이 했던 옛 모습을 가장 잘 따르는 것이다.

"그런가. 그럼 그렇게 기대해 볼 수도 있겠군."

"뭘?"

맹주가 물었다.

"귀신과 사악한 것을 쫓아내는 이들이라면 우리에게도 필요할 거야. 너도 알겠지만 그놈은 한 번 죽었다가 부활했어."

달칵.

광휘는 이제 창문을 열었다. 방 안에 가득한 지독한 사기가 천천히 바람을 타고 흩어졌다.

"운 각사. 그들의 눈엔 영락없는 귀신이지 않겠나."

"하긴, 뭐."

광휘의 물음에 맹주가 고개를 끄덕였다.

第四章

인질 교환

심주현과 안평(安平) 사이에 위치한 저잣거리에는 을씨년스러운 분위기가 가득했다.

상점이 들어선 거리에는 물건을 사는 사람들이 보이지 않았고, 가게에도 사람들은 없었다.

기린의 목처럼 좁게 이어지는 길목 여섯 갈래가 북쪽을 향해, 호수처럼 큰 광장을 중심으로 퍼져 있었다.

사람 하나 없는 객잔에는 휑한 바람만 가득했다. 그 앞에서 운 각사는 평상 위에 앉아 느긋하게 부채를 흔들고 있었다.

"얼마나 남았나요?"

그는 눈 한 번 돌리지 않고 광장을 바라보며 입을 열었다.

"곧 신시(申時)가 됩니다."

여인이 그의 질문에 대답했다.

소매 하나가 바람에 힘없이 휘날리는 여인, 신녀 하선이었다.

"흐음."

운 각사는 짧게 침음했다. 잠시 멈췄던 부채를 다시 흔들며 입가에 미소를 띠고 광장 주위를 바라봤다.

투욱.

팔이 뒤로 묶인 장련이 평상 위에 앉혀졌다.

"정말 태연하시네요."

"태연하다니… 무슨?"

운 각사는 고개를 돌리며 의아한 눈짓을 보냈다.

"광휘 호위무사님에, 무림맹주에, 심지어 구파일방까지 부르다니. 대체 무슨 생각으로 이런 일을 벌이는 건가요?"

며칠 전까지 그녀는 불안해서 물도 마실 수 없었다.

하지만 운 각사가 이 일에 부른 인원들을 듣자 불안감은 사라지고 오히려 어이없음만 남았다.

아무리 무모해도 정도가 있지 이건 너무 많이 나간 것이다.

"호오, 역시 장련 소저는 친절하시군요. 저를 걱정해 주시는 건가요?"

"내가 왜……."

"뭐, 그 친절에 한마디만 대답해 주죠. 그럴 만한 이유가 있으니까."

운 각사가 부드럽게 말을 받으며 웃어 보였다.

장련의 눈살이 찌푸려졌다.

'기분 나빠.'

무슨 생각을 하는지도 모르겠지만, 당장 들리는 소리부터 불쾌했다.

근래 들어 운 각사는 목소리 선이 점점 얇아지고 있었다.

말투도 어떤 때는 거침없는 하대를 하다가, 어떤 때는 명문가 규수나 쓸 법한 여인 같은 말투를 쓰곤 했다.

이쯤 되면 이자가 정신적으로 문제가 있는 건지 헷갈릴 정도였다.

"강호 최고의 고수 서른 명을 불러들여서 한 번에 처치하기라도 하겠다는 건가요? 대체 가능하기나 하다고 생각하는 건가요?"

장련이 기가 막혀 물었다.

맹주와 광휘는 그렇다 쳐도, 구파일방의 장문인쯤 되면 혼자 움직이지 않는다.

그럴 수가 없다.

가장 강하고 믿을 수 있는 고수가 각 파당 두 명. 이쯤 되면 강호 최고수란 최고수는 싹 다 쓸어왔다고 해도 무방한 것이다.

"그래서 말하지 않았습니까."

운 각사는 장련을 보며 배시시 웃었다.

"우린 당신이 필요하다고."

"……"

장련은 온몸에 소름이 돋았다.

방금 전은 분명히 여인의 목소리였다. 시작은 여인네처럼 가느다랗다가, 갑자기 남자의 중저음으로 급격하게 바뀌었다.

마치 두 사람이 똑같은 소리를 각기 달리 내는 것 같은 모습. 보고 듣고도 눈을 의심할 지경이다.

"아, 그리고 절 너무 걱정해 주실 필요가 없습니다. 저도 나름의 대비는 하고 있으니까요."

딱.

스스스슥.

운 각사가 손가락을 마주치자 광장 일대에 흑의를 입은 수십 명의 신도들이 모습을 드러냈다.

'아······.'

장련은 이제 눈을 부릅떴다.

갑작스러운 등장도 그랬지만 저들의 얼굴에는 기분 나쁜 녹광이 서려 있었다. 보자마자 바로 직감했다.

'은자림 최후의 고수들.'

"그리고."

딱. 딱. 딱.

이번엔 운 각사가 손가락을 세 번 맞부딪치자.

스스스스스슥.

한적했던 마을 주변으로 사람들이 하나둘씩 나타났다.

'아!'

순간, 장련이 입을 꾹 다물었다.

삼정, 가게, 객잔 사이로 터벅터벅 걸어 나오는 사람들.

숫자는 순식간에 수백 명이 넘어섰다.

그중 대부분 남자로 보이는 청년과 중년인들.

목내이(미라)처럼 천을 두른 사람들도 있었고 보통 사람처럼 보이는 자들도 있었다.

"이들은 원래 이 마을 사람들입니다."

장련은 할 말을 잃어버렸다.

척 봐도 자아를 상실했다는 걸 알 수 있었다.

표정 없는 얼굴에 퀭한 눈들. 하지만 정말 무서운 것은 그들의 손에 들린 물건.

손가락 셋 정도 될까 말까 하는 작은 원형의 구체였다.

"폭굉… 이 사람들을 구파에 방패막이로 쓸 셈인가요?"

떨리는 목소리로 장련이 묻자 운 각사는 고개를 끄덕였다.

"그럼요, 아가씨."

"당신은 정말 사람도 아냐. 힘도 싸울 의지도 없는 사람들을 죽음으로 내몰다니!"

"힘이 없다니요. 그건 다릅니다."

소리치는 장련에게 운 각사는 빙글빙글 웃으며 말했다.

"적어도 오늘 모일 무림고수들, 구파의 고수들은 질겁하며 경배할 겁니다. 그냥저냥 흔한 실혼인처럼 보이지만, 저들은 우리 소속의 신마들보다도 더 강할지도 모르니까요."

"무, 무슨 말이에요?"

"선천지기."

운 각사는 씨익 웃어 보였다.

"생명을 태우는 경의적인 힘이지요. 아, 물론 그로 인해서."

"……."

"오늘 안에 다 죽게 될 사람들이지만요."

"이 악마!"

장련이 자리에서 벌떡 일어나며 소리쳤다.

미치광이도 이런 미치광이가 없었다.

하지만 장련의 격한 반응에도 운 각사는 태연하게 받아쳤다.

"칭찬으로 듣겠습니다, 후후후."

촤락.

다리를 꼬며 다시금 부채를 펼쳐 드는 운 각사.

그런 모습을 본 장련은 경멸의 시선으로 그를 노려보았다.

＊ ＊ ＊

유시(오후 네 시)를 조금 넘었을 때 운 각사의 시야에 자그마한 흑점이 잡히기 시작했다.

"드디어."

곧 흑점은 수많은 점들로 변했고, 이윽고 이백 명이 넘는 무리가 광장의 중심으로 몰려들었다.

투욱. 투욱. 투욱.

제일 선두에 선 맹주와 광휘.

세 걸음 뒤에는 구파일방의 수장들이 일렬로 서 있었고 그들 뒤에는 각 파와 방의 장로, 호법들이 줄지어 서 있는 형국이었다.

맞은편에서 십여 장 거리를 두고 운 각사가 사악, 손을 들어 멈추라는 손짓을 했다.

차악.

뒤에는 하선이란 여인과 장련이.

그 뒤에는 괴이한 눈빛을 뿜어내는 신도 수십 명.

마지막으로 대체 어디서 모아 왔는지, 수백에 달하는 엄청난 인원의 사람들이 주르륵 흩어져 있었다.

스ᄋᄋᄋᄋᄋᄋ—

한순간에 대치 국면으로 변하자 스산한 분위기가 일대를 휘감았다.

촤라락.

운 각사는 한 발짝 걸어 나오며 부채로 살짝 얼굴을 가린 채 숙여 보였다.

"드디어 오셨군요. 이제껏 이날을 얼마나 기다려 왔는지 모릅니다."

일촉즉발의 상황. 그중에서도 운 각사는 한없이 기쁜 얼굴이었다.

사박.

운 각사와 마주하게 된 단리형의 시선이 그와 그 뒤쪽 신도들에게 향했다.

'일급살수들.'

마공을 익힌 신자가 폭광을 든 모습.

과거 천중단의 기준으로는 은자림 내 일급살수들이다.

기분 나쁜 녹색의 눈동자와 특유의 흐느적거리는 움직임에 악몽이 되살아날 지경이었다.

'그리고 저들은……'

맹주의 시선은 옆으로 돌아갔다.

광장을 가득 메울 듯한 엄청난 사람들.

하나하나 주먹을 쥐어 손을 보이지 않게 한 것이 불길했다.

한데 더 불길한 것은 그들의 눈빛이었다.

"아미타불. 이 어찌……."

단순한 실혼인처럼 초점 없는 눈이 아닌, 무림고수에게서 보이는 기광(氣光)이 서려 있었던 것이다.

"맹주, 혹시 저것은……?"

"예, 아마 규화보전을 익힌 듯합니다."

방혜 대사에게 맹주가 고개를 끄덕였다.

"이게 가능한 일입니까?"

"저도 모르겠습니다. 준비인지 아니면 다른 비법이라도 있는 것인지."

단리형도 조금 충격받은 얼굴로 끄덕였다.

광휘가 오왕의 호출을 받고 황궁으로 올라간 지는 한 달이 겨우 넘었다.

그때부터 바로 주민들을 모아서 가르쳤다 해도, 한 달은 삼류무사나 겨우 양성할 수 있는 기간이다. 한데 이들의 정기는 일류를 훨씬 넘고 있었다.

"실로 사이한 기운이 느껴지는군요."

모산과 이천의 말에 화산과 무당의 장문인이 고개를 끄덕였다.

기도랄까. 분위기랄까.

황실에서 싸웠던 신마들과는 확실히 뭔가 좀 달라 보였다. 전혀 생경한 무공을 익힌 무인들의 기수식 자세를 볼 때처럼.

"필경 지독한 사법이 쓰였을 겁니다. 정상적인 방법으로 저런 무공을 익힐 수 있을 리 없습니다."

"맞는 말씀이오."

구파일방의 장문인들이 끄덕였다.

복장은 평범하고 기색 또한 평범했다. 어디를 보아도 평범한 마을 사람들이다.

그런 이들을 한 달이라는 시일 내에 저렇게 키워내는 게 가능했다면, 은자림은 진작에 천하를 제패할 수 있었을 터였다.

"좋게 말해 최후의 수단. 저게 마지막이라는 것이오."

"그렇소. 결과가 달라지는 건 없지."

구파일방이 예상을 벗어난 광경에 투지를 불태우는 동안, 광휘는 괴인들에게 전혀 눈길을 주지 않았다.

쿵. 쿵. 쿵.

그의 시선은 오직 장련에게 고정되어 있었다.

가슴이 떨려왔다. 절체절명의 상황에나 발작이 일어날 때 간헐적으로 보이던 증상이 갑자기 이곳에서 반응하기 시작했다.

'장련 소저.'

두근두근.

숨이 막혔다. 부르고 싶었다. 그저 그녀가 살아 있다는 것만으로도 손발이 저릿할 정도의 행복함으로 가득 찼다.

'무사님.'

십 장 맞은편에서 광휘를 보는 장련의 눈빛 역시 다르지 않았다.

슬픔과 애잔함으로 물들어 있었다.

아무 말 하지 않고도, 두 사람은 서로를 향한 눈빛만으로도 느낄 수 있었다.

그간 얼마나 이 순간을 고대하고 있었는지.

"흠, 일단은 좀 진정들 하시겠습니까?"

차악.

모인 사람들의 주의를 환기시키기라도 하듯, 운 각사가 소리 나게 부채를 접었다.

그는 시위하듯 장련 쪽으로 슬쩍 다가서, 그녀의 소매를 당기며 목소리를 높였다.

"우선은 폭력을 피하고, 평화적인 교환부터 하지요. 보시다시피 장련 소저는 준비되었습니다. 아영이란 아이는 어디에 있지요?"

피식. 픽.

운 각사의 말에 장문인들이 기가 막힌 웃음을 지었다. 은자림이 평화 어쩌고 하는 말보다 더 어울리지 않는 것도 없었다.

탁. 스윽.

살집이 투실투실한 당고호 뒤에, 소녀처럼 앳된 외모의 소녀, 아영이 꾹 입을 다문 채 앞으로 나왔다.

"그래요, 그래요. 그 아이. 저는 저 아이를 매우 애타게 원했습니다. 작정하고 저를 피해 마을 깊숙이 숨어든 아이. 벌써 시일이 몇 년이나 지났는지."

"……"

"역시나 정파 쪽에 기어 들어가 있었군요? 좋아요. 광휘 무사, 그 아이만 넘겨주시죠. 그럼 저도 광휘 무사님께서 원하시던 이분을."

툭.

운 각사는 장련의 어깨를 앞으로 밀치며 말했다.

"넘겨 드리겠습니다."

좌중은 잠시 침묵이 일었다.

단리형은 슬쩍 광휘를 바라본 뒤 신경이 온통 장련에게 쏠려 있다는 걸 보고는 다시금 아영 쪽을 바라보았다.

맹주와 장문인들을 포함해 다른 구파의 사람들도 시선이 모여들었다.

"광휘."

"…나한테 묻지 마."

맹주의 부름에 광휘는 신음했다.

그로서는 가타부타 말할 수 있는 것이 없었다.

장련과의 인질 교환. 지금으로서는 두말 않고 찬동하고 싶었다.

하지만.

'대체 무슨 생각인 거냐.'

상대는 다름 아닌 운 각사였다. 저놈이 아무 생각 없이 인질을 넘겨주리라고는 믿어지지 않았다.

분명 또 하나의 독니를 드러낼 터였다.

문제는 그게 대체 무엇인지 짐작이 가지 않는다는 것.

"장련 소저를 넘겨주겠다고? 아무 손을 대지 않을 거라고 어떻게 믿지?"

광휘가 침음하던 사이 맹주가 나섰다.

"간단합니다. 이 여인은 제게 더 이상 쓸모가 없으니까."

운 각사는 태연하게 말했다.

"너무 순순히 내놓는 게 의심스럽군. 이러려고 이 사람들을 여기까지 불렀나?"

광휘가 으르렁거리듯 물었다.

"그렇게나 의심스럽다면 뭐."

운 각사가 두 손을 쫙 펼치며 말했다.

"어찌할지를 말씀드리지요. 다들 여기서 십 장 정도 거리를 더 벌려주십시오. 혹 인질을 교환하는 중에 불미스러운 일이 있을 수 있으니. 여기 모인 분들은 하나같이 위세 쟁쟁한 분들 아닙니까? 구파의 장문인들, 무림맹주, 그리고 저 광휘란 분까지 하나같이 신법이 뛰어나지 않은 사람이 없으니."

"……?"

"장련 소저는 아영이와 정확히 한 발짝씩 같이 움직입니다. 그래야 갑작스러운 상황이 일어나지 않을 테니. 여기에 하나 더. 중간 지점에서 만날 때 아영이란 아이가 갑자기 당신들 쪽으로 돌아갈 수 있지요? 그를 대비해 안전장치 하나를 넣읍시다. 장련 소저의 다섯 걸음 뒤로 신녀 한 명을 따르게 하겠습니다."

"네놈이 무슨 수를 쓸 줄 알고!"

맹주가 발칵 했다.

광휘 역시 믿을 수 없다는 얼굴로 말했다.

"그 제안에는 문제가 있군. 인질 뒤에 고수를 따라 붙이겠다니. 교환을 하겠다는 건지 안 하겠다는 건지 모르겠군. 이건……."

"오호, 그런 생각이십니까? 일단 고수는 아니라는 걸 말씀드리지요. 이 여인은 무력을 쓸 수 없습니다."

운 각사가 파락 다시 부채를 펼치며 펄럭거렸다.

"단순히 그 말만 믿기에는 전에 꽤 화려했지?"

비아냥거리는 광휘의 말에 운 각사는 슬쩍 하선이라는 신녀를 바라보았다.

"그것도 그렇지요. 그럼 이렇게 하면 어떻겠습니까?"

그리고 씨익 웃으며 부채를 휘둘렀다.

촤아아아악.

"윽!"

하선이 비명을 질렀다.

동시에 한 손에서 피 분수가 터져 나왔다.

이 모든 것을 맞은편에서 보고 있던 구파일방의 사람들 사이에서 탄식이 터져 나왔다.

"허허허!"

"저런 미친놈!"

"ㅋㅇㅇ……."

운 각사가 하선의 팔을 팔꿈치부터 살라 버린 것이다. 펑펑 쏟아져 나오는 피를 간단히 지혈하고, 운 각사는 부채에 묻은 피를 털어냈다.

"이렇게 하면 되겠지요? 자아, 두 손이 없는 신녀. 아무리 신녀라 해도 아영이의 방비를 막으며 장련 소저에게 딴짓거리를 한다? 하고 싶어도 못한다는 말이 맞겠지요."

"크윽……."

신음 소리를 내는 하선을 등 뒤로 하고 운 각사가 모두를 향해 씨익 웃었다.

"자아, 어떻습니까. 받아들이시렵니까?"

*　　　*　　　*

"제가 나갈게요."

뜻밖의 상황에서 갑자기 아영이 나섰다. 이제껏 등 언저리의 옷자락을 붙잡혀 있던 당고호가 반사적으로 소리쳤다.

"아영아! 그게 무슨 소리냐!"

"이대로 계속 시간만 끌고 있을 건가요? 한시라도 빨리 저 아가씨를 돌려받아야죠. 그래야 싸울 수 있을 테니까."

소녀처럼 앳된 얼굴의 여인이 흘깃, 광휘에게 시선을 돌렸다.

"……."

광휘는 그녀가 무슨 생각을 하는지 곧장 알아챘다.

장련이 붙잡혀 있는 이상, 그는 움직일 수 없다. 맹주 또한 자신 때문에 적극적으로 움직이기 힘들다.

그럼 남는 것은 오로지 구파일방만의 전력이다.

이들만으로 은자림의 마지막 수를 막기에는 걱정이 되는 게 사실이었다.

"그리고 여기서는 저를 믿어주세요. 저도 생각한 게 있어요."

"······?"

"고맙구나."

동의하지도 거부하지도 못하는 광휘 대신, 맹주 단리형이 묵직하게 말했다.

뒤이어 재차 말을 이었다.

"그리고 약속하지. 네 신상에 무슨 일이 벌어지게 되면… 오늘 저놈들은 다 없애 버리겠다."

"듣기만 해도 기분이 좋아지네요."

두 사람이 비장한 말을 나누고 있을 때, 장터의 장사꾼처럼 운 각사가 떠들어댔다.

"자, 아직도 고민하십니까? 보다시피 이 신녀는 두 손을 쓸 수가 없습니다. 나쁜 마음을 먹더라도 저 아이와 장련 소저에게 손을 쓸 수 없어요. 그래도 못 믿겠습니까? 그럼 다리 한쪽도 자를까요?"

"저런 미친놈."

맹주가 이를 갈았다. 같은 편인 여인의 남은 한 팔을 잘라 버리고, 여기에 다리까지?

이미 알고 있었던 것이지만, 상종조차 하기 싫은 놈이었다.

"후우— 좋다. 받아들이지."

맹주는 결국 그의 제안을 받기로 했다.

저놈의 말을 믿어서가 아니라, 무슨 더러운 꼴을 더 볼지 몰라 손을 내저었다.

"좋습니다. 그럼."

운 각사가 하선을 바라보자 그녀가 고개를 끄덕였다. 이후,
하선은 장련을 향해 눈짓을 했다.

*　　　*　　　*

인질 교환이 시작되었다.

먼저 첫발을 내디딘 이는 아영이었다.

사박.

사박.

그리고 장련도 아영에 맞춰 한 발 움직였다. 상대의 보폭에
맞춰 느릿하게 움직였고.

사박사박.

사박사박.

걸음은 조금씩 빨라졌다.

그리고 얼마 걷지 않아 장련과 아영은 서로 마주 볼 정도로
지척까지 거리가 가까워졌다.

사박.

그렇게 거의 교차되는 거리쯤에서.

"듣기만 해요."

아영이 말을 걸어오자 장련은 움찔했다.

"고생 많으셨어요. 운 각사는 제가 맡을게요. 아무도 오지 못

하게 해요."

"그게 무슨······."

"걸음 늦추지 마요."

사박.

아영이 지적했다. 장련이 느려졌던 발을 한 걸음 급하게 떼었다.

"앞으로도 잃지 말아요, 그 미소."

그 말이 떨어지자마자 두 사람은 서로를 지나쳤다.

장련은 더 물을 틈도 얻지 못하고 아영을 등 뒤로 보내야 했다.

"무슨 이야기를 나눈 거지?"

두 사람 사이에 뭔가 오간 것을 느낀 하선이 아영을 향해 물었다.

"덕담이죠. 손 없으니 불편하지 않아요?"

그녀를 향해 아영이 미묘하게 웃어 보였고 하선은 불쾌한 얼굴을 '팩!' 소리 나게 돌려 외면했다.

사박사박.

사박사박.

서로를 지나친 장련과 아영의 걸음이 조금씩 빨라지기 시작하던 어느 시점.

다다다닷. 파앗.

장련이 내달리듯이 앞으로 뛰었다.

무릎까지 오는 그녀의 비단옷이 기다란 미리카라과 함께 바람에 휘날렸다.

"무사님!"

풀썩!

그리고 광휘의 품에 안기며 그대로 눈을 감아버렸다.

"괜찮소, 소저. 이젠 괜찮소."

"흑흑……."

광휘가 품에 안긴 그녀를 다독였다.

인간이라 할 수 없는 운 각사.

저놈 옆에서 얼마나 끔찍한 두려움을 느꼈을지.

그리고 이제 막 벗어난 복받침이 얼마나 클지 말하지 않아도 알 것 같았다.

"오거라. 어서."

반면, 마지막 한 걸음, 한 걸음을 느릿하게 걸은 아영이 운 각사 쪽으로 도착했다.

환희에 가늘게 떨며 운 각사가 자신 쪽으로 손짓을 했다.

착. 착.

몇 걸음 더 걸어 앞에 서서, 아영은 운 각사를 올려다보며 당차게 대답했다.

"결국 당신이 원하는 대로 됐군요?"

"그래… 십 년이나 되는 세월이었지. 뭐, 그런 거야 아무려면 어때. 드디어… 네가 돌아왔구나."

운 각사가 함박웃음을 지으며 입꼬리를 올리자 아영이 눈살을 찌푸렸다.

"하나 궁금한 게 있는데, 당신은 어떻게 내가 살아 있다는 걸 안 거죠?"

"몰랐다."

"……."

"하지만 살아 있을 거라고 보았지. 그냥 감이야. 너는 다른 아이와 달리 특별했으니까."

사박.

운 각사는 무릎을 굽히고 몸을 낮춰, 아영과 시선을 맞췄다.

"아영아, 너는 진실로 특별한 아이란다. 구음진맥의 몸으로 지금까지 살아 있을 수 있다는 것 말이다. 이건… 단순히 이능 정도가 아닌 권능이라 불러야 해. 그만큼 절대적인 능력이다."

부르르르!

말과 함께 운 각사가 온몸을 떨었다.

아영의 눈살이 또 한 번 찌푸려졌다. 운 각사의 기괴한 눈동자가 계란 노른자처럼 노래졌다가 파래졌다가, 다시 금색으로 변하는 것을 본 것이다.

"당신……."

아영은 떨리는 목소리로 물었다.

"결국… 그 무공을 익혔나요?"

"오, 보이느냐? 그래. 어떠냐? 굉장하지 않느냐?"

눈을 희번덕대며 운 각사가 찢어질 듯 과한 미소를 지었다. 그가 더 기다리지 못하겠다는 듯 아영을 향해 천천히 손을 내밀었다.

"자, 그럼 이제 의식을 치르자꾸나."

"네 뜻대로 될 것 같아?"

"……?"

"죽어!"

파밧!

급작스럽게 아영이 뒤로 물러나며 한 손을 펼쳤다.

찢어질 듯 날카로운 외침에 잠시 장련을 향했던 구파일방의 시선이 운 각사 쪽으로 몰려들었다.

파파파팟.

그리고 놀라운 일이 벌어졌다.

"어어."

"저길 보시오!"

순간, 여기저기서 신음이 흘러나왔다.

파라라라랏.

새카만 점들이 솟아올랐다. 운 각사의 뒤에 시립한 신도들의 손에서 빠져나온 새카만 원형의 구체들.

쉬르르륵.

그 폭굉이 빠르게 원을 그렸고, 일순간 운 각사 쪽으로 회오리처럼 모두 날아든 것이다.

그리고 뒤이어 또다시 신귀 어린 광경이 포착되었다.

파락.

저저저저저저적!

수백 발의 폭굉이 운 각사 앞에서 거짓말처럼 멈춰 버렸다.

아영이 펼친 염력이라는 이능을, 허공섭물이라는 무공으로 막아버린 것이다.

"쓸데없는 짓이야."

찰나 굳었던 얼굴의 운 각사는 아영을 향해 다시금 부드럽게 웃어 보였다.

"네 이능은 나에겐 어린아이 장난에 불과해. 내 규화보전과 결합했을 때야 비로소 온전한 힘을 발휘하지."

"아……."

아영의 얼굴이 새파랗게 질렸다. 나름 자신을 가지고 했던 반격이 초장부터 막혀 버린 것이다.

"이리 온? 어서."

터벅. 터벅.

소녀처럼 덜 자란 몸이 자신의 의지와 상관없이 한 발짝 한 발짝 운 각사 쪽으로 움직였다.

이를 악물고 저항해 보려 했지만 미증유의 거력을 도무지 거스르지 못하고 끌려가기만 했다.

이 모든 것을 처음부터 보고 있던 당고호가 버럭 소리 질렀다.

"다들! 이대로 가만히 있으실 겁니까!"

함께 지낸 시간은 많지 않았지만, 어느새 당고호와 아영은 서로 가장 친한 사이가 되었다.

장련 외에 아영이 유일하게 마음을 연 사람이 당고호였다. 그리고 당고호도, 누군지 모르지만 선대의 연이 닿아 도움을 받은 그 아이를 남처럼 여길 수 없었다.

"저 아이를 도와줘야 하지 않습니까? 맹주! 그리고 광휘 대협! 다들 뭐 하는 겁니까!"

첫 만남은 서로서로 매우 불쾌했다. 하지만 그건 이미 허허 웃으며 넘어갈 옛일이 되었다.

지금 눈앞에서 죽어가는 걸 그냥 보고 있을 정도로 싫은 건 아니었다. 아니, 적어도 저런 개죽음은 보고 싶지 않았다.

"어르신들! 저기, 맹주!"

"지금 달려가면."

당고호의 외침에 맹주가 고개를 저었다. 그리고 지적했다.

"폭굉의 범위에 말려든다. 그럼 아영이는 바로 죽을 수 있다."

"그래서 어쩌잔 말입니까!"

"기다려라. 일단."

주변을 살피며 무언가를 헤아리는 맹주. 그가 마음에 들지 않은 당고호는 팔을 걷어붙였다.

"빌어먹을! 그럼 나라도 가겠소! 위험하다고 겁먹은 개처럼 구는 건 우리 당가 사내들이 할 짓이……."

"오지 말라고 했어요, 아영이는."

"……?!"

멈칫.

당장에라도 뛰어들려던 당고호의 고개가 돌아갔다.

광휘에게 안겨 한참을 운 장련이 눈물범벅이 된 채, 바짝 긴장한 어조로 말했다.

"아까 지나칠 때 분명 저에게 그렇게 말했어요. 아무도 오게 하지 말라고. 운 각사는 자신이 맡는다고."

"하지만 지금 폭굉을!"

"기다려 보게. 아직 안 끝났네."

다시 맹주가 말했다.

그의 눈은 아까부터 잔뜩 날카로워져 있었다. 솜털 하나, 바늘 하나도 놓치지 않도록 그 역시 잔뜩 집중해 있었다.

"가진 이능도 이능이지만, 때때로 음험할 정도로 독한 구석이 있던 아이야. 저 아이가 그리 말했다면 일단은 보자. 옛날 천중단에서, 우리에게 가장 요주의 대상이었던 아이다."

"……."

그제야 당고호 또한 떠올렸다. 아영을 가장 잘 아는 사람들은.

자신이 아닌 이들이라는 것을.

第五章

따뜻한 차 한 잔

터억.

운 각사는 아영을 완전히 제압했다. 허공에 날아오른 폭굉은 다시 신도들 손으로 되돌아갔고 그는 히죽히죽 웃으며 그녀의 등 뒤, 명문혈에 손을 대고 뭔가를 외기 시작했다.

"…악!"

얼마 지나지 않아 갑자기 아영이 고통을 호소했다. 발작하듯 몸을 꿈틀거렸지만, 운 각사의 손은 아교로 붙인 듯 떨어지지 않았다.

"아라타샤… 아라샤… 사이세라타……."

"…아라타샤… 사이타샤아……."

괴이한 주문은 반각 정도 진행되었다.

운 각사의 손에서 은은히 녹광이 흘러나오고, 붙잡힌 아영의 입에서 '울컥!' 검붉은 선혈이 뿜어져 나왔다.

"육시랄! 도저히 못 보겠다!"

참고 참던 당고호가 이를 악물며 품속에 손을 넣는 순간.

"아악!"

또다시 이어지는 비명과 함께 '퍽!' 하는 소리가 들렸고. 아영이 공중에 치솟았다.

"아영아?!"

타닥!

온몸의 살집은 어쨌는지, 당고호가 반사적으로 아영을 안아 들었다. 새파랗게 질려 숨만 겨우겨우 내쉬는 게 당장에라도 넘어갈 듯했다.

"크악! 크아아악!"

뒤이어 찢어지는 듯한 괴성이 울렸다. 사람들의 시선은 이제 운 각사 쪽으로 향해 있었다.

그가 좀 전의 아영처럼 고통을 호소하며 발작을 일으킨 것이다.

술렁술렁.

운 각사 뒤의 무리들이 불안감을 내비치기 시작했다. 그것은 이상한 무공으로 변질된 수백 명의 무리도 마찬가지였다.

"대체 무슨 짓을……."

"왜 저러는 거지?"

구파 사람들도 웅성이고 있었다.

그때였다.

"쿠우웩!"

온몸을 떨며 괴로워하던 운 각사가 뭔가를 토해냈다.

칠공에서 검붉은 피가 줄줄 새어 나오자 맹주도, 구파의 장문인도 광휘도 바짝 긴장해서 돌발 상황에 대비했다.

"이년이……."

흐느끼던 운 각사가 고개를 들었다.

눈과 코, 입으로 피가 줄줄 흘러나오는 상황에서도 그는 이빨을 드러내며 말했다.

"네 이년이 몸에 독을 탔구나!"

"네 이년이 몸에 독을 탔구나!"

"네 이년이 몸에 독을 탔구나!"

"……?!"

한 번에 세 번의 소리가 들리는 괴이한 상황. 광장에 한순간 침묵이 감돌았다.

지독한 이질감 속에서 점창 장문인 안평 대사가 방혜 대사를 바라보며 물었다.

"대사… 방금 저자의 목소리는?"

"예, 들었습니다. 아미타불……."

방혜의 표정은 심각하게 굳어 있었다.

그는 반장을 하며 이 현상에 대해 모두가 들을 수 있는 목소리로 말했다.

"여자, 남자, 그리고 여자도 남자도 아닌 이."

"허어!"

"이런 말세가!"

커다란 혼란이 일었다.

규화보전이란 무공을 모르는 이도, 알고 있는 이도 섬뜩함을 느꼈다.

"독을 탔어, 네년이!"

"독을 탔어, 네년이!"

"독을 탔어, 네년이!"

그건 무공의 강인함이 아닌, 기괴함과 혐오감이었다. 남자, 여자, 그리고 제3의 목소리가 동시에 들린다.

귀로 듣고만 있을진대, 공포가 온몸으로 스며드는 듯했다.

"분명 한 번 말했는데 두 번이 더 들리다니, 이 무슨 변고입니까?"

아미파 수월 신니가 얼굴을 찌푸리며 물었다. 직접 듣고 느끼지 않았다면, 믿지 않을 괴사였다.

맹주가 침음하며 대답했다.

"전음입밀(傳音入密)이오. 그중에서도 최상위 경지. 어기전성(御氣傳聲)이외다."

"예?"

"그게 무슨!"

곧장 믿을 수 없다는 반응이 터져 나왔다.

염력 같은 능력보다 더 희귀한 능력이라는 이능.

그것만으로도 놀라운데, 맹주의 말을 소림의 방혜 대사가 받으며 탄식했다.

"아미타불. 불가에도 보살의 경지에 오르면 육신통(六神通: 말이 아닌 뜻 자체를 전달)을 쓸 수 있습니다. 그런데 저자는……."

방혜가 인상을 찌푸린 뒤 한숨을 내쉬며 말을 이었다.

"사이함과 기괴함으로 그런 경지를 넘었군요. 이는 본 문의 혜광심어(慧光心語: 초능력)에 해당하는 것입니다."

"혜광심어와도 조금 다르오."

그때 광휘가 끼어들었다.

"육신통이든, 혜광심어든 한 사람에게 펼치는 것이오. 저놈은 방금… 기를 펼쳐 이곳에 있는 모든 이에게 소리를 전달했소. 이런 경우는 나 역시 보도 듣도 못했소."

"……!"

이제 사람들은 문득 등골에 소름이 돋는 것을 느꼈다.

말인즉슨, 방주와 맹주, 그들과 더불어 천중단 단장인 광휘조차 모르는 전인미답의 경지라는 것 아닌가.

빠각빠각.

고통스러워 발작을 하던 운 각사가, 고개를 좌우로 꺾으며 다시금 얼굴에 빛을 띠고 말했다.

그리고 이번엔 각자 다른 말을 하기 시작했다.

"칼로 찌르자."

"갈아 마셔 버리자."

"살 껍질을 벗겨 태우자."

무당의 장문인도 놀란 얼굴이 되었다.

"이건……?"

"귀신이다! 그것도 세 명이나."

보기만 해도 기괴한 일이 계속 일어나고 있었다.

분명 한 사람의 성대에서 나온 목소리일진대, 뚜렷하게 세 목소리가 동시에 터져 나온 것이다.

그러던 한순간.

"크아아아아!"

운 각사의 비명 소리와 함께 코와 입에서 검은 액체가 줄줄 흘러나왔다. 끈적끈적하게 떨어진 액체가 흙을 태우는 것을 보고 당고호가 기겁했다.

"저건!"

"뭐냐! 짚이는 것이 있느냐?"

개방주 능시걸이 재빨리 물었다. 당고호가 벌어진 입을 다물지 못하고 신음했다.

"흑염독(黑炎毒)입니다."

"흑염독? 당가에 그런 독이 있었나?"

"아니오! 본 가에도 없는 것입니다! 전대의 독공 중에 이론상으로만 기록된 것인데 아영이가 어찌 저걸… 그것보다 대체 저걸 언제부터 가지고 있었는지……."

"이제 알겠군. 처음부터 그 독이었어."

맹주가 신음했다. 독이라는 말에 짚이는 것이 있었던 것이다.

"아영이는 운 각사가 흡정대법인지 뭔지를 쓸 걸 알고 있었던 거다. 그래서 일부러 갔던 거고. 결국 한 방 먹인 셈… 가만, 저 자는 흡정대법이!"

말하다 말고 맹주는 순간 소름이 돋았다.

규화보전.

양과 음, 두 기운의 중성을 담아내는 기운.

본시 불안정하고 파괴적인 힘이라, 그것을 조율해 낸 이는 무림 역사상 단 한 명도 없었다.

하지만 무공과 이능이라는 두 가지 힘.

운 각사가 이것을 버무리는 것을 처음부터 염두에 두고 있었다면, 그리고 방금 아영에게 뭔가 조치한 것이 그 흡수라면.

"당고호! 아영이의 상태는 어떤가!"

그가 기겁해서 묻자 당고호가 재빨리 맥을 짚었다. 그리고 '어?' 하며 갸웃한 순간.

"후우, 겨우 살았군."

공기가 변했다.

운 각사의 목소리에 장내의 모두는 아찔함을 느꼈다.

어느새 이질감이 사라져 있었다.

또한, 셋으로 갈라졌던 운 각사의 목소리가.

한 사람의 것답게 정확하고 또렷한 발음을 하고 있었다.

"아, 정말 위험했습니다. 저년이 독을 타서 말입니다. 예전이면 모르겠지만 지금 제겐 통하지 않지요. 염력을 내 것으로 만든 이상, 몸에 들어온 어떤 독이라도 배출해 낼 수 있게 되었으니까."

괴로워하던 운 각사가 비릿한 웃음을 짓고 있었다.

"온전해… 졌어?"

누군가가 흘린 말이 모두의 심경을 대변했다.

온전한 규화보전의 힘.

무공으로는 이룩할 수 없는 사이한 힘이, 구음진맥을 극복한, 열여섯이 넘은 아영을 통해.

구음진맥과 염력을 통해 조각이 맞아 들어간 것이다.

"전설상의 탈마라도 된 건가?"

"그 이상이겠지. 아마도."

맹주는 광휘를 보며 끄덕였다.

"자, 그럼 이제 원하던 건 얻었고. 상황은 대충 정리된 것 같으니."

대체 어디까지 가게 되는 것일까. 긴장의 끈이 팽팽하게 당겨진 모두를 향해 운 각사는 씨익 웃으며 입가의 피와 독을 훔쳐냈다.

"모두 덤비시지요. 아, 그 전에."

따악!

그는 손가락을 튕겼다. 그러자 그의 뒤에서 한 남자가 조심스럽게 작은 청동 상자를 들어 열었다.

운 각사는 그 안에서 작은, 옥색의 굼벵이 같은 미물 하나를 들며 말했다.

"상대하기 까다로운 한 명은 잠시 빠지셔야겠습니다."

"고독……?"

사천당문의 당고호가 중얼거렸다.

그 말에 수긍이라도 하듯 운 각사가 끄덕이고 옥색의 굼벵이를 들어 터뜨렸다.

"아악!"

풀썩.

그리고 그와 함께 맹주 뒤에서 날카로운 비명이 울렸다.

…장련이었다.

"련 소저!"

광휘가 급히 장련을 부축했다. 번갯불처럼 급변한 장내의 공기 속에서 운 각사는 웃어 보였다.

"오기 전부터 몇 번이나 말씀을 드렸었지요."

푸르게, 누르게, 그리고 금빛으로.

계속해서 색이 변하는 기이한 눈동자를 들며.

"당신이 필요하다고."

*　　*　　*

장련을 바닥에 눕히던 광휘의 눈빛이 흔들렸다.

뒤집힌 눈에는 흰자가 보였고, 호흡도 불규칙하게 내쉬고 있었다.

무엇보다 추운 겨울날 맨몸으로 나온 사람처럼 온몸을 심각할 정도로 떨어대고 있었다.

"어떤가?"

맹주가 한 발 다가와 물었다.

광휘는 굳은 얼굴로 입술만 깨물 뿐, 대답하지 않았다.

"제가 살펴보겠습니다."

당고호가 헐레벌떡 다가왔다.

탁. 타닥.

광휘가 붙든 장련의 주요 혈자리를 짚었고, 잠시 집중하듯 느리게 움직이던 그의 손이 장련의 목 뒤를 눌렀다.

쿡.

"악!"

순간, 정신을 잃은 줄만 알았던 장련의 비명 소리가 들렸다. 그러나 그 반응은 반사적일 뿐, 다시 눈을 감으며 의식 불명에 빠졌다.

"뭔가. 설마하니……."

맹주가 뭔가 깨달은 듯 당혹스러워하자 당고호는 고개를 끄덕였다.

"예, 고독입니다. 조금 전에 놈이 어미를 터뜨린 모양입니다."

"이런!"

맹주가 이를 악물었다.

고독(蠱毒). 독을 가진 벌레 중에서 매우 특이한 성질을 가진 놈들이다.

주로 한 쌍을 동시에 키워 기르며, 기이하게도 한쪽이 죽으면 다른 쪽이 따라 죽는다.

이를 이용해 사람 몸에 기생시켜 놓으면, 한쪽을 죽임으로써 다른 고독 또한 독을 내뿜으며 죽어, 십 장이든 백 장이든 원거리에서 사람을 독사시키는 것이 가능하다.

"무슨 수작을 부릴 거라는 생각은 했지만… 고독이라니!"

맹주는 이마를 짚었다.

어지간한 독이라면 해독이 가능했을 것이다. 당고호는 당문에서도 촉망받는 기재이니까.

"뇌호혈에 바로 침투했습니다. 이래서는……."

하지만 당고호가 아니라 당문의 가주가 직접 온다 해도 장담할 수 없는 부위다. 뇌호혈은 뇌로 바로 연결되는 혈맥. 해독도 장담 못 하거니와, 한다 해도 자칫 풍 맞은 것처럼 전신에 장애가 올 수 있다.

운 각사는 아마도 처음부터 광휘를 노리고 이런 수를 준비했으리라.

"소저… 소저! 소저!"

그 계획은 제대로 들어맞았다. 광휘는 평소의 무표정마저 깨어져, 헉헉대며 장련의 손만 잡은 채 급한 숨을 쉬고 있었다.

"맹주! 저길 보십시오."

지금의 광휘는 전력을 쓸 수가 없다. 급한 부름에 맹주의 시선이 맞은편 광장으로 향했다.

"일어나라, 전사(戰士)들이여……."

터덕. 터덕.

운 각사의 부름에 수많은 사람들이 몰려들었다.

해어진 옷을 입거나, 머리에 두건을 쓴, 보통 저잣거리를 걸을 때 마주칠 만한 마을 사람들. 순하던 양민들이 피에 굶주린 늑대처럼 이빨을 드러내고 있었다.

'이런.'

맹주의 표정이 굳어지며 손을 드는 순간.

"가라!"

파파파파팟.

운 각사가 조금 더 빨랐다. 놈의 외침에 사람들이 파도처럼 몰아닥쳤다.

두 손에 폭굉을 쥔 채, 군데군데 사이한 눈빛을 흘리는 사람들이 무려 사백.

"모두 대형을 갖추게!"

"최대한 거리를 벌려야 해!"

"아미타불."

가히 북방 몽고 기병들의 습격 같았다.

긴장한 각 문파 장문인들의 외침에 일대제자를 포함한 장로와 호법들은 재빨리 광장으로 넓게 퍼지며 대열을 갖추기 시작했다.

"적을 피하지 마라! 일 합에 제거할 수 있다면 승기는 우리가 가져올 수 있다."

방혜 대사가 외쳤다. 대열을 너무 벌리거나 뒤로 물러서던 다른 구파와 달리 그는 적들의 약점을 정확히 짚어냈다.

"막아라!"

"일 합! 일격에 제압하라!"

폭굉의 가장 위험한 요소는 역설적으로 파괴력이 아니었다. 아비규환. 대열을 갖추지 못하고 흩어지다가 괴멸되게 되는 공포심이었다.

"헛?"

그러나 침착하게 지휘하던 방혜의 눈이 커졌다.

파파파밧!

이제껏 무리 안에 끼어 뛰어오던 중년인 몇이 단 한 걸음에 허공으로 삼 장이나 도약한 것이다.

'대체 무슨 마공이……!'

"타아아아!"

소림 방장은 일갈을 토해내며 백보신권을 내질렀다.

도무지 이해되지 않는 상황이었다. 이들은 무공을 익힌 지 길어봤자 두 달. 이런 짧은 시간 동안에는 어떤 마공도 그리 빠르게 숙달되지 못한다.

휘이익! 휘릭!

그런데 가공하게도, 허공의 중년인은 이미 일류를 뛰어넘는 무위를 보이고 있었다. 그는 허공을 걷어차듯 몸을 돌려 '휘리릭!' 공중제비를 돌며 방혜 대사의 권풍을 피해냈다.

차악!

"헉……."

그가 떨어져 내린 바로 앞의 소림 제자 하나가 바짝 긴장하며 제미곤을 앞으로 들어 방어했다.

푸욱!

"컥!"

그 순간.

촤아악!

뒤에서 나타난 노승 하나가 용수철처럼 튀어 중년인의 목을 갈랐다.

투투툭. 툭. 화아악.

"놈!"

동시에 좌우측에서 두 노승이 나타났다. 그들은 앞에 선 양민들의 목 여섯을 단숨에 날려 버리고 크게 봉을 휘둘렀다.

콰아아아아아앙!

시체 조각 사이로 날아들던 폭굉이 바람에 휘말려 저 멀리서 폭발했다.

"당황할 것 없습니다! 일시에 신체의 잠력을 폭발시키는 무공일 뿐입니다!"

"숨겨진 폭굉을 조심하십시오! 놈들은 모두 죽음을 도외시하고 있습니다!"

"자네들은……?"

방혜 대사가 허깨비를 보는 듯 멍한 얼굴이 되었다.

가장 앞에 선 것은 한때 소림승이었던 방천.

그리고 그 뒤에 방곤과 방윤 역시 나타나 반장을 해 보였다.

파불. 최악의 전장에서 활동해 온 만큼 폭굉에 대한 경험도 많은 이들.

출신은 불제자이나, 경우에 따라서는 적에 대해 망설임이나 자비를 두지 않는 매서운 손속을 가지고 있었다.

"장문인, 저들에게 시간을 주어선 안 됩니다. 저희가 앞서겠습니다."

콰아아아아앙!

방천이 말하기 무섭게 옆 대열에서 커다란 폭음이 일었다.

검은 연기가 먹구름처럼 퍼져 나오는 곳에, 흑풍의를 휘날리는 고수들이 나타났다.

"물러서지 마라! 대열을 지켜라!"

무림맹 최고의 전력. 맹주 직속의 호위대 무영대였다.

"틈을 메워라! 균열을 허용하지 말고 시간을 벌어!"

무영대장 한신 역시 폭굉의 폭발을 진작에 경험한 이다. 그들이 출렁대는 구파를 방어하며 전면에 나서자, 구파일방의 혼란은 빠르게 가라앉았다.

"장문인!"

"대주들은 모여라! 무영대의 뒤를 받친다!"

와아아아!

몇몇 문파가 즉각 정신을 차리고 방어에 돌입했고, 쐐기처럼 뚫고 들어오는 은자림의 세력을 철통처럼 막아섰다.

*   *   *

채챙! 챙! 크아악!

"접근하지 마라! 대열을 지키며 퍼져라!"

"마음대로 혼자 나서지 마라. 거리를 벌리고 대열을 지키는 데 힘써라!"

콰앙! 화르륵!

폭음과 열기가 하늘로 비산하고 사방에는 혈육과 괴성이 터져 나오고 있었다.

말 그대로 지옥도.

그런 와중에 맹주의 눈은 고요했다. 그는 눈앞의 상대에게 물처럼 잔잔한 마음으로 향하고 있었다.

"역시 제 상대는 정해져 있는 듯하군요?"

촤악.

밝게 웃어 보이던 운 각사가 부채를 펼쳤다.

스륵스륵 나긋하게 움직이는 동작. 마치 사내가 아니라 무대에 선 가희(歌姬)처럼.

"동료를 배반한 게 이것 때문이었나?"

"동료?"

맹주의 물음에 운 각사가 고개를 갸웃하며 눈을 껌뻑였다.

행동으로 '제게 그런 게 있었습니까'라는 모습이라 맹주는 쓰게 웃고 말았다.

"하긴, 너희들 사이에서 동료라는 게 우습긴 하지. 그래도 놀랍군. 황궁에 접근도 하지 않았던 이유가 고작 저 아이 때문이라니."

운 각사의 시선이 스윽, 바닥에 쓰러진 아영에게 향했다.

"보는 방향이 달랐다고 할까요. 백령귀는 거대 제국을 건설하려고 했으니까요."

사락사락.

부채를 부쳐 보이는 운 각사에게 맹주가 물었다.

"넌 아닌가?"

"저는 그런 어리석은 짓은 할 생각이 없습니다."

짜아악!

운 각사는 불쾌하다는 듯 부채를 접으며 눈살을 찌푸렸다.

"황궁을 찬탈해서 뭐 할 겁니까? 황제가 되어서 주지육림 열고 권세를 누려요? 아니죠. 그런 개 같은 생각을 하는 게 이상한 겁니다. 사람이 대갈통은 대체 어디다 쓴답니까?"

"……."

맹주는 조금 어이가 없어졌다. 가냘픈 목소리로 시정잡배나 쓸 법한 말을 하는 운 각사. 그는 참 적응 안 될 모습으로 맹주를 응시하며 말을 이었다.

툭툭.

"대저 머리 검은 짐승은 말입니다. 명분을 참 중요하게 여깁니다. 출신도 없고 오직 힘으로 밀어붙여서 제국을 건설하거나 유지할 수 있을까요? 신하들 중에 욕심 많은 반역자가 나오면? 명을 거역하고 전 왕조를 그리워하는 충신들은? 전국 각지에 관리를 파견해야 하고, 양민들을 살펴야 하고, 돈 계산, 나라 걱정. 그 일이 산더미 같은 자리에 뭐 하러 스스로 들어갑니까? 귀찮게."

운 각사는 휘적휘적 부채 든 손을 저었다.

"쓸데없는 짓입니다. 쓸모없는 일이고요. 어차피 내가 천하제일인이 되면 나를 따르는 자들은 절대복종을 할 겁니다. 가만히 있어도 알아서 다 처리하게 하고 인생을 아름답게 즐기면서 살 수 있는 거지요. 심심하면 소림사에 가서 유람하다가, 가끔 무림맹에 가서 잔치나 벌여보고."

"쓸데없는 말 하지 말고."

맹주가 운 각사의 흰소리를 끊으며 말했다.

"결국 넌 백령귀가 죽길 바랐던 것이지? 그를 위기에 빠뜨린 후 혼자 이렇게 내뺐으니."

"뭐, 부정하지는 않겠습니다. 원래 최악의 적은 내부에 있는 법이니까요. 생각 없이 움직이는 개새끼는 없는 게 더 속 편하니까요."

"……."

맹주의 표정이 점점 굳어졌다.

이미 알고 있었던 것이지만 확실히 운 각사는 백령귀와는 다른 유형의 녀석이다.

그는 지극히 현실주의자다.

야망이 아닌 오로지 개인의 영화.

물론 그 이면에 다른 욕심도 숨겨져 있을 터지만 그건 드러나지도, 방향을 예측하기도 힘들었다.

"그래서 저 아이의 능력을 흡수해서 규화보전을 완성했군."

"정답."

"이제는 자신감도 아주 충분해 보이고. 하지만 그건 나를 꺾어야 할 수 있는 말이야."

철컥.

맹주는 검을 꺼내 들며 입꼬리를 올렸다.

"너도 알겠지만 백령귀란 놈은 좀 설치다가 하늘로 승천했지. 바로 내 칼에."

스르륵.

서슬 퍼런 검이 검집에서 뻗어져 나온다. 그걸 본 운 각사의 표정이 야릇하게 변했다.

"약했으니까요."

"확실히 과거에 비해선 그랬지. 그런데 내가 알기론 녀석이 너보다는 더 강한 것 같다만?"

"그것도 정답. 다만 조금 전까지요."

스으으으으.

'응?'

운 각사의 부채에 기묘한 기운들이 모이자 맹주의 눈이 가늘어졌다. 무인의 직감이 경고하고 있었다. 심상치 않은 기운들이 끈끈하게 자신을 옭아매고 있다는 것을.

"맹주, 맹주. 참 알기 쉬운 분이시로군요. 당신은 제가 왜 이제까지 주절주절 떠들었다고 생각하십니까? 말하기를 좋아해서? 수다쟁이라서?"

"……."

"준비가 필요했거든요. 그리고 그게 이제 막 끝났습니다. 지금은, 나는 맹주께 가르침을 줄 수 있을 정도로 완전히 달라졌습니다. 한번 경험해 보시겠습니까?"

말과 함께 섬뜩, 운 각사의 눈에 금빛 광망이 어렸다.

"규화보전의 힘이 어떤 것인지."

"거 영광이로군. 나도 참 궁금했었지."

촤르르르.

맹주의 검에도 빛이 서리기 시작했다.

날카롭게 벼려진 검기. 그것이 곧 투명해지듯 모습을 바꾸더니, 이윽고 두텁고 묵직한 빛을 내뿜기 시작했다.

"호오, 그것이 무인의 절대적인 힘, 검강이군요."

운 각사가 맹주의 검을 보며 짐짓 놀랐다는 표정을 지었다.

맹주는 침중한 눈으로 호들갑 떠는 운 각사를 노려보았다.

조금 전부터 기분 탓인지 꽃가루의 향기가 코끝을 자극하고 있었다.

운 각사가 뿜어내는 기운은 마치 여인의 것처럼 미묘했다. 기도 자체가 무인의 것과는 다른, 부드럽지만 치명적인 느낌을 주었다.

'직접 싸워보자. 그러면 정확히 알 터.'

스윽.

맹주가 검을 들어 올릴 그때.

촤아악!

운 각사가 부채를 펼치자, 부챗살 여섯 개가 암기처럼 날아들었다.

그런데.

촤라라라라라라락.

"흡!"

가느다랗게 펴지던 부챗살의 숫자가 무려 수십 개나 불어났다. 가벼운 일검에 날려 버리려던 맹주가 급히 몸을 비틀며 방어했다.

따다다다당.

몇 개는 피하고, 몇 개는 흘리고, 또 몇 개는 검날을 부딪쳐 방어해 낸 맹주.

곧장 달려가려다 그가 갑자기 몸을 휘청였다.

'이 무슨……?'

슬쩍 들어 보인 칼날.

한 단면에 점이 우수수 박힌 것처럼 패여 있었다.

실로 놀라운 장면이었다.

내공을 담아 쏘아낸 것도 아니고, 그저 부채를 한 번 휘두른 것만으로 부챗살이 탄지신공처럼 무시무시하게 빨리 날아든 것이다.

하지만 더 놀라운 장면은 바로 이다음이었다.

휙휙휙휙.

운 각사가 가볍게 부채를 휘두르자 공기가 일그러지기 시작했다. 그걸 본 맹주의 눈이 부릅떠졌다.

슈우우우우우우.

흘러가던 공기가 바람이 되었고, 곧 회오리바람으로 변했다. 그리고 어느새 소용돌이처럼 거대한 폭풍이 되어 자신을 향해 날아들고 있었다.

'환술?'

맹주는 바짝 내공을 끌어 올려 초자연적인 현상을 분석했다.

그러나 놀랍게도 정심한 내공으로 꿰뚫어 본 후 그는 더욱 놀라고 말았다.

'이건… 허상이 아냐!'

스륵. 파바밧!

맹주는 즉각 작전을 바꿨다.

그는 강호 최강의 고수. 천중단을 포함해서 오십 넘게 전장을 굴러온 몸이다.

맹주의 검 끝에 맺힌 검강이 사그라졌고, 검풍으로 바뀌어 몸 전체를 둥글게 방어했다.

구르르릉.

하늘이 격노한 듯 땅을 흔들며 날아온 네 개의 소용돌이.

맹주의 칼과 맞닿자마자 더 강렬한 굉음을 쏟아냈다.

구우우우우우웅!

"하아, 하아."

투투투투툭.

맹주 주위로 솟아오른 자갈들이 떨어졌다.

터무니없는 바람기둥을 간신히 소멸시킨 맹주가 숨을 몰아쉬고 있었다.

"따뜻한 차 한잔 부탁해요."

어느새 뒤쪽 평상에 물러앉은 운 각사.

그가 신녀, 하선을 향해 입을 열었다.

사방에서 폭굉과 비명이 난무한 이 상황에, 그는 마치 방관하는 사람처럼 태연하게 행동하고 있었다.

"아 참, 너는 팔이 없지?"

여전히 가느다란 목소리를 내며.

第六章

어떻게든 살려주게

콰! 콰! 콰!

폭음이 터졌다. 가공한 신체 능력과 수많은 인원들의 기세에 아군 쪽 대열이 계속 뒤로 밀려 나갔다.

하지만 그것도 잠시일 뿐.

"천근추를!"

"힘에 거스르지 마라! 검을 자유롭게 맡겨라!"

구파의 고수들은 다시금 진형을 갖추며 대비하기 시작했다.

그리고 그 최선봉에는 각 파의 일대제자들이 자리하고 있었다.

촤아아악!

"대열을 지키며 뒤로!"

"신법이 빠른 호법들은 전선 안으로 달려가라!"

연신 바쁘게 지시가 떨어졌다. 일선에서 각 문파의 일대제자들이 대열을 갖춰 막아댔고, 그물처럼 몇 발짝 뒤에서도 그들의 접근을 허용치 않았다.

상대가 폭굉을 들고 있었음에도 이미 죽음 따윈 그들에게 의미가 없어 보였다.

촤아아악!

"큭!"

"허흑!"

이 혼란 중에서 빛을 발한 건 단연 공동파의 합격술이었다.

타닥! 타닥! 챙! 챙!

순차적으로 자리를 바꾸며 대응하는 제자들. 수 명이서 검진을 펼쳐 수십 명을 막는다. 한 명이 검을 찔러내면, 그가 멈춘 순간 다음 사람이 연계를 이어간다.

퍼억! 픽! 픽!

가히 기계장치처럼 돌아가는 그 검진은 일체의 접근을 허용하지 않았다.

"피해!"

슈슈슉!

재빨리 대열을 바꿔가며 피해를 최소화했고. 굳이 죽이지 않고 요혈을 찌르는 것만으로 적들을 제압하고 있었다.

전투는 신체적인 능력으로 싸우는 것이 아니다.

마을 사람들이 규화보전으로 급진적인 무위를 이루었다곤 하나 이는 그저 단기간의 성취일 뿐.

"틈이다!"

"크아악!"

십수 년간 무위를 연마하고, 동문 제자들과 호흡을 맞춰 펼치는 합격술은 무공으로 극복할 수 없는 것이었다. 명문정파에서 오랜 고련을 쌓아온 이들은, 신체 능력은 발군이나 경험이 떨어지는 적의 약점을 간파했다.

콰아아앙!

콰아아— 아앙!

물론 한계는 있었다. 정면으로 상대가 되지 않는다고 판단한 은자림이 양민들 속에서 폭굉을 던지며 대응하기 시작한 것이다.

결국 일대제자 대열에서 균열이 생기기 시작했다. 단 두 발. 시체 조각 사이로 던져진 폭굉의 폭발은 뼈아팠다.

"크아아악!"

"으악!"

파편에 부상당한 일대제자들이 쓰러지고, 일부는 충격파에 휘청거리며 중심을 제대로 잡지 못하고 있었다.

"나오거라! 이선 돌입!"

구파의 일선이 무너지자 뒤쪽에서 날쌘 무인들이 빠르게 달려들었다.

사백에 달하는 중년인과 청년 사이를 파고드는 자들은 뛰어난 신법의 소유자. 각 파에서 선발된 호법들이었다.

파파파파팟.

열 개의 물결이 들이닥치는 움직임은 실로 감탄을 자아냈다.

우선 청성파의 검법.

사삭. 촤아아악! 촤아악!

"컥!"

"크윽!"

청풍검법. 바람을 동반한 이름처럼, 쾌검과 동시에 엄청난 풍압이 적을 항거할 수 없는 상태로 만들어 버린다.

종에서 횡으로 이어지며 베는 동작은 물 흐르듯 자연스러웠고, 도약하며 덤벼드는 중년인의.

콱!

가슴팍에 거침없이 검이 파고들었다.

"폭굉……."

콰아아앙!

거기다 폭굉을 던지는 자들을 온몸으로 막아서거나, 빠르게 움직이며 열기의 범위를 벗어나 버렸다.

"애송이들."

열 갈래 중 여섯 번째.

구파의 정면에서는 더욱 빠르게 그들을 헤집는 무리가 있었다.

검을 들고 엄청난 속도로 적을 제거하는 자들은 점창파의 호법들이었다.

휘리리릭. 쐐애애액!

푸욱! 푹!

"큭!"

"윽!"

특이하게 점창의 호법들은 둘이 한 조를 이루며 적을 제거하고 있었다. 공격으로 방어를 대신하는 청성과 달리, 그들의 움직임은 처음부터 공방일체.

휘릭! 휘릭!

검으로 적을 베고 찌르고, 왼손에 든 불진으로 폭굉을 휘감아 허공으로 던져 버린다.

이들 역시도 점점 폭굉의 장단점을 파악했는지, 적을 보자마자 팔부터 베어버리거나 떨어지는 폭굉을 불진으로 휘감아 적들에게 되돌려 폭사하게 만들었다.

퍼억! 퍼어어억!

한편, 청성이나 점창과 달리 특이한 방식으로 적을 상대하는 문파가 보였다.

짙은 갈색의 도복 자락을 휘날리며 상대하는 무리들은 적들의 요혈을 찌르거나, 일부는 밀쳐내고, 무력화시키는 것에 집중하고 있었다.

콰아아아아아앙!

폭굉이 터질 때는 모든 호법들이 공중으로 치솟고, 허공에서 떨어져 내리며 적을 요격하는 기막힌 경공술.

바로 운룡대팔식(雲龍大八式). 강호 일절이라는 절정의 경공술에 장법이 합쳐진 무공이다

파라락! 파라라락!

허공을 밟듯이 발길질하고, 공중에서 휙휙 방향을 바꾸는

몸. 어지간한 강호인조차 신선을 연상할 만큼 화려한 움직임이었다.

그렇게 하나하나 적을 제압하는 사이 무려 백 명에 가까운 양민들이 죽어나갔다.

우우우우. 우우우우.

그런데도 그들은 물러서지 않았다. 후방에서 무슨 지시라도 받았는지, 오히려 한 곳에 몰리며 더 큰 반격을 준비했다.

"기다려!"

"아냐, 피해……."

콰아아아앙! 콰아아아앙! 콰아아아앙!

잠시 지휘에 혼선이 벌어진 사이, 폭발이 사방에서 일어났다.

거기에.

사사사사사사삭.

폭발의 여운이 채 가시기 전에 달려 나오는 흑의인들.

은자림 최후의 신도들이 공격을 시작한 것이다.

"물러서라!"

그와 함께 터져 나오는 육성.

호법들이 나선 뒤 중진에 머물러 있던 각 문파의 장로들이 전면으로 움직인 것이다.

펑! 펑! 콰릉!

검기와 장력이 쏟아져 나와 사이한 내력과 부딪혔다. 그와 함께 폭굉이 사방에서 굉음을 토해냈다.

　　　　　　*　　　　*　　　　*

　달그락.

　"맛있네요."

　전후좌우에서 정신없는 싸움이 벌어지는 와중, 운 각사는 평온하게 찻잔을 들었다.

　그는 지금 죽어나가는 은자림의 신도들이 마치 남인 것처럼 무심했다. 피와 먼지가 가득한 지옥도 한복판에서 신도에게 따듯한 차를 타 오게 한 것이다.

　"오룡이라는 차예요. 아취 어린 풍미가 참 고혹적인 맛을 내지요. 어때요, 한잔 드시지 않으렵니까?"

　"……."

　괴이한 행동. 맹주를 바라보는 운 각사의 눈에는 가벼운 교태까지 서려 있었다.

　"이봐."

　맹주는 이제 심각한 얼굴로 그를 노려보았다.

　"어머나, 맛있는데… 이 좋은 걸 모르다니."

　운 각사는 기도 안 차게, 샐쭉하게 눈을 흘기기까지 했다.

　"흡!"

　한순간, 호흡을 뱉어낸 맹주가 빠르게 세로로 검을 그었다.

　퍼애애애애애액!

　초식도 준비 동작도 없이 그어버린 검 끝으로 새하얀 광망이 날아갔다.

그리고 운 각사를 정통으로 두 조각 내었다.

착.

그러나 이내 허상으로 바뀌었다.

운 각사가 좀 전까지 잡고 있던 찻잔만 반으로 갈라질 뿐이었다.

그리고.

"이거……."

반으로 갈라진 찻잔을 잡은 운 각사는 손잡이를 들어 보이며 어이없다는 투로 말했다.

"송(宋)나라제 진품인데……."

으득!

단리형은 이를 갈았다.

이제는 무슨 흰소리를 하든 신경 쓰지 않고 곧장 반격을 가하려 했다.

그런데.

"네놈… 내게 무슨 짓을 한 게냐."

몸에 이질감이 느껴졌다.

처음 싸움에 나설 때만 해도 전의와 내공으로 가득하던 몸.

강철처럼 탄탄했던 몸과 도도히 흐르던 내력이 갑자기 몸을 죄어오듯 강한 거부감을 일으키고 있었다.

"어떻습니까. 무력해지는 기분은?"

운 각사가 살포시 웃어 보였다. 단리형은 이를 악물고 신음했다.

'좀 전의 그 냄새 때문인가.'

처음 공격을 가할 때 들이마신 공기.

그저 꽃가루처럼 느껴지는 착란인 줄 알았는데 이제 보니 이놈이 뭔가 수작을 건 것이다.

"어떻습니까? 규화보전이란 무공이 얼마나 대단한 것인지 이제 아시겠습니까?"

맹주는 대답하지 않았다.

점점 몸 상태가 변해가고 있었다.

내력을 끌어 올릴 때마다 뭔가 혈맥을 찌른다.

무인의 생명이라 할 수 있는 내공이, 생사대적 앞에서 이런 변화를 일으키다니.

콰아아앙! 콰아아앙!

여전히 주변에서는 폭굉이 터지며 비명 소리가 난무했다.

양민의 수는 반 이하로 줄어 있었고, 은자림 고수들의 기세도 대폭 꺾여 있었다.

그럼에도 느긋하게 주위를 둘러본 운 각사는, 고개를 끄덕이며 만족스럽게 입을 열었다.

"전장은 그쪽이 유리하군요. 그런데 말이에요. 사실 저 녀석들, 제겐 필요 없는 녀석들입니다. 아까도 말했지만 제게 적당히 시간을 끌어주기만 하면 됐으니까요."

"……."

맹주는 더 이상 운 각사를 면박 주지 못했다.

놈은 그 혼자가 곧 전력이었다.

분명 양민과 은자림이 몰살 직전까지 몰려가고 있지만, 이쪽의 전력은 구파일방이 붙들린 상태.

맹주 혼자서 운 각사를 언제까지 상대할 수 있을지 몰랐다. 심지어 내력이 흩어지는 기이한 현상을 대처는 고사하고 이해할 수조차 없었다.

'광휘……'

이를 악문 그의 눈에 한쪽 멀리 떨어진 곳에 있는 두 명의 사내가 잡혔다.

운 각사는 처음부터 광휘를 경계했다. 무인 본인의 내공을 멋대로 조종하는 기이한 수법도, 광휘에게라면 통하지 않을 터였다.

그의 친우는 그 내공을 스스로 버리고 깨달음과 기예만으로 신검합일을 이루었으니까.

'광휘!'

한데 그 광휘는.

아직까지 장련에게 묶여 일어나지 못하고 있었다.

＊　　＊　　＊

당고호는 자리를 옮겨 장련을 진맥하고 있었다.

덜덜덜.

가늘게 몸을 떨며 광휘가 어렵사리 물었다.

"어떤가."

"고는 아직 살아 있습니다."

장련의 맥을 짚던 당고호가 입을 열었다.

후우.

광휘는 안도의 한숨을 내쉬었다.

장련의 뇌호혈 바로 아래에 위치한 고독.

어미가 죽었으니 놈도 곧 죽을 터였다. 하지만 당고호가 무슨 수를 썼는지 어떻게든 살려는 놓았다.

덕분에 죽어도 진작에 죽어야 했던 장련 역시 살아 있었다.

"제거할 수 있겠지?"

"…대협."

당고호는 힘겹게 입을 뗐다.

"고독을 제거하는 건 어렵지 않습니다. 본 가의 비방 약을 먹인 후, 몸 밖으로 빼내기만 하면 되니까요. 하나, 정작 문제는……."

"문제는 뭔가?"

광휘의 너무 진지한 표정 때문일까.

당고호는 또다시 잠시 숨을 골랐다. 그리고 차분히 말을 이었다.

"이놈이 빠져나오는 동안 장 소저의 대맥 두 군데를 지나야 합니다. 나오는 사이에 어마어마한 독이 분출될 겁니다. 그걸 장련 소저가 버틸지 의문입니다."

"……."

"일단 미 불 산으로 놈을 마취시켜 놓기는 했지만, 이대로는 그저 시간 끌기일 뿐. 가만히 둬도 천천히 독이 배어 나오고 있습니다. 결정해야 합니다."

"어떤… 결정인가."

광휘의 얼굴이 굳고 당고호가 괴로운 얼굴로 설명했다.

"대협이 선택하십시오. 고독을 빼낼지, 아님 다른 독으로 물리칠지를."

고독을 빼내는 과정에서 놈은 마지막으로 온몸의 독을 발작적으로 퍼뜨린다. 이걸 장련이 버틸지도 의문이지만 그 독을 중화하기 위해서는 이독제독, 또 하나의 독을 투여해야 한다.

역설적으로, 고독이 뿜어내는 독보다 더 지독한 독을.

"……."

설명을 듣고 얼어붙은 광휘에게 당고호는 조금 더 가혹한 선언을 했다.

"참고로, 어느 쪽이건 장련 소저가 살 확률은 일 할을 넘지 않습니다."

철컥.

광휘는 가슴이 내려앉았다.

장련 덕분에 이제껏 목숨을 부지하고 제정신으로 살 수 있었던 그였다.

장련의 죽음은 그 자신의 사형선고와 다를 바 없었다.

"대협, 어떻게 하시겠습니까?"

"……."

"시간이 없습니다. 대부분이 닦여 나갔을 텐데도 화살촉에서 올라오는 냄새가 심합니다. 극독입니다. 반각 안에 처리하지 않으면 절대 살 수 없습니다."

광휘는 또 한 번 되풀이되는 운명에 이를 갈았다.

장련의 한쪽 팔을 가지고 실랑이를 벌이던 그때처럼.

지금도 장련의 목숨이 자신의 판단에 달린 것이다.

"대협?"

"……."

하지만 이번만큼은 그도 쉽게 결정을 내리지 못했다. 과거 팽가에서처럼 팔을 잘라내는 것과는 다른 문제다.

그때는 그나마 가능성을 노려보기라도 했지 이건 두 쪽 다 절망적인 상황이다.

고독을 제거하든, 제거하지 않든.

"대협!"

덜덜덜.

당고호의 외침과 함께 광휘의 손이 떨리기 시작했다.

그와 반대로 장련은 몸의 떨림이 사그라지고 있었다.

피가 굳는 현상이었다. 몸 안에 스며든 독이 응고되고 있는 것이다.

"고독을… 제거해 주게."

"알겠습니다."

피를 토하듯 흘린 광휘의 말에 당고호는 급히 품속에서 뭔가를 꺼냈다. 그는 그것을 장련의 입에 넣고는 입을 막으며 내력을 끌어 올렸다.

"살려주게."

그런 당고호를 향해 광휘의 목소리가 들려왔다.

"부탁하네. 어떻게든… 살려줘."

평소와 다른.

마치 겁에 질린 사람의 흐느낌처럼.

*   *   *

'어떻게.'

신체를 맞닿아 빼앗는 흡기공도 아니다. 어떤 진법이나 환술을 쓴 것도 아니다.

그런데 무언가에 홀린 듯 몸속 내공이 점점 흩어진다.

변화에 대한 저항은 또 다른 문제를 야기했다.

단리형은 내공을 통제하려다 혈맥이 굳고 온몸에 바늘이 찔리는 고통을 느껴야만 했다.

"사람이 음과 양을 동시에 가질 수 있을까요?"

긴장한 맹주의 기색을 아는지 모르는지, 운 각사가 잘난 척, 아는 척을 했다.

"자연. 대우주의 기운을 담는 초자연적인 완전체가 되지요. 본디 인간은 양(陽)과 음(陰)의 기운을 가지고 태어납니다. 사실 인간에 국한된 것은 아니지요."

"……."

맹주는 눈살을 찌푸렸다.

음양이기론은 도가의 중추 학설 중의 하나.

당연히 그도 알고 있는 것이었다.

하지만 운 각사는 더 떠들고 싶은지 길게 말을 계속 늘였다.

"무림인은 이를 심법(心法), 무공을 통해 좀 더 몸의 기운을 이롭게 바꿉니다. 하지만 남자는 양(陽), 여자는 음(陰). 타고난 성별이 가진 기운은 어쩔 수 없지요."

"그래서 아영이를 원한 건가?"

문득 궁금증이 생긴 맹주가 묻자 운 각사는 반색하듯 기꺼워했다.

"오… 예, 그렇습니다. 태생이 남자인 제가 아무리 음한지물을 받아들여도 태초의 태음에는 미치지 못하지요. 하나 음의 극한이라는 구음진맥이라면, 그리고 음양을 모두 다스릴 규화보전이 있다면 다르지요."

"신재라면 황실에도 이미 몇 데리고 왔던 것 같은데, 왜 굳이 아영이었나?"

"다릅니다. 완전히 다르지요. 그것들은 실패작입니다."

운 각사는 개탄하듯 탁, 이마에 부채를 대며 말했다.

"그 아이들은 타고날 때 완전한 구음진맥이 아니었지요. 약물과 조정을 통해 그 기질을 키운 것뿐. 하나 사람이 아무리 만들어낸들, 자연의 오묘함을 따르기란 어렵더군요. 이 난해함을, 아시겠습니까?"

그러고는 손가락을 펴서 하나하나 접어 보였다.

"첫째, 타고나기를 완벽한 구음진맥으로 타고나야 하고, 둘째,

열여섯이 넘지 않으면 완전히 각성하지 못하는 데다, 셋째, 열여섯이 넘으면 오히려 너무 지나쳐서 죽고 말지요. 넷째, 죽었다가 다시 살아나는 기연을 통해 벽을 넘어야 합니다. 이게 얼마나 희박한 확률인지 아시겠습니까?"

"……."

맹주는 문득 얼굴을 굳혔다.

전대 은자림의 본진을 쳤을 때, 아영의 능력은 극한에 이르러 있었다. 그런 그녀는 극독에 의해 가사 상태로 몰려갔고, 독이 배출되어 다시 제정신으로 돌아왔다.

바로 당문의 당명호, 천중단의 한 사람으로 인해서.

"즉 알아도 만들 수 없고, 만들어져도 우리가 알 수 없으면 구하지 못하지요. 천 명에 하나도 아니고, 천 년에 한 명이 있을 만한, 아주 특별하고 고마운 존재이지요. 그걸 여러분이 찾아 주신 겁니다. 작정하고 숨으면 누구도 찾을 수 없는 그 아이를. 그러니 제가 어찌 고마워하지 않을 수 있겠습니까."

깔깔깔깔!

마치 삼류 경극의 악당처럼, 운 각사는 길고도 자세한 이야기를 쏟아냈다.

쪼르륵.

그는 또 한 잔의 차를 들어 마시며 살짝 경배를 표하는 자세를 취했다.

말투도 행동도, 많은 사람들이 죽어나가는 현장이 보이지 않는 사람처럼.

"대단히 기분이 좋은 것 같군. 그런데 자네, 뭐 하나 놓친 게 있지 않나?"

스윽.

맹주는 검을 세우며 입을 열었다.

무공으로 완전히 스스로를 방어하고, 심지어 극음의 기운을 주변으로 퍼뜨린 운 각사가 갸웃했다.

"놓쳐요? 제가 뭘?"

지금 이 시간에도, 맹주는 물론이고 주변을 천천히 잠식해 가는 기운. 그 기운에 항거하며 맹주는 검 끝에 일렁이는 기운을 담았다.

"내가 내공이 모두 흩어지기 전에."

스스스스―

다시 한번 생성되는 회색 광망.

맹주는 입꼬리를 올리며.

"그 전에 끝낼 생각이라는 거!"

파아아앗.

말이 끝나기도 전에 달려 나갔다.

*　　　*　　　*

최아아익! 최아아익!

구파일방의 열 개 대열 중에서도 가장 패도적으로 적을 상대하는 문파가 있었다.

남해 특유의 삼베 의복을 입고 덥수룩한 수염을 기른 노인 하나와 관을 쓴 장년인의 움직임이 가장 눈부셨다.

팍! 팍! 팍!

가공할 신체 능력을 믿고 달려드는 자들을 한 치의 흔들림도 없이 맹렬하게 뒤로 밀어붙였다.

그러다가 투욱, 정신없이 싸우던 둘 앞에 폭굉 하나가 떨어졌다.

쉬익! 쉬익! 쉬익!

그런데 폭굉을 보지 못한 것인지, 장년인은 허공에 칼만 휘둘러 댔다.

"문……!"

깨우쳐 줄 틈이 없었다. 노인은 전광석화 같은 속도로 장년인을 안고 공중으로 도약했다.

콰아아아아아앙!

노인은 폭굉의 범위를 피하고, 일부 충격을 온몸으로 견뎌냈다.

장년인이 바닥에 주저앉은 채 혼란에서 빠져나온 얼굴로 노인을 바라보았다.

"…형님?"

"언제까지 그리 누워 있을 게냐, 문대갈!"

"아! 좀!"

벌컥!

해남파의 문자운은 고마움이 '홱!' 날아가는 걸 느끼며 몸을 일으켰다.

"감상에 젖을 시간 없다. 빨리 날 따라와!"

절레절레.

툭 던지는 진일강의 말에 문자운은 고개를 내젓고 그 뒤를 다시 따랐다.

"뭐 하느냐! 장문인께서 저리 움직이시는데!"

"가자!"

"가자!"

문파의 두 중추의 거침없는 기세 때문인지 제자들의 사기도 맹렬해졌다.

콰아아아앙! 콰아아아아앙!

주위에서 틈틈이 폭굉이 터져 나왔지만 해남 제자들에겐 큰 방해물이 되지 않았다.

사기가 오른 사해비천단은 누구 할 것 없이 적진을 향해 몸을 던지고 있었다.

"귀찮군!"

지이이잉ㅡ!

최선봉에 선 진일강은 해일처럼 몰려드는 양민들을 보며 결단을 내렸다. 내력을 끌어 올리자 이내 도(刀) 끝에 광망이 맺혔고.

쇄애애애액!

망설임 없이 날리며 기운을 발산했다.

콰르르르르르릉! 쾨이이앙! 쾅!

다섯 명이 단 한숨에 쓰러졌다. 동시에 그들이 소지하고 있던 폭굉의 화마가 주변을 덮치며 일대를 뒤흔들었다.

주위에 있던 몇몇 문파들이 그런 진일강의 무위를 보고 감탄을 내뱉었다.

"놀랍군."

"저것이 해남파인가……."

몇 년 전, 맹에서 구파의 공식 임명을 선언했을 때 여러 문파들의 반대가 심했다.

특히 구파에 예속되지 못한, 거기다 해남파의 인식이 좋지 못한 명숙들의 반발은 엄청났다.

하지만 소림과 화산, 무당이 강하게 안건을 밀어붙였다. 왜 중요 문파들이 그런 높은 평가를 내렸는지 이제 보니 일견 이해가 가는 장면이었다.

"괜찮나?"

"끄응……."

혼란 틈에 빠지던 개방을 구출한 진일강이 개방주 능시걸을 부축했다. 그는 현기증이 나는지 피 묻은 손으로 관자놀이를 누르고 있었다.

"고작 몇 살이나 먹었다고 벌써 기운이 달리는 게야? 그러게 밥 좀 작작 처먹으라니까……."

"뭐가 좀 이상해. 저기 좀 보게."

한데 단순한 탈진으로 여긴 진일강과 달리, 능시걸은 식은땀을 흘리며 한쪽을 가리켰다.

"끄으응."

"으윽!"

구파의 제자들 중 일부가 바닥에 주저앉거나 머리를 부여잡고 몸을 가누지 못하고 있는 것이다.

"폭굉의 충격파인가?"

"아니야. 거리는 충분히 두게 했고 심지어 귀에 면포를 틀어막은 이들도 있네. 무엇보다 그저 그런 제자들이 아닌 경험이 많은 일대들이야. 호락호락하진 않네."

"그럼?"

와아아악!

되물으려던 진일강의 고개가 '휙!' 돌아갔다.

챙! 챙! 챙!

또 다른 구파일방의 대열 속에서 아비규환이 일어났다. 칼끝에 뿌려지는 피. 쓰러지는 각 파의 정예들. 그런데.

"이놈아! 미쳤느냐! 갑자기 무슨 짓이야!"

그 흉수는 다름 아닌 일대제자들 본인이었다. 그들은 마치 대마에 취한 듯 몽롱한 눈으로 허우적대고 있었다.

"내명! 내명! 정신 차리지 못할까!"

쩌어엉!

불문의 사자후는 정심하기로 천하제일이다.

특히 사공에 이지를 홀린 이들을 정신 차리게 만드는 데 천하의 일절이었다.

"자, 장문인?"

"정신이 들었느냐? 마음을 정히 다스려라! 대체 왜 그러느냐!"

방장의 부축을 받고, 소림의 일대제자가 '따다닥!' 이를 맞부

덮혔다.

"이상한… 이상한 광경을 보았습니다. 갑자기 이 일대가 전부 은자림의 적도들로……."

"뭐라?"

소림 장문인 방혜 대사가 흠칫했다.

정심정대한 내력은 소림이 가장 자랑하는 것이다. 그런 소림의 일대제자가 갑자기 전장에서 헛것을 보는 현상이라면.

"크아악! 아아악!"

챙! 챙!

"우웨에엑!"

"……!"

주변을 돌아보자 차츰차츰 까닭 없이 물러서는 구파일방의 대열이 보였다.

각 파의 장로와 호법들은 충분히 수양이 높아 버티고 있었지만, 일대제자들이… 무너지고 있었다.

장문인들은 제자들을 다독이고 있었지만 말을 듣지 않았다.

터억! 턱!

그리고 그때, 갑자기 움직임이 달라진 흑의의 신도들.

사사삭!

"무슨……."

채 백여 명도 되지 않는 인원이다.

하지만 그들이 양민들의 뒷덜미를 잡아 올리는 순간, 진일강은 불안감을 느꼈다.

설마. 설마하니 아무리 미친놈들이라도 그런 짓을 할까?

휘이이익!

그런데 그 설마가 정말 일어났다.

양민 한 명씩을 낚아챈 흑의인들. 그들은 구파 중에 움직임이 멈칫거리던 쪽을 향해 폭탄 던지듯, 사람을 내던졌다.

콰아아앙! 콰아아앙! 콰아아앙!

"으악!"

"피해!"

가만있어도 위험한 적인데, 그 양민이 인간 폭굉이 되어 날아들었다. 이번만큼은 구파일방 쪽에서도 극도로 피해가 커졌다.

"뭐 하는 건가!"

"어서 안 일어나! 죽는다!"

화산파 호법 하나가 시커먼 화염에 그슬린 채 일대제자들을 일으켰다.

푸욱!

"커억!"

"…호, 호법님?"

일대제자는 질겁했다. 일시적인 착란으로 존장을 해하고 만 것이다. 문중의 규율로는 대죄 중의 대죄.

촤아악!

그리고 당황하던 가운데 은자림 신도의 칼날에 목이 날아갔다.

멀리서 이를 본 소림 장문인 방혜 대사가 즉각 목청을 돋웠다.

"환술이오! 광범위한 환술이 뿌려지고 있소! 각 파의 장문인들은 모두들 제자들이 정심을 잃지 않게 주의하시오!"

"피해!"

"으아악!"

콰앙! 콰앙!

그제야 구파일방은 원인을 알고 급히 무리를 모았지만 그건 그것대로 상대의 좋은 폭격 목표가 되었다.

뭉치면 뭉치는 대로 인간 폭굉이 날아들고, 흩어지면 일대제 자들이 하나하나 착란에 빠지거나 전의를 상실하고 있었다.

"설마……."

"환술인가!"

능시걸의 말에 진일강이 칼끝으로 운 각사를 가리켰다.

모를 때는 몰랐지만, 막상 조심하기 시작하자 느껴졌다. 전장 전체에 펼쳐진 이상한 사기.

"환술만이 아냐. 기력이 달리는 줄 알았는데… 이건……."

울컥!

말하는 도중 속이 좋지 않은지 한바탕 토악질을 하던 능시걸 이 입가를 훔쳤다.

"내공이 흩어지고 있네."

"뭐?"

진일강은 능시걸의 말에 흠칫했다.

그는 즉각 급하게 소주천을 돌려본 후 '홱!' 하고 안색이 변했다.

자신도 피하지 못했다.

가득 차 있어야 할 물줄기가 놀랍게도 절반밖에 남아 있지 않은 것이다.

"동도 여러분 들으시오! 모두 급히 내력을 돌려보시오!"

그 순간 방혜 대사의 울림이 전장을 휘감았다. 사이한 기운을 떨쳐내는 불문의 사자후 신공이었다.

"어헛?"

"헉!"

그리고 그 말에 주위의 장문인과 장로들이 하나하나씩 차례로 안색이 변했다.

쭈욱!

몇몇의 시선은 한쪽으로 몰렸다.

다름 아닌 맹주와 대적하는 운 각사.

동시다발적으로 전장 전체에 광범위한 환술을 쓴 자가 그라는 걸 깨달은 것이다.

또한.

구파일방 모두의 내공마저 흩뜨리고 있었다.

파파파팟.

혼란스러운 틈을 타 다시금 신도들이 움직였다.

몇몇은 양민들을 붙잡고, 몇몇은 폭굉을 쥐며, 또 몇몇은 검을 든 채로.

"이곳으로 몰려 들어온다!"

"장로들이 막으시오!"

적들은 대열을 유지하려던 구파의 약점을 정확히 인지하고 있었다.

하여 양민들처럼 전방위로 달려들지 않았다.

구파일방 열 개의 기둥 중 한 곳.

모든 힘을 집중시켜 구멍을 만들려고 하고 있었다.

콰아아아앙!

때마침 정면으로 부딪친 장로 한 명이 신도 한 명과 폭사해 버렸다.

그리고 꺼멓게 타오르는 구름.

그 불길 속으로 주춤했던 세 명의 신마들이 득달같이 파고들었다.

점창의 다른 장로들이 막아섰고.

콰아아아아아앙!

또다시 불길이 일어나며 주위를 초토화시켜 버렸다.

심혈을 기울여 방어해 내던 둑에 이미 구멍이 생긴 것이다.

"도와주시오!"

"점창파를 돕자!"

구파일방들도 상황을 인지하고 적극 대열에 가담하려 했다.

하지만 대열이 너무 흩어져 있던 탓인지 신도들의 움직임이 더 빨랐다.

순간적으로 신도 십여 명이 검은 구름을 뚫고 튀어나오는 것을 제지할 수가 없었다.

그러던 그들 눈앞에.

"꺼져라."

훈풍(薰風)이 불었다.

퍼퍼퍼퍽!

질풍처럼 튀어나오던 거구의 장년인은 공중으로 도약한 신도 다섯을 단번에 날려 버렸고.

패애애애액―!

동시에 주변을 새하얀 빛으로 덮어버린 도강(刀罡).

정면으로 달려오는 두 명을 베어버린 장정은 마치 산적들이 입을 법한 옷을 걸치고 있었다.

"방천! 약속 시간이 완전 틀렸잖아!"

"그게 다 너 때문 아니냐."

두두두둑!

시간 차로 뛰어드는 신도 넷.

산적의 말을 받은 승려는 긴 봉으로 단번에 모두를 쓰러뜨렸다.

"모두 입 닥쳐! 여긴 전장이다!"

콰아아아앙!

폭발과 함께 틈새를 비집고 들어오는 신도 여섯을 눈 깜짝할 사이에 베어버린 맹인.

그들 넷은 폭발의 중심에 서서 무너진 둑 공간을 완벽하게 막았다.

"그대들은……."

네 사람을 향해 다가온 점창파 장문인이 읊조렸다.

압도적인 무위.

도강을 생성해 낸 능력뿐만 아니라 그들 면면이 심상치 않은 분위기를 뿜어내는 고수들.

"안평 대사, 오랜만입니다."

구문중이 대표로 그의 말을 받았다.

"허허… 설마 했는데. 뭐, 그리 놀랄 일은 아니지요. 단장께서 오신 마당이니."

안평 대사는 허허롭게 웃었다.

"장문인! 저들은 누굽니까?"

때마침 지원하러 온 점창 장로 한 명이 물었다.

"저들이라니. 말을 삼가라! 이분들은……."

격렬한 다그침 도중 구문중은 부드러운 표정으로 손을 내저 었다.

"그냥, 장씨세가 호위무사라 알고 계시면 됩니다."

"…장씨세가?"

뒤이어 다가온 점창의 다른 장로 역시 어이없는 표정을 지었다.

도기도 아니고 절세무학이라는 도강을 뿜어내는 고수들이라니.

"장로들, 잘 알아두게. 이분들은 천중단, 은자림을 악전고투 끝에 쓰러뜨린 전대의 영웅들일세."

뭐라 설명을 해줄 것 같던 안평 대사는 외려, 흐뭇한 표정을 지어 보였다.

"뭐, 그런데 지금은 장씨세가 사람들이라 하시는군. 이해하겠나?"

第七章

바람이 차구나

"천중단……."

"들어본 적 있어."

혼란스러운 전장에 술렁임이 번져갔다.

과거 절대고수로 구성된 무력 단체. 설화로만 읊어졌던 이들이 나타나자 구파일방은 경외에 가까운 감정을 느꼈다.

"방장……."

"보고 있다."

그리고 얼마 떨어지지 않은 곳.

한 장로의 말에 소림 장문인 방혜 대사기 끄덕였다.

천중단이라 불린 이들 중에는 소림 출신인 방호도 있었다. 근 십 년 만의 재회이건만 그는 바로 알아보았다.

상황이 이렇지만 않았다면 달려가서 정을 나누었으련만.

"대형, 아직 숫자가 제법 됩니다."

"이거이거… 엉망인데요. 우리가 직접 나서는 게 빠르지 않겠습니까?"

주변을 한눈에 쭈욱 살핀 염악과 방호가 구문중에게 물었다.

적아가 엉망진창으로 뒤섞인 전장. 이쪽에서 먼저 치고 들어가는 공세로 갈지, 아니면 폭굉을 쥐고 달려오는 이들을 요격하며 진형을 정비할지 결정해야 할 시기다.

"……."

그런데 지시를 내려야 할 구문중이 불편한 듯 침묵하고 있었다.

"아니면 저기 맹주를 도와 운 각사 놈을 쓰러뜨리는 것도……."

"너희들, 느껴지지 않나."

구문중의 말에 염악이 흠칫했다. 구문중이 손으로 자신의 가슴과 아랫배, 하단전을 툭툭 두드렸다.

"어……."

"정말이네?"

염악과 방호가 그제야 알아차렸다. 뒤이어 웅산군도.

"나도다."

동의했다.

"내공이 흩어지고 있다."

구문중의 말에 천중단원들의 표정이 일그러졌다.

염악은 이 황당한 상황에 고개를 저어 보였다.

"니미, 지친 건 줄 알았는데 아니라니. 허 참."

그간 강호행을 하며 별 희한한 일을 다 겪었다 했지만 오늘과 같은 일은 그로서도 처음이었다.

미리 설치해 놓은 진법에 걸린 것도 아니고, 어떤 결계에 빠진 것도 아니다. 아니, 설사 그렇다 하더라도 멀쩡하게 쌓인 내공이 이렇게 흩어지는 현상은 듣도 보도 못했다.

"대형, 이게 대체 무슨 조화입니까? 산공독에 당한 것도 아니고 어떻게 내공이 모래알처럼… 지금 여기 있는 사람들이 전부 이럽니까?"

방호가 침중하게 묻자 웅산군의 시선도 구문중 쪽으로 움직였다.

맹인은 시가이 제한된다. 하지만 그런 만큼 더더욱 다른 감각이 예리해진다.

심지어 본시 무당파 출신이라 여러 현상에 두루두루 심도 깊은 답을 내줄 거라는 생각이었다.

꽤 오래 침묵하던 구문중이 고개를 들었다.

"…이상한 기운의 간섭이다. 그리고."

그는 하얗게 변색된 동공을 돌렸다. 앞이 보이지 않는 그가 감지해 낸 방향은.

바로 운 각사가 있는 쪽이었다.

"저지 구나. 저지의 몸에서 흘러나오는 기운이 우리의 내공을 흩어버리고 있어."

쉐애애애애액—!

검강은 곡선의 빛 무리를 띠며 운 각사의 자리를 휘감았다.

하나, 이미 동선을 예측한 운 각사는 자리에서 사라진 뒤였다.

파파팟.

맹주의 신형도 번쩍였다.

눈 깜짝할 사이에 사라진 둘은 어느 지점에서 동시에 나타났다.

맹주의 검과 마주친 운 각사의 부채.

카아아앙!

놀랍게도 쇳소리가 울리며 운 각사의 신형이 주욱 밀렸다.

"힘은 제가 좀 밀리는군요."

몸의 중심을 잃고 휘청거리는 와중에도 주저리 떠드는 운 각사.

"그 입까지 막아주지."

맹주는 더욱 거칠게 몰아붙였다.

카카카캉!

검강이 사그라진 맹주의 검 끝에서 강렬한 검풍이 퍼져 나왔다.

쉬이이익!

사방으로 휘두른 맹주의 검 끝에 폭풍이 몰아쳤고, 완전히
피해내지 못한 운 각사가 또다시 뒤로 쭈욱 밀렸다.

'기회!'

틈을 잡은 맹주의 신형이 빛살처럼 움직였다.

그러던 그때.

스스스스스슥!

대기가 갑자기 살아 움직이듯 끈적끈적한 파동이 되어 맹주의 속도를 늦췄다.

'이건?'

눈앞에 보이지도 않는 기이한 기운. 무형(無形)의 벽을 만든 것처럼 자신의 움직임을 방해하고 있는 것이다.

"하얍!"

맹주가 내공을 더욱 끌어 올려 속도를 냈지만, 이미 늦은 상황이었다. 휘청거리던 운 각사는 중심을 잡으며 대응 태세를 갖추고 있었다.

"기(氣)의 파동을 뚫어내다니. 과연 맹주시군요. 하나, 이번엔 쉽지 않을 겁니다."

촤륵.

운 각사가 싸우는 도중에도 쥐고 있던 찻물을 허공에 뿌렸다. 흩어진 물방울이 그의 눈앞으로 와르륵 내려오던 그때.

투욱.

들고 있던 부채로 한 점을 찔렀다.

쏴아아아악!

"……!"

맹주의 눈이 크게 벌어졌다. 물보라의 한 점이 튀어나오며, 어느 순긴 수백 자루의 비수처럼 변해 날아온 것이다.

사사사사삭!

비수가 맹주를 관통했다.

아니, 허상이었다. 단리형은 일순간에 세 걸음을 물러서는 이형환위를 펼쳤다.

팟! 팟! 팟!

스스스슥!

"……!"

하나 그렇게 물러서는 그를 끈끈한 기의 파동이 붙잡듯이 방해했다. 신속함을 잃자 허상이 사라지고 실체가 그대로 드러났다.

"칫!"

맹주는 할 수 없이 태세를 바꿔 날아오던 비수를 검기로 대응했다.

스스스스슥!

"……!"

한데, 또다시 기이한 일이 벌어졌다. 물살의 비수를 날려 버린 맹주의 검기가 갑자기 무뎌지기 시작하더니.

퍽!

운 각사의 눈앞에서 갑자기 증발해 버린 것이다.

"이것이 바로 규화보전이란 무공… 흡."

오만하게 웃으며 말을 내뱉던 운 각사의 표정이 한순간 굳었다.

맹주와 운 각사의 거리 중간 지점에서.

"이게 진짜다!"

스확!

다소 늦게 맹주의 검에서 흰빛이 퍼지더니 거대한 광망이 일어났다. 검강, 강기, 기를 통제하는 절대의 영역에 오른 그가 할 수 있는 최고의 무공. 그것이 검에서도 아니고 한 박자 늦게 허공에서 터져 나온 것이다.

맹주의 회심의 일격이었다.

화아아아아아악!

"……?"

그런데 이번에도 운 각사의 지척에서 이상한 변화가 일어났다.

지이이이잉!

눈으로 좇을 수 없는 속도로 날아가던 검강이 운 각사의 지척 앞에서 급속히 느려졌고.

운 각사가 내민 부채 끝에 닿자 그의 손을 따라 하늘로 날아가 버렸다.

휘이이익!

"……."

"저건!"

"어?"

싸움을 지켜보던 천중단 단원들이 탄성을 내질렀다.

맹주의 반격으로 운 각사의 목이 떨어지나 했더니, 검강이 허공으로 치솟아 멀리멀리 사라진 것이다.

"이럴 수가……."

그러나 이 일에 누구보다 충격을 받은 이는 맹주, 단리형 본인이었다.

검강은 심검, 이기어검의 영역에 걸쳐 있는 검도의 극이다.

그런 최고 무학의 기운을 제어하고, 나아가 남이 펼친 무공의 기운을 멋대로 비틀어 버리다니.

"뭘 그리 놀라십니까?"

툭툭.

별것 아니라는 듯 가볍게 먼지를 털어내는 운 각사는 웃으며 말을 이었다.

"건곤대나이를 세상에서 혼자만 쓰실 수 있다고 착각하시는 건 아니지요?"

"이놈! 일월신교의 호교신공을 네놈이 어떻게!"

으드득!

단리형의 이가 갈렸다.

그는 이제까지와는 다른 분노와 경악으로 외쳤다.

"너는 광휘가 아니다! 네놈이 그걸 어떻게 쓴다는 말이냐!"

"이런이런, 맹주도 제 출신이 어딘지는 아시지 않습니까."

운 각사는 푸홋, 다시금 터져 나오는 웃음을 막으며 말했다.

"저희도 따지고 보면 명교입니다. 일(日)과 월(月)이 합쳐서 바로 명(明)이니까요. 규화보전뿐만 아니라 건곤대나이 신공을 접할 기회는 저희에게도 있었답니다."

건곤대나이.

명교의 교주, 혹은 인연자에게만 내려지는 호교신공.

그리고 그 명교는 본시 전한 시대의 오두미도, 혹은 백련교, 일월교 등의 다양한 민간 종파와 섞여, 서역의 배화교가 전래해 명교로 통합된다.

이로 인해 수많은 계파가 생기고 서로 이단으로 규정하는 싸움이 일어나곤 했다. 그들의 후예를……

강호에서는 마교라 불렀다.

"규화보전……."

맹주는 침음했다.

인간의 움직임으로 따라잡지 못하는 빠름, 타인의 기운을 제어하고 검강마저 휘둘러 버리는 절대적인 통제력.

운 각사가 부린 조화가 바로 신비의 무공이라는 규화보전에서 일어난 것이었다.

*   *   *

스륵. 스륵. 쿵.

폭발과 비명 소리가 난무하는 전란과 달리 외곽 쪽에는 침묵만이 흘렀다.

하지만 그곳도 피 튀는 싸움과는 또 다른 긴장감이 팽배했다.

툭. 투투툭.

장련의 혈맥을 잡은 당고호의 손이 빨라졌다.

상태를 살피고, 반응에 맞춰 혈을 짚기를 여러 번.

당고호는 이마에 땀이 흥건할 정도로 고도의 집중력을 쓰고 있었다. 그렇게 얼마나 시간이 흘렀을까.

"악!"

갑작스러운 비명이 터져 나왔다.

툭.

동시에 장련의 입에서 튀어나온 거무튀튀한 껍데기.

지이이이익.

기분 나쁜 물체는 땅에 닿자마자 불에 지지듯 산화되어 버렸다.

"이게 그 고독인가?"

광휘가 당고호에게 물었다.

"그렇습니다."

"하면… 치료가 다 된 건가?"

"…예."

당고호가 말하자 광휘의 표정이 '확!' 밝아졌다.

장련의 얼굴에 천천히 화색이 돌았다. 가늘게 눈꺼풀이 떨리는 그녀에게, 광휘는 몸을 바짝 붙여 조심스레 물었다.

"소저, 내 말 들리시오?"

"……."

"장련 소저… 아!"

극도의 조심성. 독상을 입은 충격에 나지막이 그녀를 부르던 광휘의 눈이 커졌다. 의식을 잃었던 장련이 눈을 떴다.

"무사님… 좋아해요."

그리고 뜬금없는 고백이 장련의 입 밖으로 흘러나왔다.

"…깨어나셨구려. 다행이오, 다행이오."

광휘가 약간 상기된 얼굴로 에둘러 화제를 돌렸다.

갑작스러운 상황에, 그리고 장련의 안위로 걱정하던 탓에 그는 다소 허둥지둥거렸다.

"여기 이 당고호 대협이 소저를 구해주었소. 소저, 일단 여긴

위험하니 당 대협과 함께 안전한 곳으로 피해 계시오. 그사이
난 저쪽에 손을……."

"무사님… 우리 얼마나 되었죠?"

말하며 일어서려던 광휘의 동작이 멎었다.

"…소저?"

장련의 미소는 어쩐지 평소보다 밝았다. 그것도 묘하게 화색
이 돌고 있었다.

"갑자기 무슨 말이오?"

"무사님이 장씨세가에 온 날."

콰아아앙! 콰아아아앙!

갑작스러운 폭굉의 폭발음에 광휘가 흠칫 장련의 앞을 막아
섰다. 그리고 가볍게 한숨 쉬며 그녀에게 말했다.

"소저, 마음은 기쁘나 지금은 그런 얘길 나눌 정황이 없소.
시간이 없으니 어서 여기를 피하도록 하시오."

"아, 생각났어요. 이맘때였죠? 목화꽃이 피던 가을이었으니까."

"소저……."

광휘는 결국 인상을 찌푸렸다.

장련답지 않다.

평시의 기민하던 그녀답지 않게, 나른하고 느긋한 얼굴은 상
황을 전혀 인지하지 못하는 듯했다.

"기억해요. 객잔에서 같이 걸었던 그날, 그리고 처소에 함께
있었던 그날. 전부 기억은 안 나지만 꽤 많은 시간을 함께……."

"소저! 대체 몇 번을 말해야 하오! 지금 그렇게 여유를 부릴

시간이."

"저 많이 기도했어요."

"……!"

스윽.

광휘의 눈이 커졌다. 장련이 광휘의 손을 잡은 것이다.

이제껏 부끄럼을 많이 타던 그녀의 눈길이 정면으로 자신을 보았다.

그것이… 섬뜩했다.

"눈이 올 때도 비가 올 때도… 정말 많이 기도했어요. 무사 님이 다치지 않기를. 더 아프지 않기를. 하루라도 맘 편하게 살 수 있기를… 기도했어요."

"……"

"그러니 저랑 약속해요. 꼭 좋은 사람 만나기로."

"소저……?"

장련이 잡은 광휘의 손이 떨렸다.

이제는 그도 알아차렸다.

이 상황.

확실히 정상적이지 않다는 것을.

"싸움도 다툼도 없는 가문에… 그런 조용한 집안의 규수를 만나서. 더는 칼 쓰지 말고 살아요."

툭. 툭.

장련의 옷섶에 한 줄기 물방울이 떨어졌다.

광휘의 눈물이었다.

툭. 툭.

그것이 장련의 옷섶을 빠르게 적셨다.

"만약에, 무사님. 만약에요."

감정을 주체하기 힘들어 얼굴에 드러났지만.

광휘는 말이 나오지 않았다.

그 모습을 보는 장련의 눈에도 어느새 눈물이 고였다.

"정말 하늘이 제게 한 번만 기회를 허락해 주신다면……."

애써 평온한 얼굴을 했지만 그녀 역시 점점 두려워지고 있는 것이다. 그래서인지 그녀는 힘겹게 다른 손을 뻗었다.

스윽.

그 손이 머리를 숙이고 울고 있던 광휘의 머리를 어루만졌다.

"그때는 경치 좋은 날, 무사님과 함께……."

"……."

"…무사님과 다시 한번 꽃길을……."

투욱.

"……!"

순간 광휘의 시간이 멈췄다.

얼굴을 만지던 장련의 손이 머리 밑으로 천천히 떨어지던 그 시간이.

영원처럼 느껴졌다.

한참을 말없이 바라보고 있던 광휘는 천천히, 지독히게 쉬어 버린 목소리로 물었다.

"어찌… 된 건가."

"시간이 너무 걸렸습니다. 독도 지독했고, 무엇보다 위치가 좋지 않았습니다. 큰 동맥의 바로 아래라."

당고호가 탄식했다. 광휘는 그저 가만히 기다렸다. 시야가 흐려져 왔다.

투둑.

눈물이 떨어지고, 그제야 다시 앞이 보였다. 하지만 다시 흐려졌다. 계속 그랬다.

"혈맥을 막으며 애를 써봤지만 쉽지 않았습니다. 시간이 걸리니 체력도 급하게 소진되었습니다. 무공을 모르는 몸이라 더욱 더 그랬습니다."

당고호가 변명처럼 설명했다.

뚝뚝.

이제 눈물은 옷섶을 지나 땅으로 떨어졌다. 너무나도 많았다. 이제 그칠 만도 했지만 볼을 타고 끊임없이 흘러내렸다.

광휘는 계속 눈을 깜박였다.

장련의 얼굴을 보기 위해.

"…잘 버텨주었습니다. 저도 어쩌면 할 수 있지 않을까 생각이 들 만큼. 이 정도까지 버틴 것은 아마도 체력이 아닌 정신력이 강해서였을 겁니다."

"……"

"점점 숨이 다해가는 것을 본인도 느꼈겠지요. 그래서 아마도 마지막 말이라도 남기고 싶어……."

"그만."

결국 더 듣지 못하고 광휘가 말을 끊었다.

"그만 말해도 된다."

"광……."

흘깃 올려다본 당고호는 가슴이 덜컥했다.

담담하게 울고 있는 광휘.

흘러내린 눈물로 장련과 광휘의 옷섶이 흥건할 만큼 번져 있었다. 그럼에도 흐느끼거나 신음조차 없었다.

너무나 조용히 흘리는 눈물 때문인지 당고호는 등골에 소름이 쫘악 끼쳐오는 것을 느꼈다.

"무슨 일이 났는지, 나도 알고 있으니까."

스윽.

광휘는 그녀의 손을 천천히 내려놓고는 고개를 숙였다.

그는 기어이 소리 내어 울지 않았다.

"바람이 차구나."

어차피 통곡하고 절규해도, 세상의 어떤 뇌성벽력도 지금 그의 마음을 표현할 수 없을 터였다.

그래서 그는.

"너무… 차갑구나."

더더욱 소리치지 않았다. 조용히 진한 눈물만 흘리며 무릎을 꿇은 채로.

투 욱.

축 늘어진 장련의 두 손을 마주 잡고 있었다.

콰아아앙! 콰아아앙!

전장에서 이는 폭발 소리는 여전히 멈출 기색이 없었다.

교전 내내 땅을 뒤흔드는 열기과 폭발음.

강호를 대표하는 구파일방의 정예조차도 견뎌내기 힘든 고통이었다.

구구궁! 구구구궁!

폭발의 여파는 전장에서 빠진 당고호가 있는 쪽으로도 여과 없이 날아들었다.

"결국. 이렇게 될 일이었다."

광휘는 여전히 장련의 손을 마주 잡고 있었다.

동요하던 눈빛도, 일그러지던 표정도 천천히 지워져 갔다.

"예전에도 이런 적이 있었다. 경험이 쌓여도, 아무리 무공이 강해져도, 정작 구해야 할 사람은 내 곁을 떠나갔다."

"……."

당고호의 시선이 광휘를 향했다.

광휘는 쉬고 갈라진 목소리로 힘겹게 말을 이어가고 있었다.

"결국엔… 모두를 잃었다. 한 사람도, 단 한 사람도 지키지 못했어."

"……."

"그래서 하기 싫었다. 누굴 지켜본 적도 없던 내가 사람을 지켜야 하는 호위무사를 맡는 게 싫었던 거야."

광휘는 눈을 감았다.

간곡한 부탁만 아니었으면, 아니, 그 부탁을 한 사람이 황 노인만 아니었으면 절대로 맡지 않았을 것이다.

"그래도 해보고 싶었다. 한 번쯤은 잘할 수 있을 거라고 믿고 싶었어. 그때와 달리 지금은 좀 달라지지 않을까 그런 생각 때문에… 결국 이렇게 될 줄 알면서도… 당연히 이렇게 될 일인 걸 알면서도……."

투욱.

장련의 손이 땅에 닿았다. 하지만 여전히 그녀의 손을 광휘가 붙들고 있었다.

"나는 왜 항상 하는 일마다 이 모양이냐. 애를 써도 전부 잃고 마는 것이냐……."

덜덜덜.

장련의 손이 떨렸다. 정확히는 그녀의 손을 잡고 있던 광휘의 손이 떨리고 있었다.

"어쩜 이렇게 하나같이 되는 일이 없느냐……."

당고호의 눈이 좁혀졌다.

흔들리는 광휘의 모습은 단순히 몸을 떠는 사람의 모습 정도가 아니었다.

마치 발작을 일으키려는 사람처럼.

심각히게 흔들리고 있었디.

"대협, 우선 진정을 하신 다음에……."

광휘에게 말을 하던 당고호가, 순간 숨이 턱 하고 멎었다.

표정이라곤 하나도 없는 석상 같은 얼굴. 충혈된 눈에서 흐르는 피눈물이 아니었다면, 사람으로도 보이지 않았을 터였다.

"당고호."

"…예, 대협."

"장련 소저를 데리고 이곳을 떠나라."

광휘의 말에 당고호가 잠시 멍한 표정을 짓다 되물었다.

"그게 무슨 말씀이신지?"

"당장……."

장련의 손을 놓고도 덜덜 떨리는 손을 광휘가 움켜잡았다.

"당장 떠나라고!"

그런 그가 고개를 짓쳐들며 괴성을 질렀다.

"……!"

당고호는 반사적으로 그 명령을 따랐다. 그는 다급히 장련을 등에 업고, 이곳까지 데리고 왔던 아영을 가슴에 품으며.

파파팟.

뒤도 돌아보지 않고 이곳을 벗어났다.

"끄윽… 꺼억……!"

당고호가 사라지자마자 광휘는 숨을 연거푸 몰아쉬었다.

툭. 툭. 툭!

발작은 점점 심해지고 있었다.

처음에는 손바닥부터 시작된 떨림이.

어깨를 타고, 몸을 번져, 머리와 다리까지 쫘악 뻗어나갔다.

"크학! 하악하악!"

이제 그는 숨도 제대로 내쉬지 못하며 신음만 내뱉었다.

표정 없던 얼굴도 벌겋게 물들어갔다.

충혈된 눈가에서 떨어지는 피눈물이 점점 더 진해졌다.

그런데 그런 와중에서도.

숨이 멎을 것 같은 고통스러운 상황에서도 점점 뚜렷해지는 뭔가가 있었다.

그것은 바로······.

소리였다.

─적이다!!

─물러서지 마라!

─몸 상태는 괜찮은가? 다시 일어서 싸우자!

이상한 일이었다. 전장과 이곳의 거리는 오십여 장 이상 떨어져 있었다.

폭발음처럼 큰 소리는 들린다고 해도, 사람의 목소리가, 그것도 수십 수백 명의 목소리가 일제히 들릴 거리가 아닌 것이다.

─쩡! 쨍. 쩌엉. 깡! 까가강!

그리고 이 이상한 현상은 더욱 심해졌다. 이번엔 금속이 부딪치는 것 같은 충격음이 귓속을 파고든 것이다.

─쑤욱. 콰득. 츄악. 와작. 푸웃.

거기다 칼날이 바람을 가르는 소리. 사람의 몸이 꿰뚫릴 때 나는 파육음이.
원하지 않아도 머릿속으로 아로새겨지고 있었다.

─툭. 대르르르. 투툭. 투투툭!

병기가 떨어지고, 굴러가는 돌멩이 소리도 들렸다.
심지어는.

─콰직! 콰드드득. 우득!

누군가가 이를 가는 소리까지도 들렸다.
"……."
광휘는 지금 귓가로 들리는 소리들이 무엇인지 곧바로 분간해 내고 있었다.
사람들의 외침과 숨소리, 움직이는 동작, 땅을 딛고 있는 발소리.
보지 않아도 너무도 뚜렷했다.
다만 문제는.

─사사삭! 캉! 콰직! 투욱. 푹! 사사삭. 쇄애액!

"으으으으윽!"

한 번에 너무 많은 소리들이 귓속으로 파고들었다. 머릿속이 터져 나가는 것 같았다.

점차 이성적인 판단을 할 수 없게 되어갔다.

―까아아아아아앙!

"크아아아아!"

결국 광휘는 귀를 틀어막으며 바닥에 주저앉았다.

그 상태로 바들바들 떨고 있던 몸이.

추욱…….

한순간 진정됐다. 파도처럼 진동하던 몸의 떨림은 갑자기 굳었다. 그가 이윽고 천천히 눈을 들었을 때.

"……!"

광휘는 선(線)을 보았다.

셀 수 없이 교차된 십자(十) 모양의 선들.

예고 없이 눈앞에 나타난 모눈들은, 바닥과 흙, 전장 주변, 심지어는 화창한 하늘까지 온 세상을 뒤덮고 있었다.

마치 수천 개의 그물 안으로 들어온 것처럼.

"숫자……."

뭔가에 홀린 듯 내뱉는 광휘.

귀청을 찢어발기는 듯한 소리들이 뭔가를 알려주고 있었다.

―타탓. 스슥. 촤락! 스윽. 캉! 피익. 쇄액!

"오백사십여섯."
두 호흡 만에 충돌음의 숫자를 계산한 광휘는, 이번엔 눈을 돌렸다.
"간격은……."

―투툭. 휘릿. 턱.

십자 모양의 모눈들이 들어왔다. 그 위로 소리가 색채처럼, 문양처럼 눈 안에 새겨졌다.
"육십 장 내에 둘. 그들 기점으로."

―척. 콱. 푸스스. 핑그르르.

"서쪽 십 장 안에 넷, 북쪽 십구 장 안에 백이십, 남서쪽 이십 장 스물, 남동쪽 여섯, 스물셋, 동쪽 서른둘, 그 뒤로 마흔둘, 주변에는 열셋……."
위치, 보폭, 간격, 방향까지 읽은 광휘는.
"병기는……."
이번엔 더욱더 집중력을 끌어 올렸다. 그 자신도 모르는 사이에.
"검(劍) 삼백열두 정, 도(刀) 백이십 정, 용도를 알 수 없는 암기 이백여 개, 폭굉 삼백, 아니, 이백여 개… 확실치는 않다."

전장의 모든 것이 눈과 귀를 통해 들어왔다. 마치 손바닥의 손금처럼.

지금 이 순간은 어디든 다 들여다보고 파악하는 것이 가능했다.

번쩍.

광휘의 가늘게 떠진 눈은 이제 칼날 같은 섬뜩함만이 가득했다.

피식!

팟.

한순간, 그의 신형이 삽시간에 사라졌다.

*　　　*　　　*

콰콰카칵! 쩌어어엉! 패애애액.

운 각사와 맹주의 싸움은 전장 모두의 이목을 집중시켰다.

쾅! 쾅! 쾅!

악전고투 중이라, 두 절대고수의 모든 수법을 세세히 들여다볼 수는 없었지만, 그럼에도 얼핏얼핏 싸우다 말고 비치는 두 신형은 구파의 정예들에게도 경이로웠다.

쏴아아악!

언뜻 보기엔 맹주의 일방적인 사냥으로 보였다.

그가 쉴 새 없이 달려들자 운 각사는 대처하기 급급해 보였다.

동선을 허겁지겁 바꾸거나 억지로 밀어내는 것 같았다.

"아미타불……"

그러나 장문인들은 그 이면을 들여다볼 수 있었다.

운 각사는 매번 방어하기는 했지만, 그 속에서도 한 수(一手)의 여유가 숨어 있었다.

맹주가 돌격하면 물러서면서 기공발출로 응수하고.

맹주가 자세를 가다듬으면, 눈에 보이지도 않는 방대한 양의 기(氣)의 그물을 사방으로 발출해 내고 있었다.

쩌어어엉!

검기와 규화보전의 기(氣)가 부딪치자 일제히 파공음이 터져 나왔고.

콰콰콰콰콰콱!

격돌하는 도중에서도 수십 개의 검기(劍氣)가 쏘아졌지만, 공허하게 바닥을 긁는 데 그쳤다.

맹주가 놓친 것이 아니다. 분명 목표를 향해 정확히 검기를 날렸지만, 운 각사가 건곤대나이를 이용해 흘려 버린 것이다.

"거 숨 좀 쉬면서 하십시다."

능글능글하게 운 각사가 말을 내뱉자마자, 맹주가 검기를 날렸다. 호오, 하고 운 각사가 발로 땅을 찍으며 내력을 끌어 올렸다.

구르르르륵.

삼 장 내 원을 그리며 수많은 모래 알갱이들이 튀어 올랐다.

한순간 맹주가 쏘아낸 검기가 모래 알갱이 속에 뒤엉켜 실체를 드러냈고.

피이이이이익!

운 각사는 부채를 흔들어 오히려 그 기운을 맹주를 향해 날려 버렸다.

"흡?!"

받아치려 하던 맹주가 급작스레 자리를 박찼다.

쉬이이익!

자신이 쏘아낸 검기가 정작 자신을 향해.

그리고 수많은 모래 알갱이와 함께 덮쳐왔다.

한 호흡 늦은 시간 차 공격에, 시야마저 가득히 덮일 정도의 공세.

쇄애애액!

판단이 맞았다. 받아쳐서는 소멸시키지 못할 공격이었다. 이를 질끈 물고 몸을 도약시킨 맹주의 시야에.

반짝!

하늘에서 떨어지는 물체 하나가 잡혔다.

'은원보?'

맹주는 멈칫했다.

피와 쇳가루가 가득한 전장에 느닷없이 등장한 은원보라니.

저게 하늘 위에서 왜 자신을 향해 떨어지고 있는 것일까? 누가 날려 보낸 것인가?

당황한 맹주가 반사적으로 운 각사를 바라볼 때.

"이것도 한번 피해보시지요."

그는 비릿히게 웃어 보였디.

콰아아아앙!

말 끝나기가 무섭게 거대한 불기둥이 아래로 뿜어졌다.

은원보처럼 보인 폭굉이, 어떤 조종의 조짐도 없이 바로 맹주를 폭발에 휘감아 버린 것이다.

"맹주!"

잠시 호흡을 고르던 진일강이 그 광경을 보곤 소리쳤다.

"맙소사!"

문도들을 수습 중인 장문인들도 그 장면을 포착하며 경악했다.

그르르르릉!

불기둥 속에서 창졸간에 변화가 생겨 나갔다. 맹주를 집어삼킨 거대한 화염이 한곳으로 모이기 시작하더니.

촤르르르륵.

운 각사 저편에 떨어져 있던 양민들, 은자림 신도들을 덮쳐간 것이다.

콰아아앙! 콰아아앙! 콰아아앙! 콰아아앙!

그리고 수십 번의 폭발이 일어났다. 은자림 인원들이 들고 있던 폭굉이, 끔찍한 열기에 반응해 일제히 폭발한 것이다.

스으으으으—

마치 화산이 폭발하며 일어나는 구름 같았다. 먼지와 연기가 시커멓게 일어나고 분화구처럼 푹 꺼진 땅 한가운데에.

투욱.

맹주가 떨어져 내리며 가쁜 숨을 가다듬었다.

"뭔가 착각하나 본데……."

그는 미묘한 표정을 띠고 있는 운 각사에게 냉랭하게 말했다.

"건곤대나이는 너만 쓰는 게 아니다."

"…하긴. 그렇지요."

운 각사는 여유롭게 답했다.

놀랄 만한 광경에도 그는 여전히 여유로웠다.

"우리 둘, 그리고 한 명이 더 있지 않습니까. 적어도 여기에는."

＊　　　＊　　　＊

"괜찮으십니까?"

"맹주."

거친 숨을 몰아쉬고 있던 맹주 옆으로 천중단원들이 합세했다.

맹주는 까닥, 간단하게 끄덕여 대답했다. 지금 그의 신경은 온통 다른 곳에 가 있었다.

'염력을 쓴 건가.'

조금 전 운 각사의 주위에는 염력을 쓸 신재가 전혀 보이지 않았다. 두 손이 잘려 나간 여자도 신재로는 보이지 않았다.

그렇다면 이 무슨 조화일까. 규화보전의 공능이 타고나는 염력까지 쓸 수 있는 것일까.

그건 말이 되지 않았다. 그렇다면 결론은 하나.

"염력을… 흡수한 건가."

운 각사는 싸움 직전, 아영에게 손을 뻗었다.

그때 단순히 구음진맥의 무한한 음기를 흡수한 것만이 아니라, 아영의 특이한 능력.

염력까지 빨아들인 것이라면.

"예, 맞습니다."

좌악.

운 각사가 부채를 펼치며 말했다. 그는 구파일방을 한 번 흘 끗 쳐다보며 말을 이었다.

"염력은 구음진맥을 가진 자들이 자주 일으키는 현상에 불과 합니다. 결국 근원은 그녀들의 음한지기. 하지만 기왕 가질 수 있게 되었는데 굳이 안 가질 필요도 뭐 있겠습니까?"

좌악.

그가 부채를 한 번 휘두르자 허공에서 불꽃이 타올랐다가 사 라졌다. 맹주가 알 것 같다는 듯 고개를 끄덕였다.

"화공(火功)의 이화접목인가. 염력까지 가졌으니, 언제든 네가 원할 때 폭굉을 발화할 수 있구나."

"정답."

밝게 웃는 운 각사의 말에 주변 사람들의 낯빛이 변했다.

이제야 모두 이해가 갔다.

운 각사가 왜 그토록 아영을 원했는지.

은자림은 폭굉을 제조할 수 있는 기술력이 있다.

그리고 운 각사는 규화보전의 절대신공에 더해 염력이라는 초자연적 능력을 흡수했다.

지금의 그는 폭굉을 반경 수백 장까지 날려 보내며, 폭발의 시점마저 본인 의사대로 조종할 수 있다.

이쯤 되면 일인군단. 황실의 수만 대군을 상대로도 대학살을 펼칠 수 있는 절대적인 무력이 완성된 것이다.

"후욱… 후욱……."

"……?"

염악의 시선이 옆으로 돌아갔다.

대치 중이던 맹주의 숨이 점차 거칠어진 것을 느낀 것이다.

"맹주, 잠시 쉬는 것이 좋겠습니다."

"그렇습니다. 저놈은 저희들이 처리하겠습니다. 맡겨주십시오."

방호와 웅산군도 같이 동조했다.

상태를 보니 맹주의 내력 소모가 이미 한계에 달한 듯했다.

"아니다."

맹주가 고개를 저으려던 그때, 구문중이 말을 받았다.

"모두가 달려들어야 해."

단원들의 시선이 돌아가자 그는 감은 두 눈으로 전장을 훑으며 말을 이었다.

"맹주만 지친 것이 아니다. 아직 모르겠나? 저놈의 무공이 이 주위의 모든 기운을 빨아들이고 있다는 걸."

"하나, 대형. 맹주께서는 이미 한계입니다."

"소승이 돕겠습니다."

그때였다.

고고한 움직임으로 땅을 밟아 선 노승이 그들 옆으로 다가왔다.

소림 장문인 방혜 대사였다.

"아미타블… 지금 누군 빠지고 해서 될 문제가 아니옵니다. 저자의 규화보전은 이 주변의 모든 힘을 빼앗고 나아가……."

소림 방장은 팔을 들어 운 각사를 가리켰다.

"스스로 그 기운들을 흡수하고 있습니다."

"……!"

"……!"

"……!"

천중단원들의 눈이 커졌다. 내공을 소멸시키는 것까지는 그들도 알고 있는 상황.

한데, 내공을 흡수하고 있다니.

"과연 소림. 단번에 관조하시는 그 일별은 천하의 제일이오."

맹주가 동의했다. 이제 추측이 아닌 사실로 받아들여야 했다.

"저도 돕겠습니다."

"이쪽도."

"함께합시다!"

파라라랏.

요란한 발소리와 함께 맹주 주위로 하나둘씩 사람들이 모여들었다.

구파일방의 장문인들이었다.

정파의 내공을 공전절후로 수련한 그들은, 저 지독한 내력의 흐름에서 그나마 온전했다.

"호오, 과거의 천중단, 그리고 각 파의 장문인들까지 부족한 저를 위해 친히 나서주다니."

운 각사는 강호의 최고고수들을 앞에 두고 흡족하게 미소 지었다.

촤라락!

그는 한쪽에 떨어져 있던 신도들에게 손짓을 하면서 부채를 펼쳤다.

"그런데 뭔가 참 공교로운 상황이지 않습니까?"

스윽.

은자림의 신도들이 이동하는 것을 본 천중단원들이 움직이려 하자, 구문중이 손을 들어 제지했다.

지금 그쪽보다 이쪽이 더욱 중요하다고 본 것이다.

"이 정도의 고수들이 이곳에 모두 모인 이유. 마치 제가 이런 상황이 일어나리라고 예상한 것처럼 말입니다."

"무슨 뜻인가?"

맹주가 미간을 찌푸리며 노려보자 운 각사가 자세를 고쳐 잡았다.

"솔직히, 한번 싸워보고 싶었습니다."

구구구구궁!

그가 이를 드러냄과 동시에 땅이 거대한 기운에 들썩였다.

그 반경은 무려 십 장.

맹주와 천중단뿐만 아니라 구파일방의 장문인이 서 있던 땅까지 가라앉는 듯한 기분을 느꼈다.

"이건……."

"무형지기(無形之氣)입니다."

청성파 장문인의 말에 아미파 장문인이 신음했다. 단순히 기를 뿜어낸 것이 아닌 십 장 주위로 모든 기운이 통제된 것이다.

바로 무학의 끝이라는 기막(氣幕)이었다.

그리고 그것은 바로, 무학의 모든 기운을 통제한다는 규화보전의 힘이었다.

"자, 이제들 보시오. 절세의 무학인 규화보전이 어떤 무공인지를……."

스윽.

부채를 펼친 운 각사의 앞에 흐릿한 구슬 같은 것이 떠올랐다.

검강(劍罡), 기막(氣幕)에 이어 또 하나의 일절로 불린다는.

강환(剛環)이었다.

"지금 보여 드리지요."

일시에 좌중은 극도의 긴장감이 팽배해졌다.

일파의 장문인 열한 명.

십대고수라 불리는 천중단 넷.

천하제일고수라 알려진 무림맹주.

그들을 상대로 손짓하는 자는.

규화보전을 익힌 운 각사 하나였다.

파파팟.

그렇게 팽팽하게 당겨진 긴장감의 실을 끊은 이는.

먼저 달려 나간 단리형이었다.

第八章

무(武)를 따르는 협(俠)

　그것은 거대한 파도와도 같았다.

　운 각사를 향해 뿌려지는 수많은 기운.

　무공이 육신의 한계를 초월할 때 발현되는 내기 발출(內氣發出)이 전방위에서 쏟아진 것이다.

　'선두 하나.'

　눈앞이 어지러운 상황에서도 운 각사는 빙글빙글 웃었다.

　그는 여유롭게 가장 먼저 쏟아지는 검강에 강환을 뿌려 소멸시킨 뒤.

　'가운데 열.'

　차례로 날아드는 도강(刀罡), 검기(劍氣) 서너 개, 권기(拳氣), 도기(刀氣), 장풍(掌風), 권풍(劍風)을 눈에 담아.

부채로 주변에 뻗어 있던 기막을 흔들었다.

구르르르릉!

그러자 모든 공격이 한순간에 정지되었다.

그가 일으킨 파동에 검강 도강 할 것 없이 모두 회오리치며 빨려 들어갔고.

파파파파파파파팟!

운 각사가 다시 한번 파동을 일으키자 일시에 모든 기운이 허공으로 떠버렸다.

그러나 그것이 끝이 아니었다.

패애애액! 패애애액!

허공에서 새처럼 파고든 두 사람의 신형.

무수한 공세의 틈을 타고 방호와 구문중이 같이 달려든 것이다.

터억!

하지만 그들의 봉과 검은 운 각사의 지척에서 맥없이 멎어버렸다.

언제 대비를 했는지 운 각사가 부채 하나로 동시에 막아낸 것이다.

"이 정도로는 안 돼요."

"……!"

"……!"

파아아아아앗.

말이 끝나기가 무섭게 운 각사의 주위로 또다시 무형지기가 쏟아져 나왔다.

방호는 너무나 빠른 공격에 방어할 새도 없이 그대로 날아갔고 구문중도 밀려났지만.

"……?"

사사사사사삭.

십 보 정도 뒤에서 구문중이 중심을 잡고 바로 섰다.

쏟아지는 무형의 기(氣)를 검으로 상쇄시켜 버린 것이다.

"오호, 역시 천중단인가요?"

운 각사는 잠시 묘한 시선으로 바라봤다.

눈도 보이지 않는 주제에 자신의 무형지기를 감각만으로 쳐낸 입신의 무위.

울컥!

물론 신기에 가까운 방어를 해낸 후 구문중이 한 모금의 피를 토해냈지만, 저 정도 기예를 보이고 가벼운 기혈 역류라면 박수를 쳐줄 만한 것이었다.

사사삭. 파파파팟. 타타타탓.

선공이 막힘과 동시에 맹주를 위시한 구파일방의 공세가 쏟아졌다.

이번엔 제대로 진영을 짠 구파일방 장문인들.

"타아!"

그 최선봉을 맡은 자는 청성의 장문인 석명이었다.

사사삭.

한 걸음에 삼 장씩 움직이며 이형환위를 무려 네 번이나 펼친 청성의 석명 도사.

그의 주변으로 모래가 흩날릴 때쯤, 지상의 환영이 모두 사라지며 운 각사의 머리 위에서 모습을 드러냈다.

환환미종보(幻環迷踪步)다.

명실공히 청성을 대표하는 무학을 펼치며 그의 시야를 교란하고 검기를 쏘아낸 것이다.

그리고 공중에 나타난 자는 한 명 더 있었다.

휘리릭! 피리리릭!

하늘 위에서 춤을 추듯 너울너울 발을 놀리는 도인.

곤륜파 장문인이 극에 달한 운룡대팔식(雲龍大八式)을 펼치며 석명과 동시에 합공을 펼쳤다.

타앗! 타앗!

남과 북 방향에서 달려드는 두 노인도 눈에 띄었다.

개방주 능시걸, 그리고 해남파의 진일강.

능시걸은 개방의 신물이라는 타구봉 끝에 녹색의 기운을 피워 올렸고 진일강의 대도에서도 시퍼런 물색의 도기가 쏟아져 나왔다.

쉐애애액! 펑! 펑!

구파의 나머지 장문인들도 원거리에서 공격을 가했다.

백보신권의 권기를 날린 소림 방장.

시간 차로 쏟아지는 태극혜검을 휘두른 무당파 대원 진인.

화산파 현각 도사의 매화검기.

점창 안평 대사의 사일검법(射日劍法).

공동파 장공(掌功)의 최강 절예라는 복마장(伏魔掌).

아미파의 대표 지공법, 탄금지(彈琴指)까지.

총 열 방향에서 선수가 펼쳐졌다.

전방위에서 제이차 공격과 대비가 동시에 이뤄진 것이다.

심지어 한쪽에 자세를 낮춘 채 기회를 엿보는 염악과 웅산군도 있었다.

"하압!"

사방에 빗발치는 공격에도 운 각사의 대응은 단순했다.

부채를 하늘로 들어 올리는 동작으로 맞상대한 것이다.

쉬이이이이익!

그러자 곧 믿지 못할 상황이 일어났다.

운 각사익 손을 따라 생성된 강력한 소용돌이가 모래와 함께 주위를 뒤덮었다.

그로 인해 사방팔방에서 쏘아지던 모든 기공(氣功)이 일시에 멎어버렸다.

"……!"

"……!"

일선에서 접근하던 능시걸과 진일강의 눈이 화등잔만 하게 커졌다.

반응과 함께 기습을 염두에 두던 염악과 웅산군도, 이번만큼은 당황한 모습이었디.

"받았으면 돌려 드려야죠?"

스팟―!

그런데 경악은 이게 끝이 아니었다. 운 각사가 히죽 웃으며 부채를 펼치자, 시간이 정지된 듯 멎었던 기공들이 날아온 방향으로 되돌아간 것이다.

바로 무공을 펼친 당사자 쪽으로.

"컥!"

"으악!"

"컵!"

졸지에 전장은 난장판으로 변해 버렸다.

공중에 있던 청성과 곤륜 장문인이 튕겨 날아갔고.

여기저기서 밀려나고 땅을 짚고, 쓰러지기를 반복한 것이다.

"다들 괜찮으시오?!"

"화산 장문인!"

결국 능시결과 진일강은 몸을 돌려 장문인들의 안위를 살폈다.

다행히 죽은 사람은 없어 보였다.

다만 몇몇 장문인이 중한 내상을 입은 듯 곧바로 일어나지 못하고 있었다.

"왜 그리 서 있으십니까?"

운 각사가 빙글빙글 웃으며 몸을 움츠리는 염악과 웅산군을 향했다.

"저를 공격하려는 것 아니었습니까?"

"제기랄!"

시기를 노려 기습하려던 그들의 준비는 실패로 돌아갔다.

운 각사는 구파일방의 협공을 받으면서도, 또한 천중단 출신들에게 일말의 경계도 늦추지 않은 것이다.

"하앗!"

파파팟!

기합과 함께 염악과 웅산군이 달려들었다.

이미 의도를 간파당한 데다, 말도 안 되는 역공에 흐트러진 구파일방 장문인들이 수습할 시간을 벌기 위해서였다.

쇄액! 쇄액! 쇄액!

그들은 한순간에 세 번이나 방향을 바꾸며 지척까지 파고들었다. 그나마 그들은 운 각사의 기묘한 파동에서 자유로운 듯했다.

하지만.

"어딜 어딜."

운 가사는 이번에는 부채 대신 소매를 흔들었다. 그 손에 반짝 빛나는 것은 은빛의 은원보.

폭굉이었다.

"피해!"

"크윽!"

콰아아아아아앙!

비명과 함께 운 각사의 손을 따라 시퍼런 불꽃이 퍼져 나갔다.

✳   ✳   ✳

두두두두.

장문인들이 혈투를 벌이는 사이, 구파일방의 장로와 일대제자들도 악전고투를 벌이고 있었다.

은자림의 남은 신도들이 일제히 파상 공세로 전환해 온 탓이었다.

"대열이 무너지지 못하게 막아야 한다!"

"폭발을 두려워하다간 모두 당해!"

구파일방 장로들이 제각각 대열을 지키며 소리쳤다.

콰앙! 콰앙! 콰앙!

죽을 맛이었다.

모여서 대열을 유지하면 여지없이 폭굉이 날아들고, 그렇다고 흩어져서 싸우자니 쉴 새 없는 차륜전에 체력을 소모당한다.

"모두! 정신 차리거라!"

"헉! 크악!"

퍼억!

심지어 싸우는 와중에 중심에서 떨어진 이들은, 무언가에 홀린 듯 허공을 베다가 허망하게 죽어나갔다.

"저 여인이! 조종하는 듯하오!"

누군가 적의 대열 뒤쪽에 서 있던 신녀를 발견하고 소리쳤다.

폭격에 공격에, 심지어 환술까지.

그 중심축은 은자림의 신녀였다. 그러나 그 사실을 알면서도 손을 쓸 사람은 없었다.

콰가가가가강!

"으악!"

장로 하나와 부딪힌 신도 사이로 폭발이 일었다.

그 바람에 근처에 있던 사람들은 압력을 이기지 못하고 죄다 팅겨 날아갔다.

곤륜의 장로들이었다. 결연한 투지로 무장해 있었지만 죽음을 도외시한 적을 상대하기엔 한계가 있었다.

"우리들도 돕겠소!"

"이쪽도!"

평소 강호에서 사이가 좋지 않던 다른 문파의 장로들이 곤륜의 옆을 받쳤다.

"고맙소!"

사실 그들로선 협력하지 않고 달리 할 수 있는 선택이 없었다. 한쪽이라도 축이 무너지고 나면, 폭굉과 미공과 흰 술이 남은 이들을 더 괴롭힐 터였다.

콰아아아앙! 콰아아아앙!

폭발은 계속해서 일어나며 대열을 무너뜨렸다. 한순간 십여 장을 불바다로 만드는 폭굉.

"이명아!"

"크아악!"

특히 일대제자들의 피해가 엄청났다. 자식이나 다름없는 제자들의 죽음에 장로들은 피눈물을 흘렸다.

각 파의 미래를 짊어진, 최정예의 재목들이 너무도 허무하게 죽어나가는 것이다.

"흩어지면 환술에 당합니다! 모입시다!"

"일대제자들은 암기를! 장로들은 검기를 쏘아내시오!"

위기 끝에 경험 많은 장로들 중 한 사람이 방법을 찾아냈다.

"그럼 폭굉은!"

"날아들기 전에 요격하면 되오!"

"아!"

차라라락!

방침이 정해지자 구파일방은 다시 강하게 결속했다. 그들이 그렇게 모이자, 은자림 또한 똘똘 뭉치기 시작했다.

"온다! 대비해라!"

"으드득!"

콰아아아아아!

은자림의 신도들이 파도처럼 몰려들었다.

쾅! 쾅! 쾅!

"크읍! 컥!"

곤륜파 안숙 도사(安肅 道士)가 쓰러지며 신음을 토해냈다.

앞에서 놓친 폭굉을 터뜨린 것까지는 좋았는데, 부족한 내력을 억지로 짜내는 바람에 꽤나 큰 내상을 입은 듯했다.

'안 돼… 다시 일어나야……'

피이이이이이—

급히 일어서던 그가 한순간 휘청이더니 바닥에 주저앉았다.

조금 전 폭발의 여파로 귀를 당했다. 소리가 안 들리는 거야 상관없지만 균형감각을 잃었다.

시선을 들어 주변을 살피던 안숙 도사의 표정이 굳어졌다.

눈앞에 보이는 은자림의 수만 십여 명.

중앙을 뚫렸다. 그토록 모여서 저항했건만, 기어이 은자림의 일부가 대열을 깨부수고 침투해 온 것이다.

"막아라!"

"뚫리면 다 죽는다!"

콰아아앙! 콰아아앙! 콰아아앙!

한 번 틈을 보이자 은자림의 공세가 더더욱 집중되었다. 놈들은 피 맛을 본 이리 떼처럼 악랄하게 죽고 죽이며 달려들었다.

우드득! 우드드득!

단번에 아군의 틈새를 돌파할 모양인지, 놈들이 다시 한번 밀집 대형으로 모여들었다.

"저쪽 수도 대폭 줄었으니 한 분이라도 포기하지 마시오! 과거의 영웅들도 온몸으로 싸우고 이겨냈소!"

파불 방천이 사람들을 독려하는 소리가 옅게 들려온다.

'대체 천중단은 어떤 곳인가?'

흐릿해진 안숙 대사의 시야로 수십 명의 호법들도 합세하는 모습이 스쳐 갔다.

그가 오늘 경험한 벽력탄은 정말 말도 안 되는 위력이었다.

일단 발동이 되면 오로지 벗어나는 길밖에 방법이 없었다. 그 것도 미리 예상하고 움직이지 않으면 목숨을 잃게 되는 것이다.

'대체 어떤 곳이기에 이토록 강한 적들과 싸워왔단 말인가……'

안숙 도사의 눈앞에 그늘이 드리워졌다.

대열이 무너지기 시작했다.

백여 명이던 호법들의 수도 적과 비등해질 정도로 줄어 있었다.

살아남은 장로들도 대부분 주저앉아 있었고. 일선에서 막아서던 파불도 봉으로 몸을 지탱하는 것조차 힘들어 보였다.

'끝났어. 이젠 막지 못해.'

우우우우우!

다시 지시를 한 것인지 은자림 신도들이 본격적으로 움직이기 시작했다.

신녀 주위에 몇 명만 남은 채 수십 명이 일시에 들이닥친 것이다.

한 번 무너지니 속절없었다.

언제 적의 술수에 당했는지 평소 내공의 반의반도 남지 않았다.

안숙 도사만 아니라 여기 있는 모든 사람들이 이렇게 지친 모양이었다.

'그래도 싸워야 한다……'

안숙 도사는 바닥에 널브러진 검을 잡았다.

폭굉이라는 절대적인 화력.

살을 썩게 만드는 지독한 마공.

목숨을 장난처럼 쉽게 내던지는 적들의 기세는 그가 살아오면서 경험했던 모든 상황을 부숴 버릴 정도로 강렬했다.

그렇다고 해도 싸워야 하는 사실은 변하지 않는다.

한 명이라도 저승길로 데려가는 것이 장로로서 할 수 있는 책임이었다.

"와라!"

안숙 도사는 후들거리는 다리를 짚으며 검을 세웠다. 전선이 계속 밀리다 보니 그는 어느새 완전히 고립되어 있었다.

투욱.

"……!"

검을 들어 올리던 그의 눈앞이 아찔해졌다.

마지막 반격이라도 해보려는데, 폭굉이 날아들었다.

피해야 한다. 하지만 손도 발도 움직이지 않았다. 몸은 이미 완전히 기력을 소모하고 굳어 있었다.

'이렇게… 허무하구나.'

콰아아아아아아앙!

안숙 도사는 강렬한 바람을 맞았다.

불꽃보다 먼저 뻗어 나온 거대한 충격파가 그의 몸을 세차게 때렸다.

그 때문일까.

주마등을 보는 듯 시간이 느리게 흘러갔다.

주먹만 한 구체에서 열기가 솟아오르는 모습이 눈으로 보일 정도였으니.

슈욱.

그리고 검 하나도 함께 보았다.

"……?"

기이하게 꺾인 검.

이것이 왜 눈앞에 나타난 것인가. 대체 무엇인가?

하지만 그런 의문은 그 기형검이 구체의 한 단면을 때림과 동시에 풀렸다.

쩌어어어어엉!

불꽃이 솟아오르고 폭굉의 폭발이 전방위가 아닌 한쪽으로만 뻗어나갔다.

'어떻게……'

안숙 도사는 입을 벌렸다.

자신은 살아 있었다.

대체 이게 무슨 조화란 말인가.

"다섯을 세라."

"……?!"

정신을 못 차리는 그에게 낯선 사내가 나타나 간단히 명령조로 말했다.

"캬악!"

때마침 날아드는 신도 셋.

안숙 도사는 반사적으로 외쳤다.

"위험……!"

콰르르르릉! 콰아아앙!

그러나 달려 나간 사내가 전부 터뜨려 버렸다.

선두에 선 신도들의 머리도, 허공으로 떠오른 폭굉도.

"이 무슨……?"

더 놀라운 것은 이번에도 폭굉의 폭발이 한 방향으로만 뻗어나간 것이다. 한 번은 잘못 보았을 수도 있지만, 착각이 아니었던 것.

그리고 그것이 시작이었다.

'둘.'

안숙 도사는 자신도 모르게 시킨 대로 수를 세고 있었다.

질풍처럼 적을 파고드는 사내.

적진의 신도 대여섯이 미처 반응하기도 전에 목이 잘려 나갔다.

'셋.'

이번엔 신도 아홉.

좌우로 퍼지며 셋은 달려들고.

그 뒤 셋은 시간 차 공격을.

마지막 셋은 준비 자세를 취하고 있었다.

쇄애애애애액!

하지만 어떤 동작, 손짓도 하기 전에.

사사사사사삭!

한순간에 죄다 목이 떨어져 나갔다.

'넷… 헉!'

콰아아아아앙!

이번엔 신도들도 가만히 있지 않았다.

사내가 다가서자마자 신도 둘이 폭굉을 스스로 터뜨렸다.

그걸로 모자랐는지 육각 대형으로 짝지은 열두 명의 신도들이 동시에 자폭했다.

화아아아아악!

그리고 그때, 안숙 도사는 보았다.

물살을 가르듯, 중앙을 기점으로 폭굉의 열기가 좌우로 좌악 밀려 나간 것을.

'이 무슨 얼토당토않은 일이……'

안숙 도사는 굳이 마지막 숫자를 셀 필요도 없었다. 이미 전면에 있던 모든 적들은 초토화되었으니까.

"대체 누구……?"

더 기막힌 것은 이 엄청난 활약을 한 사내가 말도 없이 휙 사라져 버린 것이다. 어이없어 입만 벌리고 있는 안숙 도사의 어깨를 누군가가 잡아 일으켰다.

"구파의 용이라 하더이다."

관모가 엉망진창이 된, 폭발에 온몸이 그을린 장년인이 보였다. 안숙 도사는 멍한 머리로, 그가 해남파의 장로이며 이름이 문자운이라는 것을 떠올렸다.

"가, 감사하오이다. 그런데… 용이라니?"

"저분 말이오. 내 처음 그 말을 들었을 땐 믿지 않았는데 오늘 보니 뭔가 알 것 같기도 합니다."

문자운이 피식 웃었다. 그는 폭염에 그을린 얼굴을 슥 문지른 후 주변을 돌아보았다.

전장이… 정리되어 있었다.

은자림의 미친 듯한 공세는 그게 마지막이었는지 더 쏟아지지 않았다. 기염을 토하며 다시 쏟아진 구파일방의 반격에 그들은 허망하게 무너졌다.

"본 해남파가 해남에서 용이라 불리는 걸 아시오?"

"아, 알고 있소."

조금 광오한 말이지만 안숙 도사는 순순히 고개를 끄덕여 주었다. 일단 그가 도와주고 있기도 하고, 무엇보다 구명지은을 입은 사내가 누군지를 알고 싶었다.

"본 파도 그게 심히 허명인 건 아오만, 그건 우리가 단순히 대단해서 그런 게 아니라오. 누군가 도움을 필요로 할 때, 그때 나서는 게 우리라서 그렇소."

"……."

무(武)를 따르는 협(俠).

참으로 쉬운 말인데 그것을 지키는 이는 많지 않다.

"곤륜 또한 그렇지 않소. 그러니 귀 문파의 보법에 운룡(雲龍)이 들어갈 테지요."

"허, 과찬 고맙소."

안숙 도사는 헛웃음을 지으며 목례했다.

정신이 약간 돌아오는지 그의 뇌리에 이제 저쪽으로 사라져 버린 사내의 얼굴이, 그리고 그를 장씨세가 앞에서 보았다는 것이 떠올랐다.

"그러니까, 저분이… 천중단 단장이시지요?"

또한 전대 무림맹주.

"그렇소. 그분이요."

뒷말을 삼켰지만 문지오온 그 또한 알아들은 듯했다. 안숙 도사는 이제 탄성을 토했다.

"이제야 알 것 같구려."

"······?"

"본 파의 장문인께서 왜 보자마자 먼저 예를 표하셨는지. 수많은 장로와 일대제자 앞에서도 왜 그리 스스로 체면을 내려놓으셨는지."

어느덧 안숙 도사의 눈가가 촉촉해졌다.

"이제는 저도 알 것 같습니다."

문자운이 부드러운 미소로 그의 말에 동조한다는 듯 고개를 끄덕여 주었다.

*　　*　　*

그그그그극!

참마도가 지면을 긁으며 뜨거운 열기를 뿜어냈다.

폭발의 충격을 순수하게 도면으로만 막아낸 염악.

"퉤!"

그는 입에 고인 피를 내뱉었다.

도면 뒤로 피해 충격파에 직격당하는 건 면했지만 여력에 속이 울렁거렸다.

화염도 전부 막아내진 못했다. 대도를 집어 든 한쪽 팔은 벌겋게 익어 있었다.

스으으으으—

반면, 오 장이나 밀려난 웅산군은 아무런 피해도 없었다. 마침 그 옆에 가까이 있었던 한 사람 때문이다.

"괜찮으냐."

"맹주?"

단리형이었다.

절체절명의 상황에 끼어든 그는 건곤대나이로 폭굉의 폭발 방향을 비틀었다.

주르륵.

하지만 완벽하게 대응하지 못한 듯.

맹주의 입가를 타고 붉은 선혈이 흘러나왔다. 자세는 단단했 지만 낯빛은 그늘져 있었다.

"과연 맹주십니다. 이야!"

짝짝짝.

운 각사는 박수를 치며 노골적으로 반응했다.

남성스러운 반응과 달리 하늘거리는 몸짓이 맹주의 얼굴을 더욱 찌푸리게 했다.

"어느 쪽이냐?"

"무슨 뜻인가요?"

"네놈을 대체 사내로 봐야 할지 계집으로 봐야 할지 말이다."

"뭐요……?"

순간, 운 각사의 얼굴에 웃음기가 빠졌다.

이제껏 시종일관 장난기를 유지하던 것이 싹 사라진 것이다.

"오호, 이기 빈용이 좀 있고그래. 기분이 니쁜……!"

쩌어엉!

눈 깜짝할 사이에 나타나 부채를 휘두른 운 각사.

맹주가 그의 공세를 아슬아슬하게 막아내며.

"아, 실수했군."

이를 바득 가는 운 각사를 향해 입꼬리를 올려 보였다.

환관처럼 남자도 여자도 아닌, 정체성이 모호한 이들을 모욕할 때 던지는 비아냥거림이 제대로 먹힌 모양이었다. 그렇다면.

"잡종이로고."

"갈(喝)!"

휘리리리릭!

운 각사가 무형지기를 뿜어내 맹주의 몸을 반 장이나 들어 올렸다.

순간적으로 중심을 잡지 못한 맹주.

그의 시야로 운 각사가 손가락만 한 기공(氣功)을 생성해 낸 모습이 눈에 담겼다.

'이런, 낭패……'

쩌어어어억!

그러나 틈을 노린 운 각사의 공격은 바로 소멸되어 버렸다.

쉬이이익!

맹주 뒤에서 날아온 웅산군의 권강이 그의 탄기공뿐만 아니라 층층이 쌓인 무형지기까지 뚫어버린 것이다.

츠츠츠츠.

처음으로 뒷걸음치며 뒤로 밀려난 운 각사.

격동으로 틈을 보인 것 때문이었을까. 가슴팍에서 피가 뚝뚝 떨어졌다.

"지금!"

그 밀려나는 모습을 본 웅산군이 다급히 소리쳤다.

파파파팟!

때마침 운 각사를 향해 각기 네 방향으로 쇄도해 들어오는 무인들.

구문중, 방호, 진일강, 능시걸이었다.

"흥!"

상황을 눈치챈 운 각사가 부채를 휘두르며 대응했다.

화르르르르.

그의 손짓에 따라 피어난 이화접목.

원을 따라 생성된 불꽃이 네 명의 시야를 가렸다.

휘아아악!

하지만 이번에는 이쪽도 단단히 준비했다.

능시걸이 개방의 타구봉법으로 열기를 걷어낸 것이다.

패애애액!

그 틈을 방호는 놓치지 않았다.

소림의 제미곤봉을 찌르며, 무형지기의 한쪽에 내기 발출을 시도한 것이다.

퍼엉!

강렬한 바람이 뚫린 구멍으로 파고들자, 보다 못한 운 각사가 다급히 부채를 들어 막았다.

찰나에 두 번이나 중첩된 공격으로 운 각사의 손발이 어지러워질 때쯤.

"지금!"

쐐애애애액!

진일강이 지근거리에서 도기를 발출했다. 도무지 피할 수 있는 거리도 아니고 여력도 없어 운 각사는 창졸간에 건곤대나이를 펼쳐냈다.

하지만 이것으로 그들의 공격이 끝난 게 아니었다.

쐐애애액!

큰 힘을 쓰기를 기다렸다는 듯, 전광석화처럼 쇄도해 온 구문중.

그는 지척에서 새파랗게 기운 서린 검을 휘둘렀고 운 각사는 이 악물며 부채로 막아 대응했다.

캉. 카카캉! 카카카캉!

구문중의 검술은 눈부셨다.

한 호흡.

일순간에 수십 번을 찔러 넣는데 오로지 빠르기만 하지도 않았다.

일격, 일격이 전부 변초가 다른 화려 무쌍한 검술이었다.

두 번의 호흡.

방호와 진일강, 능시걸이 구문중과 함께 달려들었다.

알아차린 운 각사가 몸을 뒤로 쭈욱 빼고.

파파파파팟.

기다렸다는 듯 구파일방의 장문인들이 양옆에서 달려들었다.

"이 새끼들!"

이제껏 여유 만만하던 운 각사가 급기야 욕설을 내뱉었다. 처음으로 진짜 곤경에 처한 것이다.

그가 지척까지 다가온 구문중의 위치를 읽고.

좌, 우, 뒤.

재차 공격을 준비하는 이들과 사방에서 덤벼드는 구파의 장문인들을 모두 눈에 담은 순간.

"모두 찢어주마!"

스르르.

품속에서 누가 꺼내기라도 한 듯 은원보 네 개가 흘러나왔다. 아영에게서 흡수한 염력이었다.

"두 번은 안 통해."

그때였다.

지척까지 따라붙은 구문중이 알 수 없는 미소를 흘렸다.

"……?"

운 각사가 불길한 감각에 은원보 폭굉을 터뜨리려는 그 순간.

타타타탁!

구문중의 검이 더 빨랐다.

폭굉에 먼저 일격을 가해 운 각사 방향으로 터뜨리려 손을 쓴 것이다.

"……!"

"후 우."

한데 믿을 수 없는 일이 일어났다.

충격에 터져야 할 폭굉이, 그대로였던 것이다.

구문중의 하얀 눈에 당혹감이 스며들었다.

"개량된 벽력탄에도 약점은 있다."

싸우기 전, 광휘가 구문중을 따로 불러 했던 말이다.

"사량발천근을 이용해 폭굉의 한 면을 때리면 열기와 충격이 손을 뻗은 곳으로만 날아가지. 전쟁이 종결에 닿을수록 우리는 이 수법을 몸에 익혔다."

흑우단에서 부르기로는 '검면 치기'.
벽력탄은 충격을 받으면 폭발한다. 그러나 지극히 짧은 순간, 폭약이 점화되는 약간의 시간이 있다.
그러므로 아예 작정하고 강격을 펼쳐, 폭굉을 충격 범위 바깥으로 날려 버리는 수법이었다.

"접근전에서는 먼저 터뜨리고 거리가 있을 땐 미리 피한다. 이 두 가지만 확실하면 폭굉에 대비할 수 있다."

그렇게 진언해 준 광휘의 말이 아니라도 어떻게든 터져야 할 것이었다.
충격에 터지지 않는 폭굉은 없었으니까.
"터진 게 맞아요."

운 각사가 여유를 찾은 듯 친절하게 대답했다.

"이······!"

이변을 알아차린 것은 진일강이었다. 폭굉은 정말 터졌다. 하지만 그대로 굳어 있었다.

강렬한 붉은빛이 사람 머리통만 한 구체로 부풀어서.

마치 터지는 찰나, 어떤 연유에 의해 인위적으로 멈춰 버린 것처럼.

"규화보전과 건곤대나이가 결합하면."

당황하는 이들을 향해 운 각사가 상황이 재밌는지 씨익 웃었다.

지척까지 당도한 구파일방과 다시금 뛰어드는 방호, 능시걸까지. 운 각사는 그들을 한눈에 담으며 붉은 구체를 동서남북으로 일제히 쏟아냈다.

"이런 것도 가능케 하지요."

"···모두 피해!"

위협을 느낀 진일강이 다급히 소리치던 그 순간.

콰르르르르르룽!

멈췄던 폭굉의 활동이 재차 이어지며 운 각사가 있는 쪽을 제외한 전방위로 뻗어나갔다.

* * *

콰르르르르룽!

"허, 아주 난리가 났구먼."

건물 지붕 위로 당고호가 고개를 빼꼼히 내밀었다.

그는 고양이처럼 몸을 바짝 낮춘 채, 용마루를 짚고 전장을 보고 있었다.

쿠르릉. 쿠르르릉.

거리가 한참이나 되었음에도 이따금 깜짝 놀랄 만한 폭발 소리도 들렸다.

"이거 여기서 살아 나갈 수나 있으려나……."

당고호의 얼굴에 근심이 내려앉았다.

광휘의 일갈이 아니었더라도 어차피 그는 몸을 뺐을 터였다.

어차피 강호 최상위의 전력들이 박 터지게 싸우는 와중에 끼어들어 봐야 죽기밖에 더하겠는가.

"응?"

당고호가 조심조심 지붕을 내려왔을 때, 바닥에 눕힌 장련의 몸을 열심히 주무르고 쓰다듬는 소녀가 보였다. 아영이었다.

"너, 괜찮으냐?"

당고호는 급히 다가서며 물었다.

당장 애도 죽나 사나 위험에 처했던 처지인데, 새삼 사람을 돌보겠다고 나서는 모습이 처연했다.

'하긴, 련 소저와 친했지.'

진땀을 뻘뻘 흘리며 장련의 중요 혈을 짚고 만지기를 반복하는 모습을 보며 당고호는 한숨을 푹 내쉬었다.

"안타깝지만 고독이 너무 안 좋은 위치에 있었다. 그래서 몸이 버티지 못했지. 그래도 참 대단한 정신력이었단다. 마지막까지……."

"살아 있어요."

"마지막까지 살아… 엉?"

당고호가 순간 말이 꼬였다.

그는 혹여 자신이 놓쳤나 싶어 장련의 맥을 짚고 호흡을 점검했다. 당문의 일류는 독에만 능한 것이 아니라 의술에도 능하다.

"무슨 장난이야?"

그리고 눈살을 찌푸렸다. 아까도 분명 확인했지만 장련의 숨은 확실히 끊겼다. 가사(假死) 상태가 아닌 확실한 죽음이었다.

"혼(魂)이 남아 있어요. 아직 떠나지 않았어요."

"…뭐?"

당고호는 그제야 보았다.

그러고 보니 아영의 시선은 장련의 시신이 아닌, 그 머리 위의 두어 자 정도 위를 향해 있었다.

"정말로 강한 정신이에요. 몸은 분명 숨을 다했는데 혼이 아직 붙들고 있어요. 오래 버티지는 못할 테지만."

"신녀……."

당고호는 새삼 신음했다.

신재니 구음진맥이니 하는 말에 묻혀 있었지만, 아영은 분명 은자림의 신녀였다.

그리고 대부분의 교단에서 신녀란, 영적인 일을 수행하는 이. 도사나 높은 수준의 수행자를 말한다.

"그러고 보니… 운 각사나 백령귀라는 자는 이미 죽었다가 부활했다고 했지? 그것도 이런 경우냐?"

"그건 본 문의 귀혼대법(歸魂大法) 때문이에요. 육체가 혼을 붙들고 있는 시간을 늘려주는 거죠. 거기에 마공도 있어요. 하지만 장련 소저는 보통의 일반인이에요."

"그럼 어찌해야 하느냐."

당고호는 상황을 빠르게 이해했다.

하지만 아영이 진땀을 뻘뻘 흘리며 무언가를 시도하는 모습에 장련을 살리기 위해선 아직 뭔가가 부족하다는 걸 깨달았다.

"내가 뭘 도우면 되겠느냐?"

"도사… 경지가 높은 도인이나 고승대덕이 필요해요. 나는 이끌 힘만 있지… 방향은 몰라요."

"그건 걱정 마라. 소림과 무당 같은 도사나 불승들이라면 여기 가득하다!"

당고호가 펄쩍 뛰자 아영이 고개를 내저었다.

"무공이 높은 강호인이 아니라 진짜 도인, 승려가 필요해요. 혼령을 계도하고 갈 길을 인도해 주는 그런 사람들……."

"어… 음……."

당고호는 다시 당황했다.

그러고 보니 지금 이 전장에는 강호에서 난다 긴다 하는 도사, 승려가 다 모였지만 정작 그들 본류의 업에 충실한 이는 없었다.

마음을 다스리고 귀신을 구제하며 혼령을 제 갈 길로 인도하는 이들은 무공이 약하다. 이곳에 함께 올 일이 없는 것이다.

"남은 시간은 반각(칠 분) 정도쯤으로 보여요. 그 안에 살리지 못하면 영영……."

"그래, 모산파가 있었다!"

불현듯 당고호가 외쳤다.

그러고 보니 전력으로는 별로 보탬이 되지 않는데 이상하게도 자의로 참석한 도사들이.

이곳에 있었다.

"도사님! 도사님!"

당고호는 화다닥 달려가 전장의 외곽으로 벗어나 있는 도사들을 찾았다.

"당문의 제자시군. 무슨 일이시오?"

아니나 다를까, 그들은 싸움판에 끼지도 못하다 멀리 튕겨 날아온 일대제자를 살피고 있는 와중이었다.

"도움이 필요합니다!"

당고호는 급히 상황을 설명했다.

은자림의 지독한 환각에 정신 못 차리는 일대제자들을 돌보던 모산파는 손에 든 불진(拂塵: 짐승의 털 따위를 묶은 것에 자루를 붙인 모양)을 정신없이 휘두르며 달려왔다.

*   *   *

구우우웅.

흙은 새카맣게 타서 변색되고, 기분 나쁜 연기를 무럭무럭 뿜고 있었다.

폭발이 남긴 잔재와 열기가 쓸고 간 도처에는 사람들의 신음 소리만이 남아 있었다.

"크으으."

"콜록콜록."

한 다발의 피를 울컥 토해내는 구문중도 그중 한 사람이었다.

'모두 당한 건가……'

그는 앞을 볼 수 없었다. 그랬기에 지금이 어떤 상황인지 누구보다 더 잘 알 수 있었다.

완전한 불시의 습격이었다.

설마하니 운 각사가 폭굉을 방향, 시간까지도 임의로 조절해서 터뜨릴 것이라고 누가 생각했겠는가.

호신강기고 뭐고 발휘할 여지도 없이 전원이 크게 당했다.

한데 구문중의 생각과 달리 폐허가 된 공터 안에 유일하게 서 있는 자가 있었다.

"호홋, 맹주는 맹주십니다. 그 상황에서도 이리 굳건하시다니."

바로 단리형이었다.

"널 죽이기 전에 쓰러질 수야 없지."

"그래요?"

운 각사는 장난치는 사람처럼 히죽 웃어 보였다.

그리고 재차 발동되는 파동.

떨어진 집채에서 은원보가 솟아올랐다.

수가 정확히 열다섯 개였다.

"그런데 어쩝니까? 보아하니 서 있는 것도 힘들어 보이시는데 말입니다."

피투성이에 재투성이가 된 맹주의 꼴을 비웃으며 운 각사는 느릿하게 말했다.

그리고 그의 말투처럼 천천히 다가오는 열다섯 개의 은원보.

맹주의 머릿속이 복잡해졌다.

한 줌의 진기 정도는 남아 있다.

다만 이것을 어떻게 사용해야 운 각사를 죽일 수 있을지 방법이 떠오르지 않았다.

'동귀어진뿐이다.'

쓰윽.

판단이 선 맹주는 검을 들었다.

모든 힘을 운 각사의 무형지기를 뚫는 데 사용한 다음, 검으로 직접 목을 베어야 한다.

물론 그러는 중에 자신의 목숨은 날아갈 것이다. 그건 당연한 대가다. 감수해야 했다.

콰아아아앙!

'…음?'

한데 검에 힘을 주던 맹주는 은원보 하나가 갑작스럽게 폭발을 일으키자 움 찔했다. 놀랐다기보다는 의아함이었다.

콰아아아앙! 콰아아아앙! 콰아아아앙!

은원보가 계속 터지고 있었다.

그리고 그때쯤 운 각사의 표정에서도 한 줄기 당황함을 읽었다.

폭발은 기묘하게도, 구파일방과 천중단원이 없는 방향에서부터 운 각사를 향해 다가가고 있었다.

'누가 있다.'

콰아아아아아앙!

다시 맹주 앞에 있던 은원보가 폭발을 일으켰다.

때마침 미리 방비하고 빠져나온 맹주.

그는 불길의 방향에 닿아 있는 운 각사 쪽으로 고개를 돌렸다.

콰아아아아아아앙!

무려 이십 장에 걸친 광범위한 폭발이 일어났다.

차곡차곡 이어지던 폭발의 동선 앞에서, 폭굉 네댓 개가 일시에 터져 나갔다. 열기 속에서 무언가 소음이 일었다.

캉! 쉬익!

그리고 반짝, 섬광과 함께 빠르게 날아오는 폭굉.

콰아아아아앙!

'검면 치기?'

폭발이 일어났다.

퍼뜩, 단리형의 뇌리에 익숙한 광경이 떠올랐다.

간단한 잡기이지만 가장 유용했던 기술. 그리고 그 잡기를 천중단에서 처음으로 만들어냈던 이.

"드디어……!"

휘이이이익!

"오셨구먼!"

운 각사도 가만있지 않았다. 그의 손짓이 일자, 타오르는 폭염이 연기 속에 비치는 한 사람을 향해 파도처럼 몰려갔다.

화르르르르!

"아하하! 바보같이 스스로 목숨을……!"

짧은 순간 이빨을 드러내던 그의 표정이 그대로 굳어버렸다.

들고 있던 부채가 반으로 뚝, 잘려.

툭.

바닥에 떨어진 것이다.

'대체 언제…….'

실체를 보지도, 인지하지도 못했다.

언뜻 무언가 흐릿한 선이 그어지나 싶더니 눈앞까지 다가온 공격이 있었다.

"무슨……!"

규화보전이 내려준 극도의 감각이 연기로 뒤덮인 정면에서 희미한 빛 하나를 감지했다.

조금 전에 흐릿하게 자신을 스쳐 지나간 그것은.

괴구검이었다.

쉬익!

"큭!"

터억.

전력을 쏟아 방어하자 검이 그의 이마에서 멈췄다. 아슬아슬했지만 그래도 막아낸 것이다.

"하하핫! 이 판국에 비검술이라니. 당신도 참 급했… 컥!"

콰드득!

웃음을 터뜨리려던 운 각사가 숨 막힌 소리를 냈다.

허공에 뜬 검은 그냥 내던진 비검술(飛劍術)이 아니었다.

검이 스스로 움직이며 그가 펼친 무형의 결계를 돌파하려 하고 있는 것이다.

"이건… 이기어검술?"

모든 검수들이 꿈꾸는 최상의 경지.

그걸 눈앞에서 본 운 각사는 믿을 수 없다는 듯 중얼거렸다.

후룩. 후룩.

걷힌 연기 속을 한 사내가 걸어 나왔다.

특유한 무심한 표정이었다.

"그게 그 잘난 규화보전인가."

사르르르. 휙!

힘을 다해 바닥에 떨어진 검이 살아 있는 생물처럼 그의 손에 되돌아갔다.

자연스럽게 잡아낸 광휘는 툭, 내뱉었다.

"별거 아니군."

"하하……."

환희와 당황함이 뒤섞인 얼굴로 운 각사가 웃었다.

수많은 폭굉의 폭발을 아무렇지도 않다는 듯, 무인지경처럼 태연하게 움직이는 광휘.

"그래, 이 잘나신 양반. 드디어 만났군."

으드득!

운 각사가 이를 갈았다.

언제나처럼 적을 한 수 아래로 내려다보는 특유의 오만한, 무감정한 얼굴의 광휘를 보며.

第九章

왜곡된 공간

'신검합일?'

좌중에 있던 이들 중 제일 먼저 알아차린 사람은 맹주 단리형이었다.

검강, 권강으로도 지근거리에서나 겨우 뚫어낸 운 각사의 무형지기다.

그런데 손에서 떨어진 검이 무형지기를 뚫더니, 살아 움직이는 것처럼 스스로 광휘의 손으로 다시 돌아가기까지 했다.

틀림없는 이기어검술. 신검합일에 올라야만 시전 가능한 고도의 기예였다.

'저걸로 이길 수 있을까?'

하지만 단리형은 확신하지 못했다.

당장 자신이 경험한 운 각사의 규화보전 역시 신공이라는 말이 무색하지 않았다.

내공을 흘려내고, 흡수할 수 있는 무공에는 이미 몇 갑자(甲子)란 개념이 없다.

과연 그의 걱정이 틀리지 않은듯, 운 각사는 곧 여유를 보였다.

"공격 한 번 성공했다고 너무 좋아하지 마세요."

쓰윽.

턱 밑으로 떨어지는 핏물을 닦으며 운 각사가 입을 열었다.

역시 이기어검술. 무인들 사이에 전설의 영역이라 불린다고 할 만했다.

광휘의 검을 결계로 막았다고 생각했는데 검 끝에 피어난 검기(劍氣)가 기어이 부수고 들어간 것이다.

한순간 물러서지 않았다면 목이 떨어져도 이상하지 않았을 터.

"그걸 만들어준 사람이 나니까."

파파파파팟.

운 각사가 부채를 광휘에게 내던졌다.

매서운 기세를 뿌리며 회전하는 섭선(摺扇: 부채의 다른 말).

휘익!

광휘의 신형이 사라지자 섭선의 날은 맥없이 허공을 갈랐다.

아니, 그런 것처럼 보였다.

쩌저저적!

목표를 잃고 빗나간 부채가, 허공에서 수천, 수만 개의 바늘로 쪼개졌다.

좁쌀만 한 침들이 수백, 수천 개로 변해 일대를 뒤덮은 것이다.

막 희색을 띠던 운 각사의 눈이 살포시 찌푸려졌다.

파파파파팟.

광휘가 다시금 돌아와 있었다.

암기로 움직임을 쫓으려던 그의 생각을 비웃기라도 하듯 날카롭게 쪼개진 침(針)들로 반격을 가하기 시작했다.

두두두두둑.

빗방울처럼 수많은 바늘이 죄다 운 각사에게 날아들었다.

물론, 운 각사의 무형지기를 파고들지 못하고 맥없이 멎어버렸고.

파아아앗!

한순간 광휘가 한 줄기 유성처럼 쇄도했다.

"와라!"

운 각사가 호기롭게 소리치며 오른손을 펼쳤다.

스아아악!

그와 함께 생성되는 수많은 기류(氣流).

기풍(氣風)부터 시작해 지풍(指風), 기공(氣功), 화공(火功), 강환(剛環)까지. 응축된 힘과 유형, 쓰임이 다른 내공이 한 동작에 무려 다섯 개나 발출되었다.

삽시간에 지근거리까지 달려든 광휘가 제일 먼저 마주한 것은 불꽃이었다.

화르르륵!

일검에 화염을 갈랐지만 그것이 시작이었다.

거의 동시에 사방에서 날아드는 기운.

방어해 낼 시간도, 대응할 수 있는 방법도 없었다.

상식적으로는.

가가가가가!

말로 설명할 수 없는 찰나간에 광휘는 무려 네 번을 돌았다.

그리고 그럴 때마다 강력한 기운을 하나하나 상쇄했고.

휘릭.

마지막 회전 때는 오히려 운 각사를 향해 반격을 가했다.

스팟!

"……?"

한데 그 순간, 어찌 된 영문인지 운 각사의 몸이 사라지고 오장 뒤에서 나타났다.

"…크윽!"

광휘는 분명 검 끝에서 감촉을 느꼈다.

과연 운 각사는 휘청거리며 어깨에서 시뻘건 선혈을 흘려냈다.

"이건 무공이지요……?"

운 각사는 이를 갈았다.

거의 눈으로 보지도 못한 무시무시한 검격.

본래 내기 발현은 단순히 검으로 막을 수 없는 것이다.

그런데 이게 어찌 된 일일까.

"십오검이라 하더군."

언제나 그랬다.

무심하게 대꾸하는 저 기분 나쁜 목소리는.

"백중건이 말이야."

"전대 천하제일검……."

운 각사는 피식 웃었다.

명성이 허망할 정도로 간단하게 처리했던 옛 적이다.

그런 그자의 무공으로, 본인도 아닌 이가 이렇게 성가시게 만들다니.

"좋습니다. 아무렴. 그럼 나도 보여줘야겠군요."

그런 난관에 운 각사는 오히려 호승심이 불타올랐다.

드드드드득!

운 각사가 미소 지은 순간 광휘의 눈이 커졌다.

"……!"

언제 펼쳐졌는지 은원보 수십 개가 주변을 뒤덮고 있었다.

폭쾅이다. 하지만 광휘가 당황한 건 개수의 많음 때문이 아니었다.

날아오는 과정 자체가 없었다.

마치 허공에서 갑자기 생성된 듯, 대열을 갖춰 주변을 뒤덮고 있었다.

'어떻게?'

"다, 단장!"

염악이 비명처럼 소리 질렀다.

거우 몸을 추스른 방호도, 웅산군도 얼굴이 굳었다. 그 직후, 이십여 장에 달하는 거대한 폭발이 일었다.

쾅아아아아아아아앙!

"맙소사!"

모두가 벌린 입을 다물지 못했다.

최악의 상황. 거리가 어중간해서 옆면 치기도 못 쓰고, 빠져나가려니 사방에서 포위된 상태로 일어난 대폭발이라 피하지도 못하고 그대로 휘말린 것이다.

"괜찮아. 흘려냈다."

그러나 심장이 내려앉을 것 같은 충격 속에서도 담담히 말하는 자가 있었다.

단리형이었다.

그는 보았다.

화염의 폭풍이 밀어닥치고 일대가 삽시간에 불바다로 변하고 있는 그때.

태풍의 눈처럼 그 중심에서 거대한 불길의 소용돌이가 일어나는 것을.

"건곤대나이……."

운 각사와 무림맹주가 썼던, 모든 힘의 방향을 틀어버리는 기예. 사량발천근의 극의인 건곤대나이였다.

*   *   *

"오옴 사봇지 달라하달……."

모산파의 이천 대사는 장련의 정수리를 짚고 경문을 외웠다.

백회혈. 혼백이 하늘과 공명한다는 혈.

그는 그 위에 한 손을 올린 채 식은땀을 뚝뚝 떨구며 무언가를 감지하려 애를 썼다.

흐늘흐늘.

바람도 없는 가운데 불진(도인의 먼지떨이) 몇 가닥이 살아 움직이듯 하늘로 솟아올랐다.

"후우, 살릴 수는 있을 것 같은데 참 쉽지 않겠소이다."

한참이나 눈을 감고 있던 그는 곧 긴 한숨을 내쉬었다.

"허… 정말이오?"

당고호는 눈앞의 기사를 보며 얼떨떨한 표정을 지었다.

일단 이미 숨이 끊어진 자를 살릴 수 있다니? 뒤에 붙은 쉽지 않다는 말은 귀에 들어오지도 않았다.

"귀신을 쫓아낼 수 있는 사람은 당연히 불러들일 수도 있지요. 본 파는 그런 술수를 알고 있고, 다행히 이 여인의 몸에는 아직 온기가 남아 있습니다. 어느 고인께서 하신 일인지는 모르겠으나……."

"험! 허험!"

졸지에 고인이 된 당고호가 뿌듯하게 어깨를 폈다.

"한데 이게 우리가 할 일이 맞는지… 노도들의 역량이 문제이외다."

"그건 또 무슨 말씀이오이까?"

당고호가 묻자 이천 대사는 복잡한 얼굴로 고개를 저었다.

"실은 본 파가 이번 행사에 참여하게 된 까닭은 전대의 대원로께서 명하셨기 때문이외다."

"전대의 대원로시면… 기현 도사?"

당고호가 입을 쩍 벌렸다.

세수 백을 넘는 모산파의 대원로.

강호에 모습을 드러내지 않은 지 수십 년이 지났기에 이미 죽었다는 이야기도 있는, 반인반선이라 칭해지는 인물이다.

"그분이 아직 살아 계시오이까?"

"실은 본도도 놀랐소이다. 이미 귀천하신 지 오래된 줄 알았거늘… 한데 이레 전에 갑자기 현현하시어 한마디 툭, 던지고 가셨소."

"무슨 말씀을?"

"악귀가 깨어나는 걸 막으라고. 수많은 혈겁이 일어날 것이니, 심주현에 가서 막으라고."

"으음!"

당고호는 신음했다. 이천 대사의 말대로라면, 기현 도사가 이미 이레 전부터 이런 일이 일어날 줄 알고 있었다는 말이 아닌가.

옛이야기 속에 천기를 읽고 앞날을 예측하는 기인들이 있기는 했지만, 그걸 직접 듣는 것은 또 느낌이 새로웠다.

"기실 본 파의 문도들은 강호의 무위로 보면 삼류를 겨우 넘는 수준이오. 그래서 박대당할 것이 뻔한데 선사께서 이걸 왜 시키셨나… 고민하고 있었소이다."

한데 정작 장씨세가 앞에 왔더니 광휘라는 면식도 없는 자가 두말없이 자신들의 합류를 용인했다.

모산파의 장로들은 황당하기도 하고, 선사의 말에 확신이 가기도 했다.

심주현에서 그들은 사람의 눈에 보이지 않는 수많은 혼(魂)을 보았다.

억울하게 영문도 모르고 죽어, 제자리를 찾지 못하고 구천을 떠돌며 호곡하는 영혼들.

그대로 두면 지독한 악귀가 되어 세상에 혼란을 퍼뜨릴 것이 자명해 보였다.

모산파의 도인들은 강호인들이 이해하지 못하는 동안 열심히 일했다. 혼령을 부르고, 제 갈 길로 돌려보냈다.

"한데 그 와중에 혼령들을 붙잡는, 사악한 영기(靈氣)의 속박이 있었습니다. 바로 저자이지요."

이천 대사의 불진이 쭈욱, 백 장 너머 광휘와 맞서는 운 각사를 가리켰다.

부르르르!

그의 손에 들린 불진이 벌어졌다 모였다가 하기를 반복했다. 당고호는 꼭 성난 고양이 같다는 생각을 했다.

"저자는 이미 산 자도 죽은 자도 아닙니다. 갈 곳을 역행해서 기어 나온 악귀지요. 기현 대사께서는 저자를 잡아, 다시는 살아나지 못하도록 해서 역행된 천리를 바로잡으라 명하신 듯하외다."

"…과연."

당고호는 끄덕였다. 혼백이니 영이니 하는 말은 모르겠지만, 운 각사는 분명 수많은 혈겁을 일으킨 자다. 악귀 그 자체였다.

한데 이천 대사는 거기서 고민하고 있었다.

"다만 이 소저를 살리면 본도들의 영력이 죄다 고갈될 듯하오이다. 그럼 그다음에 저 악귀는 어찌 처리해야 할지……."

모산파 입장에서는, 구대문파와 무림맹주까지 합세한 싸움이니 쉽게 결과가 나올 거라고 생각해 기다리고만 있었다.

한데 정작 봉인해야 할 운 각사는 구대문파 모두를 압도하는 위력을 보이고 있고, 당고호는 장련을 살려달라고 하는 것이다.

사람을 살리는 것은 좋은 문제이나, 그랬다간 영력이 달려 운 각사를 축귀할 수가 없어진다. 애초에 그들이 이곳에 온 목적을 달성 못 하게 되는 것이다.

"영력의 문제라면 걱정할 것 없어요."

한데 거기서 조금 기운을 찾은 목소리가 끼어들었다.

아영이었다.

"악귀든 혼백이든, 죽은 이를 몸에 도로 불어 넣는 것은 그간 저희들이 해온 일이니까요."

"허!"

당고호는 또 한 번 감탄했다. 일이 이렇게 딱딱 맞아 들어갈 수 있는가 하고.

*   *   *

광휘는 자신의 검을 내려다보고 있었다.

괴구검은 전장에 뛰어드는 순간부터 지금까지 끊임없이 울음을 토해내고 있었다.

지이이이잉.

이제는 알 것 같았다.

명호가 죽었을 때 처음으로 일어난 검의 공명.

그 후로도 괴구검은 이따금 자신을 이렇게 부르곤 했다. 그건 광휘 자신이 인식할 때도 있었고, 인식 못 할 때도 있었다. 그리고 지금 와서는 마치 자아를 가진 것처럼 스스로 움직였다.

주인의 의지를 알아차리고 움직이는 검.

명백한 이기어검술이었다.

'죽었어야 했다.'

강호 전설상의 경지를 이룬 것이나, 광휘의 머릿속엔 그런 자부심 따윈 없었다.

조금 전, 운 각사에게 날린 공격은 본래대로라면 바로 그 몸을 두 토막 냈어야 했다.

이기어검술.

적의 수많은 기운을 무용지물로 만들어 버린 일초필살의 기예.

그런데 운 각사는 온전히 살아 있었다.

검격이 격중되는 순간, 갑자기 그곳에 없고 다른 곳에 있는 것처럼 한순간 사라지며 피해낸 것이다.

은원보도 그렇다.

갑자기 허공에 생성된 듯 나타난 것.

물리적으로 일어날 수 없는 일이었다.

그런 그의 심사를 짐작한 듯 운 각사가 고개를 까닥이며 웃어 보였다.

"그렇죠. 당신이 봐도 이상하죠?"

"……."

"바로 옆에 있던 것 같은데 말이에요. 폭굉도 갑자기 나타나고. 대체 그게 뭐였을까요?"

운 각사는 즐기고 있었다.

광휘의 반응을 보며 어깨를 들썩이고 과장된 몸짓을 하는 것이, 마치 누군가를 괴롭히며 재미있어하는 악동처럼 보였다.

씨익.

소매를 걷은 운 각사가 웃어 보이며 말을 이었다.

"자, 이왕 이렇게 된 거 재미난 거 보여줄까요? 아까 소림 땡중이가 썼던 건데?"

"……."

쓰윽.

불길한 느낌에 검을 들어 방어하는 광휘.

그사이 운 각사가 오른손을 옆으로 펼치며 말을 이었다.

"백보신권이라 그랬나?"

"……!"

말이 떨어지기 무섭게 손바닥에서 일어나는 흰빛 권기.

정말로 소림의 백보신권과 흡사한 모양이 생성되었는데.

정작 문제는.

그가 권기를 발출한 방향에 있었다.

패애애액!

운 각사의 우측으로 뻗어나간 권기가 삼 장 떨어진 북쪽에서 나타났고.

팟.

다시 동쪽, 다섯 장 떨어진 서쪽에.

팟.

그리고 남쪽 네 장 뒤.

스팟.

종국엔 손바닥 모양의 권기가 광휘의 눈앞에서 덮쳐왔다.

"……!"

퍼어어억!

광휘가 뒤로 밀려났다.

초인적인 움직임으로 방어해 냈음에도 워낙 가까운 거리 때문에 충격을 받은 것이다.

하지만 그것이 끝이 아니었다.

"아미파의 탄금지."

"……!"

재빨리 일어선 광휘의 눈이 커졌다.

운 각사기 펼쳐낸 구피일방의 언이온 독문무공.

이번엔 변화가 더 지독했다.

파앗!

이번엔 좌측으로 뻗어나간 지공이 서쪽과 동쪽을 돌았고.

스팟!

남서쪽에 어른거리다가, 광휘의 옆구리로 쏟아졌다.

패애애액.

무채색 검기가 갈라지며 광휘의 신형이 덩달아 흔들렸다.

순간적으로 베어버렸음에도 강한 충격을 받은 탓이다.

'이건… 정상적인 상황이 아니다.'

광휘의 눈살이 찌푸려졌다.

허상이나 사술이 아닌 모두가 실제다.

상대의 공격.

그가 딛고 있는 땅, 옷이 펄럭이는 소리, 여전히 정상이었다.

그런데 운 각사의 공격은 그의 감각을 흩뜨리며 들어왔다. 이 또한 엄연한 실제였다.

"이건 공동의 복마장이랬고."

화아아악! 팟! 스팟!

이번에는 뒤였다.

동서남북으로 회전하던 공격이 등 뒤로 파고들어 왔고 광휘가 몸을 비틀자마자 녹색 손바닥이 그의 가슴을 덮쳤다.

퍼어어억!

광휘가 일 장의 거리로 밀려나다 주춤거렸다.

이번엔 꽤 충격이 큰 듯 곧바로 고개를 들지 못했다.

"그리고 이건."

운 각사가 비릿한 웃음과 함께 주먹을 들었다.

순백색 서리의 빛과 함께 생성된 기운.

자신의 무형지기까지 뚫어버렸던 절대의 무공을 펼쳐내려 하고 있었다.

"웅산군의 무공이죠."

이번엔 정면이었다.

하지만 이번엔 광휘 역시 당하고만 있지 않았다.

사삭. 사사삭. 사삭. 스팟!

횡과 종으로 제멋대로 변화하던 권강이 광휘를 꿰뚫으려고 할 때.

패애애액.

희미한 빛줄기가 권강을 갈랐다.

쩌어어엉!

폭음과 함께 불가능한 일이 벌어졌다.

무엇으로도 막을 수 없다고 하는 권강. 광휘는 그것을 튕겨냈다. 심지어 그러고도 모자라 되돌려 보내기까지 했다.

"……!"

운 각사의 안색이 변했다.

자신이 펼쳐낸 힘이 역으로 스스로를 덮쳐온 것을 느끼고, 그는 급히 손을 들며 차단해 버렸다.

스팟!

"억!"

동시에 신음을 토해냈다.

어느새 그의 시야에 광휘가 잡혔다. 흉악하게 꺾인 그의 괴구검이.

쇄애애액.

정확히 복부를 노려왔다.

부지불식간에 대응도 하지 못한 운 각사가 아무런 수도 펼쳐내지 못했다.

그런데.

두우웅!

"……!"

이번에 놀란 쪽은 운 각사가 아닌 광휘였다.

심하게 요동치는 그의 시선은 운 각사의 복부, 정확히는 칼날의 중간 지점에 고정되어 있었다.

칼날 중간에 기이한 물결이 보였다.

"어떻게 한 거냐……."

거리상 괴구검은 운 각사의 복부를 관통했다.

아니, 그랬어야 했다.

하지만 검 중앙에 일어난 둥근 파문은, 물결치듯 그의 검을 잡아먹고 있었다.

"공간은 변해요."

운 각사가 간신히 다시 웃음을 지으며 말했다.

광휘는 그 생사대적을 눈앞에 두고 쓰윽, 고개를 돌렸다.

물결 같은 동그라미가 잡아먹어 버린 괴구검의 앞부분.

운 각사의 배를 찔렀어야 할 칼날은, 몇 장이나 떨어진 북쪽에 나타나 있었다.

"내가 원할 때마다."

＊　　　＊　　　＊

'환영이 아니다.'

둘의 격전을 지켜보던 단리형의 시선이 가늘게 흔들렸다.

슉. 슉.

운 각사가 사라졌다 나타났다.

잠시 자신의 눈으로 좇지 못할 정도의 움직임인가를 생각하다 고개를 저었다.

그랬다면 흐릿한 환영이라도 볼 수 있어야 하는데 이건 그런 것도 없었다.

"저, 저, 저자가!"

"본 파의 절기를 쓰고 있소!"

운 각사가 각 파의 독문무공들을 손에서 뻗어내자, 주변의 구대문파는 발칵 뒤집혔다.

"어찌 이런 일이……"

공동파 장문인 오성 대사는 아예 주저앉아 낙심하기까지 했다.

방금 운 각사가 펼쳐낸 무공은 공동파의 복마장이다.

수백 년간 이어져 온 본 파의 절기. 직전제자가 아니면 전수하지도 않는 것을 문외인이 아무렇게나 시용히는 모습은 장문인으로선 충격 그 자체였다.

"그래도… 광 대협이 막아냈소!"

"허어……."

전장을 지켜보던 사람들의 탄식은 다시금 감탄으로 바뀌었다.

제 맘대로 방향을 틀어 쏘아지는 기공을, 광휘는 기어이 막아 낸 것이다.

"아미타불… 아무래도 저자가 펼치는 공력은 우리에게서 흘러들어 간 내공인 것 같습니다."

곰곰이 살펴보던 방혜 대사가 이유를 정확히 짚어냈다.

운 각사는 분명 규화보전의 공능으로 각 파의 절기를 펼쳐낼 수 있다. 하지만 이건 그가 완전히 각 파의 무공에 통달했기 때문이 아니다.

이 주변에서 흡수한 구파일방 자신들의 내공, 그걸 싸우면서 본 눈대중으로 흉내 내고 있다는 얘기였다.

"그렇다면……."

쾅!

때마침 그들의 눈에 광휘가 반격을 가하는 장면이 포착되었다.

분명히 운 각사에게 칼을 찔러 넣은 광휘. 그러나 그는 잠시 주춤거리며 오히려 다시 밀려 나왔다.

"죽지 않은 거요?"

"어떻게… 칼날이 왜 저 위치에."

보고 있던 장문인들은 죄다 경악했다.

딱 한 걸음 앞까지 접근한 광휘는 분명히 검을 찔러 넣었다.

당연히 복부를 관통당해야 했을 운 각사.

한데 전혀 피해를 입지 않은 것 같았다. 침묵 속에서 때마침

한 장년인이 입을 열었다.

"공간을 왜곡한 것 같습니다."

맹인 검객 구문중. 그의 말에 일순간 시선이 좌악 집중되었다.

"쿨럭, 공간을 왜곡하다니, 그게 무슨 말이오?"

몇 사발의 피를 토해낸 진일강, 해남파 문주가 하단전을 다스리며 연유를 물었다.

"소인은 두 눈은 잃었지만, 그 대신 감각과 소리를 더 잘 잡으려고 꾸준히 노력해 왔습니다. 그런 제게 들리기론… 지금 저 운 각사의 소리와 기척은 따로 놉니다. 기척은 이쪽에서 느껴지지만 소리는 한참 떨어진 곳에서 들립니다."

"허어."

"크……"

그 말에 장문인들이 하나둘씩 침음했다.

듣고 보니 그랬다.

운 각사가 순간 이동을 한다거나, 뻗은 기공이 곧게 날아가지 않고 회전을 하는 등 이해할 수 없는 일들이 일어나고 있지 않은가.

"저자가 펼친 기막이 원인인 듯하오."

강호 물을 많이 먹어본 능시걸, 개방 방주가 염두를 굴린 끝에 떠올렸다.

처음 구대문파가 합공했을 때, 운 각사가 십여 장 가까이 기막을 뻗어냈다.

당시에는 그저 무형지기를 펼쳐내기 위함이었다.

그런데 그것이 이제는 공간을 일그러뜨리는 주범인 듯했다.

결국 씰룩씰룩 입가를 경련하던 염악이 맹주에게 물었다.

"맹주! 단장께도 이 사실을 알려줘야 하지 않습니까? 이거 뭔가 단서가……."

"광휘는 이미 알고 있다."

단리형은 염악의 말에 손만 내저었다.

그는 주변에서 자신에게 몰리는 시선, 헛 하고 숨 들이켜는 경악 등을 무시한 채, 오로지 광휘에게만 시선을 두고 있었다.

"지금 그 파훼법을 찾고 있다."

*   *   *

화르르르!

운 각사가 손을 들자 강렬한 불꽃이 생성되기 시작했다.

광휘는 바로 자신의 눈앞에 있었기에, 그 화공을 너무나 또렷하게 볼 수 있었다.

"그, 친한 사이도 아닌데……."

뭔가 불편한지 고개를 옆으로 까닥이고 운 각사, 놈이 씨익 웃으며 손을 휘둘렀다.

"좀 떨어집시다?"

화르르르!

검을 회수하자마자 좌측에서 날아드는 화염.

가까스로 옆으로 이동해 방어해 낸 광휘가 몇 발짝 주춤거릴 때.

"……!"

놀랍게도 운 각사는 시야에 없었다.

'분명 두 발짝이었는데……'

어느새 남서쪽으로 오 장 거리에 위치한 운 각사.

확실했다.

이 주변의 공간은 정상이 아니다.

완전히 기이하게 틀어진 공간은 마치 진법에라도 걸려든 것 같았다.

"아이고… 아쉬워라."

운 각사의 씁쓸한 목소리에 광휘는 의아했다. 그러다 그 이유를 깨닫고 급히 검을 세웠다.

화르르르.

불꽃을 베고 지나간 괴구검의 칼날에 작은 실금이 가 있었다.

조금 전 공격의 대상은 자신이 아니었다.

놈은, 오직 자신의 병기를 부수려고 화공법에 침투경(浸透勁: 물체 안에 경력을 침투시키는 무공) 같은 것을 펼쳤던 모양이다.

"열받죠? 화나죠? 절 죽이고 싶죠?"

운 각사는 씨익 웃으며 두 손을 펼쳤다.

화르르르!

이번에는 두 손바닥에서 시퍼런 불꽃이 피어 나오고 있었다.

"그런데 이거 어떡하죠? 벗어나는 것도 맞서 싸우는 것도 허용하지 않지요. 이 주변은 내 영역이에요."

"……."

"이제 알겠어요? 당신과 나의 차이를. 신검합일이든 뭐든, 어떤 공격도 내 영역을……."

"보고 있다."

갑작스럽게 끼어드는 광휘의 대답.

그리고 나직이 깔리는 말.

"네가 왜곡한 공간을."

"……?"

운 각사가 눈을 번뜩였다. 그는 뭔가 뜨끔한 듯 광휘를 살폈다.

그런데 광휘는 운 각사가 아닌, 좀 떨어진 왼쪽 바닥을 보고 있었다.

'선이… 꼬여 있다.'

감각을 끌어 올린 광휘의 시야에는, 수많은 선들이 바둑판처럼 자리하고 있었다.

극도의 감각으로 만들어진 가상의 선.

평소대로라면 격자를 유지한 선이 보였을 것이다. 그런데 지금은 뭔가 다르다.

휘어져 있거나, 뒤틀려 있거나.

제대로 간격을 유지하고 있는 선이 없다.

심지어 어느 부분은 곡선처럼, 몇 개의 선이 겹쳐지거나 아예 뚝 떨어져 있는 곳도 있었다.

'한 걸음마다. 또 한 걸음마다.'

광휘는 천천히 적응하기 시작했다.

이해하긴 힘들지만 공간, 영역, 이 선들은 운 각사의 말처럼 이 주변의 뭔가가 왜곡되어 있다는 뜻이다.

그리고 한 걸음, 한 걸음 걸을 때마다 보았다.

자신이 서 있는 위치가 운 각사가 왜곡한 공간으로 자꾸 이동된다는 것까지.

'어떻게 거리를 좁혀야 할지……'

문제는 이것이었다.

눈은 이미 맹인과도 같다.

그렇다고 소리로도 들을 수 없었다.

원래라면 운 각사가 도망가든 어쩌든 쫓아서 최단 거리로 검을 찔러 넣으면 그만이다.

하지만 자꾸 공간이 왜곡되고 있었다.

방금도 분명 괴구검을 찔러 넣었는데, 운 각사의 배를 관통해야 할 칼날이 한 이 장쯤 떨어진 곳에 나타났다.

여기서 어떤 길을 찾아야 하는가.

지이이잉.

'……?'

문득 대답하듯 검이 올었다.

괴구검이 언제부터 그랬는지 공명하며 희미한 빛을 만들어내고 있었다.

적을 베고 싶다, 라는 광휘의 의지에 그럼 이리 가십시오, 하고 보여주듯.

왜곡된 공간에 희미한 빛줄기가 이리저리 꺾이며 앞으로 선을 긋고 있었다.

흔들흔들.

가늘게 움직이는 빛을 끝까지 본 광휘의 눈이 가늘어졌다.

괴구검이 조준하는 꺾인 선. 그 끝에 닿아 있는 것은.

놀랍게도 운 각사였다.

"하, 뭐가 보입니까? 근데 본다고 어디 뭐가 달라집니까?"

"……."

운 각사가 불쾌한 얼굴로 고개를 절레절레 내저었다.

파아아아앗.

말이 끝나기가 무섭게 대각선으로 불꽃을 던지고.

화르르! 휙! 휙! 휙!

동서남북을 돌며 불길이 스쳐 지나갔다.

쓰윽!

그런데 불꽃은 광휘에게 닿지 않았다.

운 각사가 던지던 순간에 맞춰 그는 우측으로 한 걸음을 이동했고, 불꽃은 왜곡된 공간 안으로 말려들어 저만치서 다시 나타났다.

"하, 이분이… 머리를 쓰네?"

운 각사가 피식 웃었다. 광휘는 겁도 없이 자신이 만든 왜곡된 공간을 이용해서 피한 것이다.

"제가 말했죠?"

화르르르!

더욱 거대해진 불꽃이 그의 손바닥으로 피어올랐다. 그는 쓰윽 주위를 둘러보더니 히죽 비웃었다.

자박.

광휘가 다시금 한 발짝 이동했다.

훅!

그리고 이번엔 북쪽에 모습을 드러냈다. 그 순간.

화라라라락!

거대한 화마가 광휘를 덮쳤고, 그는 빠르게 불길을 제거해 버렸다.

지글지글!

단번에 갈라 버렸음에도 손등을 타고 기어오르는 불꽃.

광휘의 표정이 조금 찌푸려졌다.

방어하며 피하는 순간 운 각사가 다시 공간을 비틀어 버린 것이다.

"말했잖아요, 여기는 내 영역이라고. 내 마음대로 바꿀 수 있다고."

화르르르르.

놈의 손에서 또다시 피어오르는 불꽃.

"언제까지 피할 수 있을까요? 참고로 제 내공은."

화르르르! 화르르르! 화르르르! 화르르르!

그 불꽃은 이제 허공에서 수십 개가 피어오르고 있었다.

"지금도 차곡차곡 쌓이는 중입니다만?"

패애액! 패애액! 패애애액!

왜곡된 공간으로 불꽃이 무한대로 뻗어나가고 있었다.

*　　　*　　　*

화르르! 쾅! 쾅! 화르르르!

"아!"

"크으……."

먼발치에서 지켜보던 장문인들의 탄식이 터져 나왔다.

계속되는 운 각사의 화공은, 어느 순간 기막 안을 뒤덮을 정도로 거대해졌다.

폭발과 화염이 얼마나 많은지, 흡사 기막 안에서 계속 폭굉이 터지는 것처럼 보였다.

"도와야 하지 않겠소이까, 쿨럭."

울혈을 토해내던 청성파 장문인 석명 도사는 무릎을 꿇은 자세로 외쳤다.

자신들의 비급을 받은 후, 청성파는 장씨세가에 쭉 우호적인 입장을 보여왔다.

덕분에 장문인은 내상을 입은 상태에서도 광휘를 걱정하고 있었다.

"들어가면 모두 죽소."

점창파 장문인이 딱 잘라 말했다.

그 역시 큰 내상을 입은 상황인지 턱 아래로 핏물을 흘리고
있었다.

"거기다 우린 지금 내공이 남아 있지 않소."

"크윽……."

그 말에 반박하는 자는 없었다. 다들 같은 생각이었다.

문득, 거기서 화산파 장문인 현각 도사가 헛숨을 들이마셨다.

"광 호위가 피하기 시작했습니다!"

훅! 훅! 훅!

군데군데 불꽃이 잦아지는 가운데로, 광휘가 나타났다 사라
졌다를 반복하고 있었다.

치지직! 치지지직!

애석하게도 완전히 피하지는 못하는 듯했다. 몸이 사라졌다 나
타날 때마다 그의 온몸에 불길이 타오르고 있었기 때문이다.

"아니, 피하는 게 아닙니다."

그때 구문중이 입을 열었다.

장문인들과 천중단 대원들, 심지어 단리형도 주욱 그에게 시
선을 돌렸다.

"그렇게 쉽게 당해주는 사람이 아니지요. 저도 정확히는 잘
모르겠습니다만."

구문중은 보이지 않는 그의 눈을, 두 사람의 격전지로 향한
채 말했다.

"단장은, 앞으로 나아가고 있습니다."

　　　　＊　　　＊　　　＊

　화르르! 파아아악!

　운 각사는 끊임없이 불꽃을 때려 넣었다. 어찌나 많은 양을
밀어넣는지, 엷게 빛나는 기막 안이 절반 넘게 불꽃으로 가득할
정도였다.

　"하하하! 하하하하!"

　그 정도로 충분할 법하건만 운 각사는 공격을 멈추지 않았다.

　마치 이 안을 불바다로 만들 것처럼, 속 시원하게 마구마구
힘을 휘둘렀다.

　그렇게 한 식경을 공격했을까.

　"흐음."

　무한의 내공을 가지고도 조금 지친 것일까, 아니면 흥이 식은
것일까. 운 각사가 손을 거두었다.

　샤아아아악.

　시커먼 연기와 열기가 가득했다. 주변의 바닥은 죄다 시커멓
게 타올라 있었고, 그 한가운데에 광휘의 모습이 보였다.

　"많이 지쳐 보이는군요?"

　"…후욱, 후욱."

　확실히 광휘는 처음과는 많이 달라져 있었다.

　옷은 불이 붙어 반쯤 거지꼴이었고, 시커멓게 그을린 얼굴은
거친 숨을 헐떡이고 있었다.

　부르르르……

굳건하던 자세도 무릎이 풀렸는지 반쯤 굽힌 상태였다.

운 각사는 그 모습을 보고 낄낄거렸다.

"그러기에 제가 뭐랬어요? 제 주제도 모르고 깝죽거리면 이렇게 됩니다. 아시겠어요?"

"……."

"아, 뭘 그렇게 째려봐요? 아무것도 달라진 게 없는데. 뭐 이번에도 길이 보인다는 말을 하려고……."

"아직 모르겠나."

운 각사의 말에 광휘는 짧게 응했다.

"이제 몇 걸음 안 남았다."

"……!"

순간 운 각사가 멈칫했다.

그리고 셈을 하는 사람처럼 잠시 주위를 훑더니 그가 배시시 웃었다.

"그게 뭐 어쨌다고? 다시 벌리면 그만인데? 이 공간은 전부 내 것이니까."

"알아. 그러나 공간이 왜곡되는 것이지 너와의 거리가 늘어나진 않아."

"……!"

광휘의 말에 운 각사가 눈을 치켜떴다.

그 모습을 본 광휘는 이제 느릿하고 가늘게 말을 이었다.

"앞으로 열 걸음. 이것만 따라가면 넌 끝이다."

"하… 그러쇼? 그런데 이걸 어째. 제가 움직이면 그 노력도 결국······."

"아니, 넌 못 움직여."

"······!"

운 각사의 얼굴이 얼어붙었다.

그리고 쓰윽, 마주 보는 광휘의 입꼬리가 올라갔다.

"이 공간은 너의 몸에서 파생된 기가 만든 결계다. 그래서 왜 곡되고, 뒤틀리고, 거리가 벌어진다. 하지만 이 괴구검에서 일어나는 공명은······."

쓰윽. 웅웅웅.

광휘는 가늘게 떨리고 있는 기형검을 들어 운 각사를.

정확히는 그의 약간 옆을 가리켰다.

"너를 정확히 따라가지. 난 이 공명으로 너에게서 파생된 기(氣)를 느낄 수 있다. 최단 거리로."

"······."

운 각사의 얼굴이 이제 조금 창백해졌다.

계속해서 정확히 지적당하자 더 이상 표정을 숨길 수가 없게 된 것이다.

"네가 움직인다고? 웃기지 마라. 네가 축이다. 그 축에서 네가 한 발짝만 움직여도 공간은 와해돼."

"이, 이, 이······."

"그리고 그리되면 넌 내 손에 죽어."

"···으아아아아!"

화르르르.

운 각사가 급하게 불꽃을, 광기를 미친 듯이 생성해 냈다.

미친 듯이, 여유 없이, 마치 공포에 사로잡힌 듯이.

화드득. 슈욱. 슈욱. 슈욱.

반면 쏟아지는 공세 속에서 광휘는 이제 여유로운 표정을 지었다.

"느껴봐라. 한 발짝씩 지옥으로 다가서는 공포가 무엇인지를."

운 각사를 향해 괴구검을 들며.

이제는 그가 씨익 웃어 보였다.

"내가 똑똑히 보여줄 테니까."

*　　　*　　　*

"뭔가 좀 분위기가 달라지지 않았습니까?"

싸움을 지켜보던 아미파 장문인.

수월 신니의 눈에 묘한 이채가 서렸다.

상황이 유리하게 흘러서가 아니다.

밖에서 볼 때, 광휘는 맞대응하는 것조차 힘겨워 보였다.

"확실히 그렇소."

역시 상황을 유심히 바라보던 화산의 현각 도사가 신음했다.

전세가 불리해지는 것 같지만, 운 각사는 이제껏 가진 여유를 잃고 있었다.

유유자적하던 그가 갑자기, 조급해진 듯 화공을 난사하고 있었다.

퍼어엉! 퍼어엉!

그 때문에 공방은 더 어지러워졌지만, 오히려 승기를 잡는 듯도 보였다.

"지금 상황을 정확히 이해하신 분이 있소이까?"

해남의 진일강이 기운을 조금 차리고 물었다.

암암리에 운기요상(療傷: 치료)에 잠시 집중한 동안, 전장이 바뀌고 있었다. 번쩍번쩍하는 화공과, 휙휙 움직이는 광휘의 신형 때문에 상황을 가늠하기 힘들었다.

"……."

구파일방은 고개만 저었다.

천중단 쪽을 보니 그들 역시 모르겠다는 얼굴이었다.

그의 시선은 이제 맹주 쪽으로 향했다.

"확실하다고 말할 수는 없습니다만……."

단리형은 눈을 감았다.

그리고 생각을 정리하듯 잠시 숨을 고른 뒤 말을 이었다.

"이기어검을 통해 운 각사에게 접근하고 있는 듯합니다."

"그게 정말입니까?"

"그것이 보이십니까?"

다들 어이없어하는 사이, 화산과 무당의 장문인들이 미간을 좁혔다.

"맹주, 본도가 알기론 이기어검은 주인의 기에 따라 검이 스스로 영활하게 적을 공격하는 것이외다. 한데 광 대협께서는 본인이 움직이고 계시오만?"

그리고 곤륜의 당초 도장이 의문을 표했다.

맹주는 살짝 반개한 눈으로 전장을 멀리서 보며 생각한 바를 말했다.

기실, 그 역시 완전히 안다기보다 추측하고 있을 뿐이었다.

"검과 광휘를 바꿔서 생각해 보십시오."

"그건 또 무슨 말입니까?"

"이기어검은 본디, 시전자의 기(氣)에 감응하여 움직이는 것입니다. 검과 그 주인이 일심동체가 되는 것이지요. 지금 저 주위에는 공간이 왜곡되어 나아갈 길이 차단되어 있습니다. 평소라면 이기어검을 발휘해도 되겠지만 지금은 운 각사의 왜곡된 공간에 들어가는 즉시 힘을 잃게 될 것입니다."

말하면서 점점 화신이 들었다. 이제 맹주는 모두가 들을 수 있게 또박또박 말을 이었다.

"그렇기에 광휘는 다른 방식을 선택했습니다. 자신의 의지를 검에 깃들게 하고, 검의 공명을 통해 상대의 위치를 파악하고 있습니다. 광휘 스스로 길을 찾는 것이 아니라 검이 광휘가 가야 할 길을 알려주게끔 하는 것이지요. 아마도 그것은 운 각사의 영역 안에서 상대를 쫓는 최적의 경로일 겁니다."

이기어검술은 일반적으로 시전자의 기에 따라 검을 움직이는 무공이다. 하지만 지금 운 각사가 펼친 영역 안에서는 그게 쉽지 않다.

그래서 광휘는 이기어검의 수법을 역으로 돌렸다.

말 그대로 신검합일.

한번 손을 떠난 검(劍)은 상대의 기(氣)에 이끌려 스스로 움직이기도 한다.

검이 자아가 생겨 스스로 적을 추적하는 방식.

이제 검은 광휘가 되었고. 광휘가 검이 되어 운 각사를 향해 한 발, 한 발 다가서고 있는 형국이다.

"정말 신묘하도다."

"대단한 응용입니다! 이런 방식이 있다니!"

맹주의 해석에 구파일방의 모든 장문인들이 감탄을 터뜨렸다.

몇몇은 이 와중에 작은 깨달음까지 얻었는지 무언가에 골몰하고 있었다.

신공이라 불리는 규화보전.

누구도 넘을 수 없다는 내공수법의 극.

그것을 광휘는 신검합일로, 내공이 아닌 수법의 극을 통해 파훼해 나가고 있는 것이다.

第十章

자네가 날 죽여줘

화르르르! 쩌저어엉! 쩌어어엉!

화염의 기공이 계속해서 밀어닥쳤다.

정면, 옆, 뒤, 할 것 없이 광휘를 향해 사방에서 날아들었다.

쇄애애액! 쇄애애액!

하지만 그 어떤 것도 광휘를 직격하지는 못했다.

백중건의 십오검. 찰나조차 분쇄해 버린다는 쾌검은, 눈앞에서 그 어떤 종류의 기공도 모두 베어버리고 있었다.

"앞으로 여덟 걸음."

한 발 더 내디디며 광휘가 한마디 던졌디.

화르르르! 화르르르!

"이런 씨발⋯⋯."

미친 듯이 공세를 퍼붓던 운 각사가 이를 악물었다.

부들거리는 몸과 불안하게 흔들리는 눈동자.

그는 분명 최선을 다해 신공을 발휘하고 있었다.

구음진맥으로 완성시킨 규화보전과, 그래서 갈취해 낼 수 있었던 주변 모든 구파일방의 내공. 그로써 쏘아내는 수십 발의 강기.

이 정도면 엔간한 현철도 녹여 버릴 공격이다.

그러나 광휘는 느리게, 하지만 끊임없이 계속 다가오고 있었다.

"으합!"

콰르르릌!

결국 운 각사는 온 내공을 다 모아 큰 불꽃을 피워 광휘를 향해 쏘아냈다.

쩌어어어엉!

그조차 쪼개어져 사라졌다.

상대의 검, 광휘의 손에서 펼쳐지는 십오검의 반응속도는 이미 인간의 경지를 벗어나 있었다.

극쾌에 달한 일검이자 동시에 십오검이었다.

운 각사의 전력을 다한 기공을, 광휘 역시 전력을 다해 소멸시켰다.

"일곱."

치이이익!

조각난 화공이 열기를 내뿜으며 광휘의 몸을 덮쳐든다. 그는 풍차 돌리듯 검을 휘둘러 만들어낸 돌풍으로 불길의 여파를 날려 버렸다.

자박.

"이제 여섯."

훅!

운 각사를 몇 발짝 앞둔 광휘가 이번에는 북서쪽에 나타났다.

후욱! 후욱! 후욱!

마지막 발악일까. 앞, 뒤, 우(右). 세 방향에서 화공이 득달같이 몰아닥쳤다.

파스슥!

그러나 광휘는 그조차 너무도 쉽게 잘라내고 한 걸음 더 앞으로 움직였다.

"다섯."

"으아아아아!"

운 각사는 미칠 지경이었다.

무슨 공격을 퍼부어도 죽일 수도, 물러서게 할 수도 없었다.

휙휙 사라지는 광휘의 모습은, 바깥의 사람들이 보기와 달리 차곡차곡 자신을 향해 접근해 오는 것이다.

어느덧 운 각사의 얼굴마저, 그 손에 깃든 불처럼 벌겋게 익어 있었다.

"네……."

쇄애애액!

때마침 등 뒤로 날아오는 불꽃을 벤 광휘가 다시 발걸음을 옮기려고 하자.

팅!

손에 쥔 괴구검의 검신에서 무언가가 떨어져 나왔다.

손톱만 한 크기의 작은 철재.

검날이 약간 깨져 나갔다. 그와 함께 광휘의 눈에 이제껏 살피지 못한 괴구검의 상태가 들어왔다.

'금이……?'

가뭄에 쩍쩍 갈라진 논바닥 같았다.

검심(검의 중앙)부터 시작해, 좌우로 뻗은 검신 전체에 좌악 끼쳐 있는 실금.

금 안 간 곳을 찾기 힘들 정도로 처참하게 손상된 모습이었다.

'큰일이다.'

괴구검은 본시 운철과 정련된 강철을 수없이 접어서 만든 강검이다. 하지만 계속되는 거대한 충격에, 운철이 아닌 강철이 버티지 못하고 깨지기 시작했다.

그리고 강철이 깨져 나가면 운철의 골조 또한 버티지 못한다.

이대로라면 머지않아 부서질 터였다.

지이이이잉.

사실, 오랫동안 너무도 많은 악전고투를 함께해 온 검이다. 이제까지 깨지지 않고 아직 모양이나마 유지한 것도 운철이기에 가능한 것이었다.

'서둘러야 한다.'

광휘는 조급해졌다.

당장에라도 괴구검이 부서질 것 같았다.

그리고 그 때문인지 검의 공명 또한 점차 줄어들고 있었다.

이제껏 차곡차곡 따라올 수 있게 해준 빛의 흐름도 흐릿해지고 있다.

여기서 검이 부서지면 운 각사를 죽이기는커녕 이 공간에서 살아 나가지도 못하게 될 터.

콰아아아아앙!

그사이 또다시 불기둥이 날아왔다.

광휘가 검으로 가른 순간 운 각사가 괴성을 질렀다.

"부서져! 부서지라고!"

놈은 이제 노골적으로 의도를 드러냈다.

그러나 광휘를 막는 것은 불가능했다.

십오검을 쓰는 신검합일은 공세는 물론이고 방어에도 철벽같았다. 그러니 괴구검을 부러뜨려서 광휘가 방어하지 못하게 하려는 것이었다.

"넷."

"크아아아!"

콰르르르르륵!

운 각사의 손에서 이제는 가히 용암과 흡사한 용염이 피어났다.

규화보전. 무한한 내공을 운용하게 하는 신공으로서도 벅찰 공세였다.

운 각사는 내공 소모가 극심한 듯, 얼굴이 붉어지다 못해 실핏줄이 죽죽 그어져 있었다.

"셋."

그리고 광휘가 다시 한 걸음을 더 나아가던 순간.

"꺼져어어어어어어!"

놈의 입술이 뒤틀렸다.

운 각사가 발작적으로 손을 내두르자, 들끓는 용암이 광휘를 향해 덮쳐갔다.

촤아악! 푸아악!

단순한 기공이 아닌, 아예 물리적인 충격까지 동반한 공격이다.

광휘는 다시 한번 십오검을 펼쳐 용염을 사방으로 터뜨려 냈다. 그러나 그 순간.

투툭. 파사삭!

검이.

부러졌다.

"……."

"……."

잠시 정적이 흘렀다.

자그락. 자그락. 괴구검은 수명이 다한 듯 수십 개의 철편으로 깨지더니 떨어져 내렸다.

이제 광휘와 운 각사의 거리는 단 두 걸음.

미미하게 비틀어진 공간의 단면 하나.

그것을 남겨놓고 두 사람은 마주 본 채 움직임이 멎었다.

"크, 흐, 크흐흐흐……."

잠깐의 침묵을 깨뜨린 것은 운 각사의 음침한 웃음소리였다.

곧이어 그는 미칠 듯한 광소를 토해냈다.

"크하하하하하! 크하하하하! 깨졌어! 결국 깨졌다고! 등신아!"

"......"

광휘는 말이 없었다.

한 뼘 반 정도. 겨우 숨만 붙어 있는 칼날을 바라볼 뿐.

"이제 어쩔 거야? 왜, 더 다가와 보지? 아, 겁이 없으니 아무것
도 못 하겠어?"

운 각사의 표정은 기쁨 이상의 환희를 담고 있었다.

그동안 받았던 두려움이 눈 녹듯이 사라지자 억눌린 분노,
긴장, 승리감이 일순간에 터져 나오고 있었다.

"공포? 하, 공포라고? 지옥으로 가는 공포를 보여줘? 응? 네
가? 너 따위가 나한테?"

"......"

운 각사의 도발이 쏟아지는 가운데, 광휘는 눈을 들어 묵묵
히 놈을 보았다.

단 한 면.

유리처럼 흐릿한 반투명한 공간.

두 생사대적이 서로 마주 보는 사이에는 단 한 장의 왜곡된
공간의 단면이 있었다.

보기에는 두 걸음밖에 되지 않는 거리. 하지만 동시에 수십
장인지도 모르는 거리.

그것 때문에 어디로도 움직이지 못하는 상황이었다.

"이 새끼가 어디서 함부로 지랄하고 그래! 넌 이제 좆 됐어!

이젠 넌 아무것도 아니라… 뭐 하는 거야, 이 새끼야!"

말하는 도중 운 각사의 대화가 뚝 끊겼다.

쓰으윽.

마음을 정한 듯, 광휘가 손을 들어 올렸다.

날이 단 한 뼘 반만 남은, 부러진 괴구검을 광휘가 머리 위로
치켜든 것이다.

"뭐? 씨발, 뭐! 그걸로 뭘 어떻게!"

"벤다."

"…앙?"

"이 정도 공간은 벨 수 있다."

"허허허… 이 미친놈이……."

광소를 내뱉던 운 각사의 표정에 찌직, 미미한 변화가 생겼다.

뭔지 모를 불길함이 엄습했다.

일어날 수 없는 일인 걸 아는데도.

쓰윽.

올라가던 광휘의 검이 멈췄다. 그리고 천천히 내려오기 시작
하자.

"이, 이봐… 잠시만."

운 각사가 말을 더듬었다.

날이 부러진 광휘의 괴구검.

그런데 그 끝에 희미하게 피어오른 선이 있었다.

그건 기공도, 검기도, 강기도 아닌 그저 희미한 하나의 선(線)이
었다. 그런데 마치 모든 것을 초월한, 끔찍한 죽음의 칼날처럼

느껴졌다.

"잠시만 기다려 보라고! 일단 말로… 억!"

치잉!

촤아아아악!

그리고 이해할 수 없는 일이 벌어졌다.

칼날조차 없던 검에 생겨난 선이 왜곡된 공간을 베고서 기어이 운 각사까지 치고 지나간 것이다.

"허……."

투욱.

무언가 떨어지는 소리에 운 각사의 눈이 땅을 향했다.

왼팔.

분명 몸에 붙어 있어야 할 왼팔이 피를 뿌리며 땅을 뒹굴고 있었다. 어이없어 입이 벌어진 운 각사는 광휘를 향해 물었다.

"심검(心劍)……?"

고통이 아니었다. 이제 모든 게 끝났다는 충격도 아니었다.

신검합일. 이기어검. 검의 극의를 서술하는 또 하나의 경지.

강호의 전설 중 하나가 되어버린 경이적인 무공을 직접 본 놀람이었다.

"으… 아……."

그리고 그 충격은 곧 공포와 두려움으로 변했다. 이제부터 들이닥친 고통과 끔찍한 결말을 깨달았다.

"왜 그래?"

자박.

광휘가 한 발 앞으로 나갔다.

왜곡되어 있던 공간은 더 이상 장벽이 되지 않았다. 운 각사의 무언가를 '부숴' 버린 후로, 공간은 원래대로 돌아왔다.

이제, 그와 운 각사와의 간격은 한 걸음.

손을 뻗으면 바로 닿는 거리다.

"앵무새처럼 더 지껄여야지?"

광휘의 신랄한 말에 운 각사는 멍하니 입만 벌리다가.

"저… 컥!"

막 말하려던 순간 머리채를 잡혔다. 몸이 '홱!' 치솟더니 얼굴이 그대로 지면을 강타했다.

쾅! 쾅! 쾅!

흡사 바위를 내려치는 소리가 났다.

찌이익.

운 각사를 연거푸 바닥에 세 번 내려찍고, 광휘는 놈의 머리채를 끌어당겨 얼굴을 확인했다.

"그으으……"

반쯤 넋이 나가 신음을 토해내는 운 각사.

입안에서 부스스, 누런 이빨이 붉은 피와 함께 쏟아졌다.

청수했던 얼굴은 눈 한쪽이 발기발기 찢어진 상태로 데굴데굴 사방을 살피고 있었다.

"계속 웃어야지."

처억.

광휘는 몸을 굽혀 운 각사의 눈을 직시하며 말했다.

"넌 그래야 해. 이제부터 무슨 일이 일어나도 웃음을 잃어선 안 돼. 내 말 무슨 말인지 알겠나?"

"끄윽. 난……."

콱!

광휘는 그 말을 듣지 않았다.

콱! 콱! 콱! 콱! 콱! 콱!

그리고 쉬지도 않았다.

연달아 십여 번. 운 각사의 머리채를 잡고 얼굴을 땅에 갈듯이 처박은 후 다시 머리채를 들었을 때.

"끄어어어……."

운 각사의 얼굴은 알아보기 힘들 정도로 피투성이였다. 누런 이빨은 다 날아가, 시뻘건 피와 살덩이만 보였다.

"웃으라고 했는데, 말을 안 듣는군. 계속 날 실망시킬 셈이냐?"

쓰윽.

광휘가 오른손에 잡힌 검을 들었다.

한 뼘 반. 그조차 반쯤 깨져 나간, 검신의 깨진 면만 뾰족하게 드러난 괴구검을.

운 각사가 칼날을 보자 고개를 흔들었다.

"이, 이봐. 내가 졌어. 그러니… 헉?!"

말하던 그가 멈칫했다.

자신의 머리채를 잡고 들어 올리는 광휘의 눈에는.

하얗게.

동공이 보이지 않았다.

쾅!

그 뒤로 운 각사는 잠시간 정신을 잃었다.

하지만 고통은 더욱 격심하게 찾아왔다.

너무도 끔찍한, 이미 몇 번이고 죽음을 맛본 운 각사의 야심도, 세상을 조롱하던 그의 자세도, 몸이 으깨져 나감과 함께 흘러 나갔다.

"제, 제발……."

잠깐 정신을 차린 그의 마지막 몸부림.

그것이 죽기 직전 유일하게 알아들을 수 있는 그의 언어였다.

*　　　*　　　*

"광 호위가 이겼소!"

"드디어 물리쳤소!"

와아아악!

광휘가 운 각사를 쓰러뜨리자, 구파일방 측에서는 환호가 터져 나왔다.

실로 극적인 반전이었다.

광휘의 검이 부러졌을 때, 일대제자들은 몸이 휘청거렸다.

광휘가 부러진 검을 다시 들어 올렸을 때, 장문인들조차 차마 보지 못하고 눈을 돌렸다.

그런데 광휘의 마지막 일검은 결국 왜곡된 공간을 부수며 운 각사의 팔을 잘라냈다.

극적인 절망에서 얻어낸 극적인 승리다.

무력하게 보고만 있던 구파일방의 사람들은 문파고, 항렬이고 없이 모두 얼싸안고 눈물을, 혹은 웃음을 터뜨렸다.

'뭔가······.'

다만 단 한 사람. 모두가 외면할 때조차 광휘와 운 각사를 마지막까지 지켜본 맹주 단리형.

그의 안색은 좋지 못했다.

콱! 콱! 콱! 콱! 콱!

적을 벌하는 과정이 지나치다.

운 각사는 분명 죽어야 할 악인은 맞지만 이 정도로 잔인한 손속은 세간에서도 뒷말이 나올 정도였다.

더구나.

콱! 콱! 콱! 콱! 콱!

그 사람이 광휘였다.

유달리 냉철하고, 철심을 박아 넣은 듯 냉정했던 그의 친우는, 지금 이 순간 미친 듯이 운 각사의 유체를 유린해 대고 있었다.

철퍼덕! 투둑!

두개골이 깨어지고 뇌수가 사방으로 흩어질 때쯤.

퍼어억!

광휘는 그 머리를 잡고 끝없이 바닥에 처박았다. 마치 한 토막 남은 칼날로 놈을 오체분시 해버리겠다는 듯 행동하고 있었다.

"···크흠."

"허어, 험."

환호하며 달려들던 구파일방의 장문인들은 침음하며 고개를 돌렸다. '뭐, 저럴 수도 있지' 하는, 제자와 사부를 잃은 구파일방의 인물들도 몇몇 있었지만, 그들조차 언뜻언뜻 쳐들리는 운 각사의 얼굴을 보고는 표정이 굳었다.

아무리 악독한 자지만 운 각사는 이미 죽었다. 그 시체를 형용도 못 하게 훼손하는 행위는 아무리 보아도 정상적인 것이 아니었다.

"광휘, 그만하게. 놈은 이미 죽었네……."

"……."

퍽! 퍽! 퍽! 퍽!

"광휘! 그만하라고! 이제 다 끝났지 않았나!"

턱!

맹주가 보다 못해 팔을 잡고 말리자, 광휘가 그제야 동작을 멈췄다.

"……."

광휘의 눈이 운 각사의 시체를 향했다.

유체라고 말하기도 어려운, 피와 살이 사방으로 흩어져 있었다. 그 대부분은 자신의 몸에 묻어 있었다.

광휘는 이해가 안 가는 듯 멍한 얼굴이더니, 흠칫 놀라며 단리형을 보았다.

"…지금 내가 뭘 한 건가?"

"뭐?"

맹주는 피투성이 광인 같은 몰골인 광휘에게 되물었다.

광휘는 마치, 자신이 무슨 짓을 벌인 건지 모르는 듯했다.

본인이 시체를 난도질해 놓고도 오히려 자신이 그랬을 리 없다 부정하는 얼굴이었다.

"…아."

자리에서 일어서던 광휘가 비틀거렸다.

피로 범벅이 된 손이 펼쳐졌다. 그 손은 고된 노동 직후에 풀린 것처럼 바들바들 경련하고 있었다.

두근. 두근.

"……."

두근두근. 두근두근. 두근두근. 두근두근.

그리고 심장 박동이 격해졌다.

동시에 달음질치듯이 손, 발, 사지의 말단에서 싸한 오한과 소름이 끼쳐왔다.

"아, 안 돼……."

광휘는 알고 있었다.

발작이다. 그리고 지금 이것은 신호다.

지금은 기억나지 않는, 아니, 이 순간은 또렷하게 떠오르는.

과거에 경험했던.

피를 뒤집어쓴 그때가.

"단장? 대체 무슨 일이십니까?"

"조장, 왜 그러십니까?"

"……!"

방호가 와서 물었다. 그 말은 예전의 끔찍한 기억의 시작과 너무도 똑같았다.

부르르!

광휘는 이를 악물었다. 그는 덜덜 떨리는 손으로 검신이 반 뼘밖에 남지 않은 괴구검을 들고.

쿠욱!

가슴을 찔렀다.

"단장?"

푹! 푹! 푹!

의아해하는 단원들을 아랑곳하지 않고 그는 가슴을 계속 찔렀다.

"없어… 칼날이……."

그리고 흐느끼듯 신음했다.

"단장?"

"대체 왜 그러시는지……."

"칼! 칼!"

광휘는 공포에 사로잡힌 얼굴로 외쳤다.

웅성웅성.

영문을 모른 채 당황하는 구파일방의 장문인들은 너무 멀었다.

그는 그나마 가장 가까운 방호를 향해 손을 내밀며 쥐어짜듯 말했다.

"칼을 줘……."

"단장."

"시간이… 없다고! 칼을……."

'이건 어디선가……'

모두가 의아하게 볼 때, 맹주가 눈을 부릅뜨고 있었다.

"제발! 누구든지 내게 칼을……."

그렇게 바들바들 손을 내뻗던 광휘의 눈이 커졌다.

터억!

내민 손을 다른 손이 붙잡아 가로막았다.

충격적이게도 그것은.

또 다른 자신의 손이었다.

"……"

"왜 저러는 것입니까?"

"광 대협? 진정하시오. 우리가 돕겠소이다."

시시각각으로 표정이 변해가는 광휘.

그는 공포에서, 절망으로, 그리고 체념으로 천천히 얼굴이 굳어갔다.

부들부들. 부들부들.

모두가 보고 있는 중에 그의 손이, 내민 손을 잡은 손에서 가는 경련이 일어났다.

드드드드득.

그리고 발도.

손과 발이 하나하나 의지를 배신하고 있었다. 그 잔떨림은 이제 허벅지와 어깨로.

배로.

가슴을 지나 목 바로 아래까지 쫘악 끼쳐 들었다.

"결국……."

광휘가 탄식했다.

의아해하며 불안해하는 장문인들의 얼굴을 지나, 그는 경악으로 눈을 부릅뜬 그의 친구, 무림맹주 단리형을 향해 애달프게 말했다.

"단리형, 기억하고 있지?"

"광휘? 자네… 설마? 설마!"

무림맹주 단리형이 피 토하듯 고함질렀다.

쓰으으윽.

광휘의 몸에서 떨림이 진정되어 갔다. 뭔가 단단한, 그리고 아찔한 위협이 느껴졌다.

"그때 그 약속 말이야."

천천히, 광휘의 얼굴에서 표정이 사라져 갔다.

눈의 검은자위도 천천히 회색으로 물들었다. 온몸에 소름이 쪽 끼친 단리형이 외쳤다.

"자네! 자네! 정신 차리게! 광휘! 유역진!"

"부디……."

피가 튀고 살점이 온통 묻은 광휘의 몸이.

천천히 단정하게 바로 섰다.

오로지 가늘게 경련하던 얼굴, 눈동자, 입이 마지막 한마디를 슬프게.

그리고 차분하게 토해냈다.

"뒤를 부탁해."

"단리형, 약속 하나만 해주겠나."

"무슨 약속?"

"만약 내가 정신을 잃고 광마에 빠진다면."

"……."

"자네가 날 죽여줘."

"광휘─!"

맹주가 포효했다. 구파일방 모두는 뭔가 모를 이변에 파다닥 물러섰다. 그리고.

스캉!

"억?"

놀랍게도 곤륜파 장문인 검집에 있는 창청검(蒼靑劍)이.

스스로 움직여 광휘의 손에 빨려 들어갔다.

후으으으……

광휘의 고개가 바들바들 떨다가 시선이 하늘에서 앞으로 향했다.

"…킥!"

그리고 그 순간.

"휘이이익!"

싸움이 모두 끝나고 적막했던 공간에서 휘파람 소리가 들렸다.

광휘가 내는 소리였다.

* * *

"저길 봐."

"어? 저게 뭐지?"

광휘의 이상행동에 다들 집중해 있던 사이.

몰려들던 구파일방 사람들이 동요하기 시작했다.

다다다다다닥.

바닥에 널브러진 병기들이 느닷없이 요동치듯 떨리고 있었고.

그러던 한순간.

파파파파팟.

수십, 수백 개의 병장기들이 공터에서 사방으로 화살처럼 쏘아져 날아가기 시작했다.

그뿐만 아니었다.

"헉!"

"허헉!"

일대제자, 호법, 장로들이 들고 있던 병기들이.

드드드드등!

스스로 의지를 가진 듯, 제 맘대로 뽑혀 시야에서 사라져 버렸다.

"흡!"

"읍!"

장문인들도 같았다.

그러나 부상을 당했다고 해도 명색이 구파일방의 장문인들.

최초로 곤륜파 장문인의 창청검이 뽑혀 날아간 것을 본 그들은 자신의 병장기가 움직이자마자 급하게 자루를 잡으며 발검을 정지했다.

"지금! 무슨 일이 일어난 겁니까!"

"광 대협은 또 왜 저러는 거요!"

다 끝났다고 생각한 상황에 말도 안 되는 이변의 속출이었다. 화산파와 점창파 장문인이 당황해 외치며 묻지만, 누구도 거기에 대답해 줄 수 있는 사람이 없었다.

웅웅웅웅!

그리고 점입가경, 멋대로 날아올랐던 십여 자루의 검, 도, 병장기들이 각 파의 장문인들 앞에 솟아올라 그들을 겨누고 있었다.

"막아!"

"제압해!"

파파파팟.

파악은 나중이고 일단은 방어가 우선이었다. 아비규환의 상황 속에서 반사적으로 대응하는 자들이 있었다.

난전과 괴변에 익숙한 천중단원들이 빠르게 날아들었다.

그들은 약속이라도 한 듯 사방에서 광휘를 공격했다.

구문중은 검을 봉쇄하기 위해 움직였고.

방호는 광휘가 움직일 수 없게 다리를.

염악은 혈자리를 짚기 위해 등 쪽을.

웅산군은 모든 시도가 실패했을 시 아예 멀리 밀어내기 위해 권기를 모으며 복부를 노렸다.

씨익.

"……!"

한데 달려드는 그들을 향한 광휘의 한 줄기 미소.

쏴아아악!

동시에 기이한 검의 궤적이 그의 손을 통해 네 방향으로 퍼져 천중단을 노렸다.

카캉!

"큭."

구문중이 쾌검에 격타당해 뒤로 나뒹굴었다.

"헛."

방호도 마찬가지였다. 번갯불 같은 일격에 그의 철심 박은 봉이 그대로 잘려 나갔다.

사삭. 사삭.

"크윽!"

염악과 웅산군은 살벌한 기세에 접근조차 하지 못하고 뒷걸음쳤다. 칼날이 닿지도 않았는데 검풍만으로 얼굴에서 선혈이 뚝뚝 떨어졌다.

휘리리리리릭!

그 와중에도 광휘의 공세는 계속 이어졌다.

'이런.'

쇄애애액!

목표는 구문중.

몸을 일으키는 그를 향해 쏘아낸 화살처럼 검이 날아갔다.

구문중이 검의 예기를 감지하고 이를 악문 그 순간.

캉!

날아든 검의 궤적을 바꾸는 다른 검이 있었다.

"광휘! 제발 정신 차려!"

맹주가 아슬아슬하게 쳐내며 괴성을 질렀다.

우뚝.

잠시 동작을 멈추며 맹주 쪽을 쳐다보는 광휘. 그와 눈이 마주친 단리형의 얼굴이 확 굳었다.

'완전히… 잠식당했어.'

광휘.

그의 눈엔 불길한 흰자위만 가득했다.

이 상태로는 말리기는커녕 대화조차 할 수 없는 지경이었다.

"이, 이 어찌 된 일입니까?"

"이 난리가 뭡니까? 이게 지금 광 대협이 벌인 일입니까?"

단리형은 장문인들의 질문이 귀에 들어오지도 않았고 대답할 여유도 없었다. 지금 광휘를 어떻게든 제어하지 않으면, 수많은 피가 흐를 터였다.

사사사사사삭.

"세길!"

허공에서 흔들리던 병기들이 각기 구파일방의 장문인들을 향해 천천히 겨냥을 마치고 있었다.

맹주는 아예 몸부터 광휘를 향해 득달같이 던졌다.

카아아아앙!

강렬한 파동이 광휘와 맹주 사이에 휘몰아쳤다.

캉! 캉! 카카카캉!

힘 대결을 하듯 몇 번을 부딪치며 싸우는 둘.

끼이이이잉.

눈부신 속도로 몇 번의 교전 후.

각기 사선 방향으로 검을 맞댄 뒤 대치하는 장면이 보였다.

한때 한솥밥을 먹던 천중단원.

천중단장을 역임하며 비공식적으로 맹주직을 맡았던 광휘와, 그 후임으로 무림맹주가 되어 중원을 다스린 단리형이 이 순간 서로 맞붙었다.

치르르릉.

투두두두둑.

단리형이 육탄 돌격으로 광휘의 집중을 깨뜨린 것이 주효했던 것일까.

구파일방의 장문인들을 노리던 병기들은 힘을 잃고 바닥에 허무하게 틀어박혔다.

'제길, 무슨 힘이…….'

하지만 단리형의 얼굴은 밝지 않았다.

단 일격. 처음 검을 부딪친 순간부터 만근거석에 들이받은 것 같은 충격이 전해졌다.

신공을 미친 듯 쏟아내던 운 각사와 그리 싸웠는데도 아직

이런 힘이 남아 있다니.

"광휘, 돌아와! 심마에 잡히지 마라!"

맹주는 다시 한번 그를 불렀다.

그러나 광휘의 표정에는 어떠한 미동도 보이지 않았다.

"모두 뒤로… 체력이 부친 분들은 다른 분이 부축해 가시오!"

강호 밥 오래 먹은 진일강이 점창 장문인을 어깨에 둘러메며
외쳤다.

지금 상황은 심각했다. 맹주와 천중단원, 이들 외에는 광휘를
상대함에 있어 모두 방해만 되는 짐이었다.

"어서 움직입시다."

"서로 도우시오."

방혜 대사와 해남파 장문인 등, 그나미 운신할 수 있는 지들
도 행동을 빨리했다. 상태가 좋지 않은 장문인들과 주변에 늘어
진 원로, 일대제자 등을 잡아끌며 전장과의 거리를 늘렸다.

쩌어어엉! 쩌어어엉!

장문인들이 그렇게 거리를 벌리자.

기다렸다는 듯, 맹주 지척에서 십수 합의 교전이 일어났다.

그러다가 맹주가 위험해지던 순간.

카캉!

천중단 대원들이 광휘를 견제하듯 달려들었고.

십수 합을 버티다 튕기듯 밀려 나오자 다시 맹주가 딜러들었다.

캉! 캉! 카카카카카카캉!

또다시 십수 합.

광휘의 거센 공격에 밀리는 와중에도, 맹주는 악착같이 버티려 애썼다. 그리고 고함을 질렀다.

"광휘! 제발!"

*　　　*　　　*

"헉, 헉. 어떻게 이런 일이……."

　안전한 지역으로 대피해 사람을 내려놓은 능시걸이 탄식을 토해냈다.

　다 끝났다고 생각했다.

　광휘가 운 각사를 처치하고, 그 몸을 천참만륙할 때도 그러려니 했다. 극도로 흥분한 무인이, 필요 이상의 잔학성을 드러내는 것은 드문 일이 아니다.

　광휘는 운 각사의 독수에 말려 장련을 잃었다.

　'그러고 보니, 거기서 당장 광마에 빠져도 이상하지 않았지.'

　팽가와 싸울 때 들은 보고만 해도 그랬다.

　그때 광휘는, 심마에 빠져 적아를 구분하지 않고 모두 죽이려 들었다 했다.

　그런 그를 황 노대가 막았다.

　하지만 이번엔 그가 없었다.

　광휘가 신검합일에 이르러 운 각사를 처단할 때만 해도, 이제는 이성을 가지고 저 경지를 유지하는구나 싶었다.

　하지만 광휘는 분노와 광기를 잠시 미뤄두었을 뿐이었다.

그리고 운 각사를 처참하게 죽여 버리고 난 후 이제 목표가 사라져, 광마 그 이상의 끔찍한 괴물로 변하고 만 것이다.

"위험합니다. 이대로 가다간 분명 누군가는 죽을 겁니다."

업혀 온 청성파 석명 도사가 신음했다.

신공 규화보전의 위력마저 깨뜨리며 운 각사를 죽인 광휘다.

그리고 맹주와 구파일방은 운 각사에게 제대로 된 피해도 주지 못했다.

운 각사보다 더 강한 광휘를, 이미 심한 부상을 입은 이 전력으로 막을 수 있을까?

단순한 계산으로도 불가능했다.

상황은 최악이었다.

극심한 내력 소모. 아직 현신을 받아들이지 못한 각 파의 장문인과 장로. 심지어 한때 누구보다 아끼던 동료였기에 살수를 쓰기 힘든 맹주와 천중단원의 망설임까지.

이대로라면… 모두 죽을 것이다.

"본 문의 장로들이라도……."

"아니 되오. 그쪽은 상황이 더 안 좋소. 거기다 무슨 조화인지……."

점창파 장문인의 말에 화산파 장문인이 손을 저었다.

그리고 한 곳을 가리켰다.

"병기란 병기가 죄다 부서지고 삭아버렸소이다."

"끄응."

"허어!"

장문인들은 신음을 흘렸다.

광휘가 미쳐 버린 순간부터 검이든 도든, 심지어 창이든, 날붙
이란 날붙이는 따라 미쳐 날뛰었다.

내공이 순후한 장문인들의 병기는 그나마 멀쩡했지만, 미친
듯이 땅을 구르다 처박힌 다른 이들의 병기는 그야말로 폐물 직
전의 상황. 장문인들 외에 온전히 서 있는 사람은 서른 명도 채
되지 않았고, 그나마도 빈손이었다.

"그럼 어떡할 겁니까? 이대로 있다간 우린 모두 광 대협의 손
에 죽을 겁니다. 그리고 우리들 중 누군가가 죽게 되면 광 대협
또한……."

답답한 상황에 진일강이 이를 바득 갈며 말했다.

무림공적이란 불길한 단어를 입 밖으로 내는 걸 겨우 참았다.

"잠깐. 가만있어 보세요."

그때 아미파 수월 신니가 먼 허공을 향해 장문인들의 시선을
돌렸다. 그녀의 말에 남달리 눈이 밝은 곤륜파 장문인 당초 도
장의 눈이 크게 뜨였고.

"무량수불, 참으로 하늘의 도우심이로다!"

멀리서 다가오는 무인들을 본 공동파 장문인도 만면에 웃음
을 지었다.

*　　　*　　　*

캉! 캉! 콰악!

'안 된다! 이래선 도저히 가망이 없어!'

맹주의 얼굴은 점점 더 일그러졌다.

찌르기, 베기로 이뤄지는 광휘의 공격.

분명 단순하기 짝이 없는 초식이다.

하지만 빨랐다. 그리고 정확하다.

단순한 빠르기가 상상의 범주를 넘어서자 하나하나가 치명적인 살초로 변모해 있었다.

"이익!"

카카캉!

원래라면 단리형, 그가 대응할 수 없는 공격이 아니었다. 속도를 제일로 치는 쾌검에는 어쩔 수 없는 허점이 존재한다.

바로 단순함.

쾌검의 천적은 수많은 변초를 가질 수 있는 만검(慢劍)이다.

그리고 그 만검은 단리형의 장기 중 하나.

"허억! 허억!"

문제는 그 만검을 펼칠 수 있는 체력이나 내공이 완전히 바닥을 드러냈다는 것이다.

여기서 잠시만, 아주 잠시라도 집중할 틈을 내줄 조력만 있었어도.

'무영대만 있었어도……'

단리형은 짧게 탄식했다.

운 각사의 전장에 참여하기 전, 그는 맹의 최강 전력 중 하나인 무영대를 본단에 주둔시켜 놓았다. 워낙에 계책을 많이 부리는 상대이니, 혹시 또 무슨 술수를 부릴지 몰랐으니까.

알기만 했다면 지금 상황에서 누구보다 큰 힘이 되어줄 이들인데. 그러나 일이 이렇게 될지 어찌 알았을까.

설마하니 운 각사 저놈이, 구파일방을 모두 모아놓고 정면으로 전면전을 벌이는 미친 짓을 하리라고는.

쿠우웅!

공력을 쥐어짜내 일격을 날린 단리형.

광휘가 즉각 파훼하기 힘든지 거리를 벌리는 순간 외쳤다.

"다들 선천지기를 써라!"

맹주의 말에 움찔하던 대원들.

무인의 마지막 내공. 싸우기 위함이 아니라 육신의 생명을 유지함에 쓰이는 호신공을 말한 것이다.

"이대로 가다간 우리 모두 죽는다! 상대는 광휘다!"

"…큭!"

무인이 싸움 도중에 선천지기를 쓴다는 건, 이 싸움이 끝남과 함께 죽거나, 운이 좋아 목숨을 부지해도 엄청난 후유증을 겪게 된다는 얘기다.

하지만 달리 방법도 없었다.

천중단 대원들은 그나마 성한 몸에 하나, 하나, 사혈을 짚기 시작했다.

그르르륵. 부르르륵!

혈맥이 터져 나가며 마지막 내공이 폭주하기 시작했다.

나중에 합류했기에 그들은 다른 구파일방의 장문인과 달리 공력이 많이 남아 있었다.

그런 만큼 더 강력한 내력이 파도처럼 몰아쳤다.

"제기랄, 단장!"

"망할, 단장!"

천중단 대원들의 얼굴에 시뻘건 핏발이 솟아올랐다.

단리형의 말을 인정한 것이다.

확실히 지금 상태의 광휘를 죽이지 않고 살려서 제압하는 건 불가능하다. 제압은 상대보다 실력이 뛰어날 때 가능한 얘기니까.

거기에 체력까지 떨어진 상황이니 결국 필살의 수로 손을 써야 하는 상황.

차라리 함께 죽는 처지라고 생각하니, 과거 단장을 상대로 진심으로 살수를 쓸 수 있게 되었다.

"어서!"

촤아악.

순간적으로 광휘가 다가서자 권기로 멀리 밀어낸 웅산군.

천중단 대원들은 약속이나 한 듯 구문중을 바라봤고, 맹인이기에 기감이 가장 예민한 그가 입을 열었다.

"동시에 돌격합시다. 셋, 둘, 하나……."

"자, 잠깐!"

그런데 갑자기 맹주가 손을 저었다.

그의 시선은 하늘 저편에 꽂혀 있었다.

뒤따라 죽음을 각오하고 돌격하려던 천중단의 시선도 한쪽으로 돌아갔다.

쇄애애애애액!

멀찍이서 피풍의를 날리며 달려오는 인원들이 보였다.

무영대에 버금가는, 맹의 공식 최고 무력 부대 천군지사대.

"모두 저자를 포위하라!"

천군지사대의 최선두에 있던 노인이 소리쳤다.

타다닥! 쇄아아악!

명이 떨어지자 그들은 신속하게 광휘 주위를 물샐틈없이 포위했다.

우뚝!

갑작스러운 제삼의 개입에 광휘의 몸도 천천히 멎었다.

"너는……?"

"오랜만에 뵙습니다."

천천히 다가오는 노인을 본 맹주의 미간이 좁혀졌다.

"네놈이 여길 어떻게!"

"처분은 나중에 달게 받겠습니다, 맹주. 그보다 일단 상황이 급한 것 아닙니까?"

총관 서기종이었다.

느닷없이 나타난 그가 흐물흐물 웃어 보였다.

야심 가득한 얼굴로.

第十一章

이매망량(魑魅魍魎)

맹주의 눈꼬리가 올라갔다.

한 명의 전력이라도 기쁘게 맞이해야 하지만 그러지 못한 건 시기가 참 공교로웠기 때문이다.

운 각사가 죽고 난 직후.

마치 기회를 노리고 있다가 나타난 것처럼 보이지 않는가.

"기력이 쇠하신 듯하니 뒷일은 저희에게 맡기시지요."

"네가……."

서기종의 말에 맹주가 미간을 찌푸렸다.

묻고 싶은 말이 산더미처럼 쌓였으나 지금 그걸 다 풀이낼 수는 없었다.

지금은 일촉즉발. 천중단 대원들도 혈(穴)을 짚어 선천진기를 끌어 올린 상황.

광휘를 막는 것이 최우선이다.

그러나 이 한마디만큼은 묻고 싶었다.

"대체 무슨 수작을 부린 것이냐?"

꿈틀.

서기종의 눈썹이 잠시 움직였다.

그러나 그는 곧 피식 웃어 보였다.

"무슨 말씀인지?"

"천군지사대는 분명 내 직속이야. 한데, 어찌 자네를 따르는 것이냐는 말이네."

"아, 그거라면."

느긋하게 별일 아니라는 식으로 추임새를 넣는 서기종.

그는 맹주를 직시하며 말했다.

"원인을 만드신 것은 바로 맹주 아닙니까."

"뭐라?"

맹주가 기막혀하자, 서기종은 고개를 갸웃했다.

"아니 그렇습니까? 천군지사대. 맹의 권위와 기강 확립을 위해 창설된 최정예들. 누구보다 날카로운 검이나 맹주께서는 곳간에 처박아놓으셨지요."

"허, 이 녀석이……."

"평화? 참 좋은 말이지요. 하지만 보검도 오래 쓰지 않으면 녹이 습니다. 평화가 길어지면서 강호에서는 천군지사대를 두려워하지 않는 이들이 늘었습니다. 천군지사대 또한 그걸 알았지요."

서기종은 광휘와 천군지사대가 대치하고 있는 모습을 향해 고개를 돌렸다.

"권세는 위축되고, 이름은 줄어들고, 반면 맹주께서 이끄는 무영대가 무림맹 최강의 부대로 자리매김하게 되었습니다. 좋은 뜻이든 무엇이든, 맹주께서는 천군지사대의 자부심을 꺾어버리신 겁니다."

"……."

"불만이 없을 거라 생각하셨습니까? 천군지사대는 그 누구보다 실전에서 단련된 예리한 칼입니다. 쓰지 않으면 존재 이유를 고민하고 갈 길을 못 잡는 장님이지요. 전 그들에게 먹이를 내준 것입니다."

맹주의 얼굴이 딱딱하게 굳었다.

서기종이 흉심을 품은 반골이란 점은 눈치챘다. 하지만 그를 따라 천군지사대가 움직인 것은 이제껏 풀리지 않던 의문이었다.

한데 그게 고작 이러한, 무인의 힘을 과시하지 못한 불만에서 비롯된 것이라니.

"팽가를 자극했던 것도 그러한 것이었나?"

"왜 아니겠습니까, 맹주. 맹주께선 사람을 너무 좋게만 보십니다. 야욕, 명성, 탐욕. 사람을 결정적으로 움직이는 정치가 바로 그러한 것이거늘."

흐흐, 웃으며 서기종은 돌아섰다.

맹주는 멀어져 가는 그를 향해 아무 말도 하지 못했다.

천중단.

강했지만 그만큼의 어둠을 가진 부대다.

천군지사대는 그 뒤를 이은 부대다. 이름에 같은 천(天) 자를 넣었다. 맹주도, 구파일방도, 천군지사대는 천중단 같은 어둠을 전수받지 않고 올바른 이들이 되길 바랐다.

그러나.

'너무나도 달라. 내가 있을 때와는.'

젊고 유능한 인재들은 천중단의 과거 무예만을 익혔다.

전대 천중단이 얻은 명성만큼 얼마나 가슴에 시린 한을 품고 죽어갔는지는 전혀 알지 못했다.

저들은 다르다.

그저 자신들이 저들 못지않게 강한 무공을 익히고, 이름을 떨치기를 바랐을 뿐.

혈기 왕성한 젊은이들의 투지를 너무 가볍게 보았던 것이 패착이라면 패착이었다.

강호 전체의 위기에, 모두가 단결해서 싸워야 할 이때에도 오로지 공명심만을 탐하다니.

"그냥 내버려 두시지요."

때마침 그의 등 뒤로 구문중이 다가와 말을 붙였다. 눈이 먼 만큼 구문중은 귀가 예민했다.

아마도 자신과 서기종의 대화를 들었을 터이다.

"아무리 설명해도 알아듣지 못할 겁니다."

"안다. 하지만……"

맹주는 고개를 저으며 말을 이었다.

"그냥 두면 모두 죽어."

"돕는다 해도 지금 이대론 모두 당할 겁니다. 냉정히 말해, 차라리 저들이 시간을 버는 동안 기력이라도 모아두는 게 어떻겠습니까?"

"크⋯⋯."

맹주는 미간을 찌푸렸다.

구문중의 말이 맞았다.

지금 천군지사대의 상대는 신검합일에 오른 광휘다.

저들이 아무리 전력을 다해보았자 결관에 이르기는 길어봤자 반각, 아니, 그것도 안 될 것이다.

그렇다면.

얼마 남지 않은 시간 동안 자신들이 최대한 빨리 회복히여 다시 한번 광휘의 발을 멈추는 방법뿐.

'서기종. 그 많은 전란을 겪어놓고도 모르는 것인가. 지금의 이 평화가 얼마나 많은 피로 이룩한 것인지.'

생각해 보면 서기종은 정말 몰랐던 모양이다.

그는 저 전란의 때에 맹의 중심부에서 수많은 결재와 처리를 도맡았던 인물이었으니까.

전장에서 스러져 가는 생명을, 은자림의 끔찍한 참상을 직접 보고 목도한 적은 단 한 번도 없었다.

알았다면 지르지 않았으리라.

광휘가 왜 저렇게 미치게 되었는지를 모른 채.

"지금부터, 전원."

결단은 빨랐다. 천중단 대원들을 향해 소리친 맹주는 재빨리 가부좌를 틀었다.

지금부터 어떻게든 한 톨이라도 체력을 회복해야 했다.

"모두 운기요상에 힘써라!"

그리고 눈을 감았다.

전장도, 아릿한 마음도 모두 잊고 뒤틀린 온몸에 대해 관조에 들어갔다.

＊　　　＊　　　＊

"이야기는 잘되셨습니까?"

천군지사대의 뒤에서 중심을 잡고 있던 임조영이 서기종에게 물었다.

"뭐, 뻔한 게지. 상황은 어떤가?"

서기종이 짧은 냉소 후 묻자 임조영은 고개를 저었다.

"좀 뭔가 이상합니다."

"뭐가?"

"그것이… 왠지 망설이고 있는 듯 보여서 말입니다."

쉬이이익!

한 줄기 모래바람이 불어왔다. 그 속에 혈인의 모습으로 서 있는 광휘는, 마치 망부석처럼 미동조차 없이 가만히 있었다.

온몸에서 살기를 일렁거리는 채로.

"망설인다고."

열에 달뜬 서기종의 눈에는, 그런 광휘가 천군지사대의 위용에 쉽게 움직이지 못하는 것으로 보였다.

강호 최강의 무력 부대 천군지사대.

강호인들은 그 앞에서 숨도 못 쉬는 이들이 대부분이었으니까.

"겁이라도 집어먹은 거 아니겠나?"

"그거라면 좋겠지만……."

"허, 이 사람. 뭘 그리 자신 없는 표정을 짓는 겐가? 설마 천군지사대의 무용을 믿지 못하는 건가?"

"당연히 아닙니다. 다만… 피해가 많을까 봐."

차마 그렇다고 말할 수는 없어 임조영이 돌려 대답했다.

"훗, 독하지 않으면 대장부가 아니라 했거늘. 영광을 얻으려면 당연히 피를 뿌려야지."

서기종은 여전히 열망이 달아오른 눈으로 광휘를 보았다.

사람은 자기가 원하는 것을 먼저 보는 법이다. 그의 눈에는 광휘의 흐트러진 자세가 제일 먼저 드러나 보였다.

"저자는 지쳤다. 숨소리부터, 몸의 균형이고 뭐고 다 망가졌어. 자네 또한 저것이 보이지?"

"…예."

임조영은 다시금 광휘를 바라봤다.

냉정하게 보면 확실히 정상이 아닌 무인. 자신 혼자서도 처단힐 수 있을 것처럼 느껴진다.

아까의 워낙 강렬한 인상 때문에 망설이고 있었지만.

"죽여라."

"총관……?"

서기종의 말에 임조영이 눈을 크게 떴다.

처음 이곳에 나타났을 때 지시는 산 채로 포박하는 것이었다.

그런데 갑자기 말이 바뀌었다.

"이렇게 된 이상 아무래도 그냥 죽여서, 깔끔하게 후환을 없애는 게 좋겠다. 생각해 보니 포박하느라 우리 쪽의 인명 피해를 감수할 필요가 있겠느냐?"

"그러나 굳이 구파일방이 보는 곳에서 그렇게 해야 할 이유가… 그는 운 각사를 죽인 공(公)이 있습니다."

"그 공을 과거의 과로써 부숴 버리면 되는 것이지. 마침 내가 아는 것이 있다."

임조영이 굳은 얼굴로 바라보자 서기종은 그를 향해 휘휘 손을 저었다. 결정한 듯 손을 내젓는 그를 향해 임조영은 다시 한번 결심을 굳혔다.

자신이 무에 몸을 담았다면, 서기종은 정계에 몸담은 이였다. 산전수전 겪은 그가 저토록 확실히 말한다면 믿는 구석이 있을 듯했다.

"알겠습니다. 따르겠습니다."

"잘 생각했네. 날 믿어보게."

다다다닥!

임조영이 천군지사대 쪽으로 이동했고, 근처에 있던 중년인 둘이 기다렸다는 듯 포권했다.

"저자는 저희들에게 맡겨주시고 잠시 물러나 계십시오."

"큰일 없을 겁니다. 충분히 제압할 수 있는 자니 떨어져 계십시오."

턱까지 긴 검상 자국이 드리운 자는 천군지사대 대장 검훈(黔訓).

머리카락을 정수리에 한데 모으고 매섭게 각진 얼굴은 부대장 종명(徐明)이었다.

"이번 일을 처리하면 내 너희들에게 공로를 친히 치하할 것이다."

"감사합니다."

"예, 총관."

둘의 표정은 한껏 밝아졌다.

이후, 그들이 물러나자 서기종은 구파일방을 향해서 터벅터벅 몸을 돌려 걸어갔다.

그에겐 이제부터가 중요했다.

그것이 지금 이 순간에 나타난 이유이기도 했다.

*   *   *

"차륜전을 펼쳐라!"

임조영의 외침에 천군지사대 대원들은 광휘를 향해 차박차박 접근하기 시작했다.

핑마, 주화입마 중 최익의 딘계에 집한 사내.

그런 그를 보고도 천군지사대는 두려움이 아닌, 투기가 일었다.

강호 최강의 절대고수.

그와 싸운다는 것이 그들에게 호승심을 불러일으켰다.

"잠시."

착!

선두에 있던 대장 검훈이 손을 들며 광휘의 상태를 유심히 관찰했다.

부들부들.

축 늘어진 듯 서 있던 광휘가 갑자기 몸을 떨어댄 것이다.

'이건 기회야.'

빈틈 천지였다.

상태를 보건대, 상대는 검을 휘두르기도 힘들 정도로 상처를 많이 입었다.

조금 전, 그가 운 각사를 처리하는 모습을 보지 않았다면, 검훈 단신으로도 목을 벨 수 있을 만큼 초라한 자세.

검훈은 뒤의 수하들을 향해 오른손을 쫙 펼쳤다.

손가락 다섯 개.

그가 방어하지 못하도록 순차적으로 달려들어 차륜전을 펼친다는 의미였다.

착. 착.

그리고 주먹을 모은 뒤 엄지와 검지 두 개.

여덟 방향인 팔괘의 동선을 따라 광휘를 강하게 압박하고.

다시 주먹을 모으곤 펼친 엄지와 소지.

순차적으로 검기를 사용하다 빠지는 전술을 지시한 것이다.

신호를 주고받던 사이, 천군지사대의 살기가 점차 예리해졌다.

"그륵그륵……"

그와 함께 광휘가 갑자기 가래 끓는 괴이한 소리를 내뱉었다.

쓰윽.

이때를 기회라 여긴 검훈이 검지를 내밀며 손짓을 하자.

파파팟.

한 발짝 물러서 있던 부대장 종명을 필두로 세 명의 무사들이 먼저 뛰어들었다.

파파파팟.

그리고 순차적으로 무사 여섯이 뒤를 받쳤다.

타타탓.

쇄애액! 쇄액! 쇄애액!

흡사 전광석화를 연상케 하는 속도로 날아오는 세 개의 검.

파밧!

광휘가 위협을 느꼈는지 급히 물러나며 검을 막아냈다.

"하압!"

"하아!"

이어지는 두 번째 대열.

쉬익! 쇄애액! 패애애액!

이번엔 여섯 개의 검이 위아래로 빈틈없이 찔러 들어왔다.

키키키키캉!

광휘가 다섯 개의 검을 수월하게 막았다.

휘익!

멈칫!

한데 반격을 하려던 그가 갑자기 마지막 검은 쳐내지 않고 뒤로 물러났다.

'움직임이 허술하다!'

퍼뜩!

대원들의 눈빛은 더욱 예리해졌다.

이유는 모르지만 광휘는 무언가에 방해를 받고 있는 듯했다. 그것은 내기의 고갈일 수도 있고, 수많은 상처의 누적이 될 수도 있었다.

한 가지 확실한 것은 '통한다'라는 확신이 심어진 것이다.

파파파파팟.

공중 셋.

좌우 여섯.

정면 셋.

후면 다섯.

완벽하게 합을 맞춘 천군지사대가 일시에 들이닥쳤다.

그 모습은 단단한 철갑을 두른 물고기와도 같았다.

그와 함께.

차르르르륵!

느긋하던 차륜전이 변했다.

삼각형 모양으로 뚫고 나가는 어린진(魚鱗陣)으로 변환된 것이다.

＊　　　＊　　　＊

카카캉!

차륜전을 기반으로 하는 어린진의 돌격.

서로 교대하며 달려드는 공격은 광휘를 몇 걸음이나 뒷걸음 치게 만들었다.

차앙! 차앙!

그러면서도 그에게 공간이나 쉴 틈을 내주지 않았다.

일격 돌파.

다시 일격 돌파.

엄청난 속도로 몰아쳤고, 대원들은 톱니바퀴처럼 서로 틈을 메우며 광휘를 압박해 갔다.

"광휘 대협!"

"정신 차리시오!"

"건! 곤! 감! 리!"

뒤에서 고함지르는 소리를 들으며, 대장 검훈은 대열을 자유 자재로 바꾸게 지시했다.

천군지사대는 처음 말한 대로 네 방향.

동서남북 사이에 동서남북을 만드는 팔 방위 즉, 팔괘 진형으로 광휘를 압박하려 한 것이다.

사사사삭.

동서남북으로 찌르는 네 개의 검.

광휘는 몸을 돌며 막아냈고.

재차 동서남북으로 찌르는 네 개의 검.

광휘가 막아내다 뒤로 물러섰다.

슈우우욱! 슈유유육!

이번엔 검기였다.

파파파팟.

전후좌우.

대원들이 빠지는 틈으로 공중으로 도약한 대원 넷이 검기를 날려 보낸 것이다.

후루룩. 멈칫!

반사적으로 손을 비틀며 뭔가를 하려던 광휘가, 퍼뜩 몸을 구르며 피해냈다.

그러자 또다시 날아오는 검기가 광휘를 압박했다.

슈슈슈슉!

재빨리 공중으로 한 바퀴 돌며 피해낸 광휘.

그사이 빠르게 어린진으로 대열을 변형시킨 천군지사대는 광휘를 향해 거침없이 찔러 들어갔다.

전면에 있던 대원 셋이 선봉이었다.

"크으으으으!"

더는 피할 수도, 막을 수도 없게 된 광휘.

그 순간 그의 눈에서 새하얀 섬광이 번뜩였다.

카카캉!

"헉!"

그리고 한 줄기 당황스러운 표정이 대원들의 얼굴 위로 스쳐

갔다.

이제껏 멈칫멈칫 뭔가 약점을 드러내 오던 광휘의 검이 비교불가할 정도로 빨라졌다.

검을 제대로 보지도 못한 것이다.

그건 그들뿐만이 아니었다.

뒤이어 차륜전을 준비하던 뒤의 여섯 대원들도 너무도 빠른 움직임에 동작이 멎었다.

'죽는 건가.'

정면에 있던 대원 한 명이 눈을 질끈 감았다.

카아아앙!

그런데 광휘는 검을 휘두르지 않았다.

아니, 검을 휘두르긴 했다.

하지만 섬뜩한 검명과 함께 지나간 검은 오로지 대원의 검날만을 뚝 하고 부러뜨렸을 뿐이었다.

"어?"

쿠욱!

살았다고 생각한 그때, 뜻밖의 상황이 벌어졌다.

파팟.

검진의 원칙을 어기고 동료의 등을 밟고 나타난 대원 하나가 몸을 날려 광휘의 어깨를 찌른 것이다.

"하하! 어떠냐!"

"크윽! 부, 부대장!"

광휘의 어깨를 관통해 버린 부대장 종명.

그는 조장의 목덜미를 밟고 몸을 던져 독단적으로 기습을 해 성공시켰다.

때마침 앞에 선 대원의 목을 치는 대신, 검날만 날려 버린 바람에 광휘의 상처는 더욱 깊었다.

"이제 죽……."

꾸욱!

그는 재차 자루에 힘을 주었다.

그런데.

찔러 넣은 검을 가슴까지 갈라 버리려던 그의 의도와 달리 힘이 들어가지 않았다.

"이런……."

당황한 그의 시선에 들어온 것은.

칼날을 쥔 광휘의 맨손이었다.

"……!"

실로 기괴한 모습이었다.

뚝. 뚝. 주르륵.

어깨는 꿰뚫렸고, 온몸은 혈인인 듯 피가 낭자하다.

그나마 성해 보이던 손은 검날을 움켜잡아 분수처럼 피가 솟구치고 있었다.

"그르륵. 크륵."

하지만 광휘는 검을 맨손으로 잡으며 마치 이 순간을 즐기기라도 하는 듯한 얼굴이었다.

점차 그의 눈에 낀 흰자위가 더욱 깊어지고, 툭툭 그의 얼굴에 피가 튄 가운데.

할짝.

광휘의 혀가 그의, 그리고 누군지도 모를 이들의 피를 핥았다.

쓰으으윽.

동시에 눈의 동공이 점처럼 나타났다 사라졌다.

이제 흰자위는 희다 못해 은백으로 빛나는 것처럼 보였다.

마치 검의 모양처럼.

'이 괴물!'

얼굴이 사색이 된 종명. 동시에 그 모습을 본 대원들은 명령도 없이 한 발짝 물러섰다.

이매망량(魑魅魍魎: 도깨비)을 실제로 보는 듯한 기분.

광기를 넘어 죽음 그 자체로 화한 듯한 모습에, 초장의 투기는 모조리 잃어버리고 모공마다 한기가 스며들고 있는 것이다.

빠각.

잠시간의 정적.

그리고 어느 검이 부러지는 소리가 났다.

광휘가 맨손으로 잡은 칼날을 한 손의 완력만으로 깨뜨려 버렸다.

꾹.

계속되는 정적.

광휘는 이제 어깨에 박힌 칼을 느릿하게 집어 들더니.

콱!

멍한 표정으로 보고 있던 종명의 한쪽 눈에 쑤셔 박았다.

피이이이익!

피 분수가 터져 나오는 종명.

"끄으으윽!"

간헐적인 비명을 지르며 뻣뻣하게 굳어가는 종명을 다른 손으로 받치며, 광휘는 씨익 웃어 보였다.

＊　　　＊　　　＊

"이게 무슨 일이야!"

"광휘 대협이? 저건 천군지사대가 아닌가!"

몸도 가누기 힘들어하던 구파일방은, 부상도 잊고 발칵 뒤집혔다.

맹의 주축으로 타의 추종을 불허하는 천군지사대.

그들이 광휘를 공격하고 있었다.

바로 조금 전에 운 각사라는 괴물을 쓰러뜨린 광휘를!

"강호의 동도 여러분, 본노는 맹의 총관을 맡고 있는 서기종이라고 합니다!"

우우웅!

그 찰나, 내력이 가득 담긴 서기종의 목소리에 구파일방의 시선이 그를 향해 홱 돌아갔다.

"오늘 우리는 많은 일을 겪었습니다. 전대의 망령으로 그쳤어야 할 운 각사, 은자림의 망령이 발악하는 것도 보았고, 수많은 양민들이 강호의 헛꿈에 휘말려 목숨을 희생당하는 것도, 그리고 어쩔 수 없이 우리가 그들의 삶을 묻어버려야만 했던 것도."

"음……."

"크으음……."

마지막 구절에 구파일방 사람들의 안색이 흐려졌다. 그 흔들리는 고삐를 잡아채듯 서기종이 빠르게 말했다.

"그리고 이제 우리는, 운 각사마저 해치워 버린, 지상 최악의 위협적인 광마를 앞에 두고 있습니다."

"광마?"

"이게 무슨… 소리야!"

"광 대협이 광마가 되었단 말이오?!"

잠시 띄엄띄엄 침묵이 흘렀던 구파일방 사람들의 사이에서 경악이 터져 나왔다.

서기종은 일부러 한참을 그들이 떠들도록 놓아둔 후 툭, 하고 한마디를 더했다.

"맞습니다. 광휘 대협은 이미 광마가 되었습니다. 그것도 이번이 처음이 아닙니다."

"……."

"가장 통탄스러운 것은 이 모든 것을 현 무림맹주, 단리형 대협께서 일부러 덮어두고 계셨다는 것입니다. 한때의 친우라는 정에 멀어서. 공사를 구분하지 못하고!"

좌익!

뒤이어 서기종의 손이 운기조식에 몰두한 맹주를 가리켰다. 마침 생사지관을 뚫고 있는 맹주는, 그 말을 듣는 듯 마는 듯했다.

그랬기에 주변에서 보는 눈에는, 마치 그 말을 수긍하는 것처럼도 보였다.

"광휘, 본명은 유역진. 약관의 나이로 무림맹에 들어 군계일학처럼 빼어난 재능을 보인 검수."

쓰윽.

뒤이어 서기종의 손이 광휘를 가리켰다.

천군지사대가 사방을 포위하는 가운데 그는 피를 뿌리며 싸우고 있었고, 간간이 '광 대협! 이제 그만하시오! 정신을 차리시오!'라는 대원들의 목소리가 들렸다.

"그러나 하늘이 공평한 것인지, 그는 뛰어난 재능을 지녔으되, 이따금 제정신을 잃고 난전 중에 주화입마에 빠져들곤 했습니다. 천중단에선 재지가 뛰어나 나름대로 누르고 제어하려고 했으나, 결국 그가 죽여 버린 것은 바로⋯ 유역진 본인의 사부, 이중윤."

"⋯⋯!"

서늘한 침묵이 구파일방 가운데 내려앉았다.

군사부일체를 딱히 말하지 않아도, 제자가 스승을 시해하는 것은 강호인으로서 가장 큰 죄악 중의 죄악이다.

강호공적으로 몰리고, 단근참맥을 받아 폐인이 되어야 마땅할 일이다.

"한데 그 일이 묻혔소이다. 당시는 은자림과 최악의 전투 상황. 누구보다 강한 자를 단지 죄악을 저질렀다고 그냥 죽일 수는 없다는 의견이 나왔소이다. 그때의 단주, 단리형의 일파에서."

술렁술렁.

사람들의 입에서 혼란과 되물음이 겹쳐 나왔다.

그중에서 가장 많은 것은 이 모든 것이 어떻게 이제껏 숨겨져 왔는가. 그리고 서기종은 정작 이것들을 어떻게 알고 있었는가 하는 것이었다.

"백(百)이라는 말을 알고 계십니까."

서기종은 이제 나지막하게 소리를 낮췄다.

이미 그의 말에 귀를 기울인 모든 사람들은, 숨소리 하나 내지 않고 꿀꺽 침만 삼키고 있었다.

"한(一) 사람의 과거를 완전히 하얗게, 모든 것을 지워 버린다는 의미입니다. 그때의 판단을 모두 틀렸다 할 수는 없습니다. 광휘, 아니, 유역진은, 당대의 사람들이 기대한 대로 결국 은자림의 마지막 심처까지 파괴하고, 그 수장의 목을 베었으니까."

"아!"

"허어."

사람들 사이에서 묘한 탄성이 터져 나왔다. 그것을 추임새로 잡듯 서기종은 더욱 말을 이었다.

"그러나 백으로 돌린다는 일에 대해, 맹은 그 규칙을 지켰으되 광휘, 이자는 그러지 않았습니다. 그는 죽을 때까지 은둔하겠다는 약속을 어기고 강호에 출두했고, 장씨세가와 석가장의 이권 나눔에 개입했습니다. 심지어."

쓰윽.

서기종의 눈이 주위를 훑었다.

"천중단에 모였던 수많은 각 파의 비결을 들고 나왔습니다. 팽가의 오호단문도가 그중 하나며 그 외에 수많은 비급들도 함께 말입니다."

"……!"

"허억!"

일순 주변에 있던 사람들 모두가 모골이 송연해지는 기분을 맛보았다.

"그, 그게 무슨 말……."

"설마 광휘 저자가! 각 파의 독문무예 모두를 가지고 있다는 말이오?!"

"파훼법까지?"

심지어는 장문인들도 심각한 우려를 쏟아냈다.

"거기까지는 본인도 모르오."

서기종이 훗, 내밀하게 웃으며 부러 딱딱한 얼굴을 해 보였다.

광휘가 장씨세가와 석가장의 일에 끼어든 것은 본인 의지가 아님을, 서기종 또한 알고 있었다.

그리고 팽가장과의 악전고투 역시, 남에게는 말 못 할 복잡한 사정이 있었음을 누구보다 잘 알고 있었다.

그러나 아무려면 어떤가.

사람은 자신들이 보고 싶어 하는 것을 볼 뿐.

"그가 장씨세가와 무슨 밀약을 나누었는지, 오호단문도를 잃은 팽가가 무슨 억하심정으로 장씨세가를 핍박하였는지 거기까지는 소인도 모릅니다. 그러나 단 하나, 확실한 것은."

크악! 크아아악!

때마침 광휘를 포위하던 천군지사대의 사이에서 피바람이 터져 나왔다.

서기종은 그쪽을 가리키며 노호했다.

"그는 또다시 신검합일이라는, 전대미문의 경지에 발을 들여놓다가 미쳤소! 기어코 적아를 구분 못 하는 광마의 경계에 발을 들여놓았소! 이런 위험한 것이라는 걸 알았기에! 전대의 구파일방 장문께서는 그를 반대하고 맹에서 축출하셨던 것이오!"

아아악! 추르륵!

언뜻, 부대장 종명의 눈에 칼을 박아 넣는 장면이 들어왔다.

피가 분수처럼 튀던 그가 뻣뻣이 굳은 채로 뒤로 넘어가고, 굉휘는 할짝, 피가 튄 손을 핥고 있었다.

서기종은 마지막으로 말을 마무리하듯 한마디를 더했다.

"은자림 처단에 가장 큰 공을 세우고, 천중단에서 가장 출중한 무예를 가졌던, 단 하루나마 무림맹주의 지위에까지 추대되었던 그는 안타깝게도."

그리고 침묵. 의도된 침묵을 유지한 그는 애달프다는 표정으로 광휘를 보았다.

"살육에 미쳐 버린 광마가 되었소."

츄으윽! 콰악! 파파악!

뒤이어 달리든 천군지사대의 1열.

주춤하며 물러서던 2열.

속절없이 광휘에게 와해되며 도륙당했다.

구파일방의 모두는 어느새 몸을 부들부들 떨며 광휘를 보고 있었다.

그들에게 비친 광휘는.

이제 더 이상 영웅이 아니었다.

"초, 총관, 방금 그 말은……."

"소인이 말한 일의 진위는 맹 전체의 회동에서 밝혀질 것이오. 지금은 너무나도 급박한 상황."

누군가 반발하려는 것을 서기종은 짧게 막아버렸다.

그리고 또 하나의 쐐기를 박았다.

"맹주가 친우에 대한 사감으로 덮었던 일. 그가 사사롭게 강호상에 일어났던 비리를 묻었던 일. 이 모든 것이 밝혀질 것입니다. 그러나! 그 전에 우리가 할 일은!"

채앵!

총관이 이제 검을 뽑아 들었다.

"저 미쳐 버린 마물을 완전히 끝내는 것이오! 다들 동의하십니까!"

이제 누구도 서기종의 말에 반박하지 않았다.

그저 광휘는 운 각사보다 더한 괴물, 마물이었다.

서기종은 혼란스러운 사람들을 향해 다시 한번 입을 열었다.

"다들! 제 말을 동의하십……."

"아주 지랄에 발광까지 하는구먼."

"……!"

서기종의 얼굴이 옆으로 홱 돌아갔다.

혼란스러워하는 구파일방 사람들 사이에서 한 사내가 장포를 흩날리며 천천히 걸어왔다.

"중원이 번화하긴 한데, 가끔 탐욕에 눈 돌아간 쥐새끼들은 사람 할 바를 잊어먹는 게 더럽단 말이야. 잔대가리를 너무 굴려서 염치라는 게 없어졌나?"

강호에서 보기 힘든 짧은 머리.

호쾌한 태도와 매사에 거침없는 화통한 성격.

초승달 모양처럼 휘어진 도(刀)를 어깨에 메며 걸어온 그는.

"이봐, 서기종 총관 나리. 댁이 은자림과 손을 잡았단 얘기는 왜 쏙 빼놓는 거요?"

장씨세가의 또 하나의 호위무사.

묵개이었다.

*   *   *

"지금 뭐라고 했소?"

"은자림이라고?"

"무림공적인 은자림과 총관이 손을 잡았단 말이오?"

홱!

갑자기 등장한 묵객의 말에 좌중의 분위기가 다시 돌아섰다.

시기종의 편파적인 해석과 새로운 사실에 빈쯤 홀려 있던 구파 일부 사람들도 눈빛이 달라졌다. 맹의 총관이 은자림과 손을 잡았다는 이야기는 어떠한 말로도 변명이 될 수 없었다.

'묵객이라…….'

그를 본 서기종은 표정이 굳었다.

생각해 보니 장씨세가에 성가신 자가 한 명 더 있었다.

제 딴에는 협사라 거들먹거리며 나대는 놈이.

"모든 사건에는 네가 개입되어 있었지, 서기종."

처억.

묵객은 뽑아 든 단월도로 서기종을 가리키며 목소리를 높였다.

"장씨세가 선산에 폭굉의 재료가 매장되어 있다는 사실을 석가장에 전해주었고, 그들과 연관되어 있었던 하북팽가의 책사인 팽인호를 끌어들인 것도, 중원을 집권하기 위해 황궁에 은자림이 숨어들게까지 한 것도. 죄다 네가 벌인 일이었지. 아닌가?"

"허, 그간 소문으로 듣던 묵객 대협이시군요. 초대면에 인사라도 나눠야겠지만 상황이 상황이니 생략하도록 하겠습니다. 그보다 대협께선 대체 어떤 근거로 그리 말씀하시는 겁니까?"

"근거라고? 당연히 있지. 그 때문에 늦게 도착했으니까. 나와 보시오, 팽 가주."

"……!"

갑작스러운 발언에 서기종이 눈을 부릅떴다.

설마설마하며 경악한 그의 시선이 묵객을 따라 등장한 한 남자를 보았다.

"아, 하북팽가의……."

"대공자 팽가운? 아, 이제는 가주신가."

지켜보던 사람들의 목소리가 한층 커졌다.

놀랍게도 묵객과 함께 등장한 이는, 이제 정식으로 팽가의 가주가 된 팽가운이었다.

"이분께서 모두 설명해 주실 거요. 당신이 장기짝으로 써먹었던 팽인호. 그가 모든 사실을 남겼다 하던데."

'저놈이!'

서기종의 표정이 한껏 구겨졌다.

분명 봉문 중이라 대외적으로 나설 리가 없다 생각했던 그가 뜻밖에도 이곳에 등장한 것이다.

"으악!"

"악!"

때마침 들려오는 비명.

광휘를 스쳐 지나가던 어섯 대원들이 공중에 치솟았고 팽글팽글 돌다가 바닥에 처박혔다.

촤아아아—!

대원들이 지나간 자리에 피바람이 일었다.

눈 깜짝할 사이에 날아온 광휘의 검에 몸이 반토막 난 것이다.

"본 모는 팽가의……."

"잠, 잠시 기다려 주시지요."

팽가운이 좌중을 보며 인사를 하기도 전에 서기종은 전장을 가리키며 다급히 말했다.

"할 말이 있으신 듯힌데 지금은 좀 참아주시겠습니끼. 아시겠지만 지금 분초를 다투는 긴박한 상황이니!"

상황이 바뀌었다.

좌중을 혼란에 빠뜨려 맹주에게 의심을 심고 광휘를 처단하려고 했던 사전 계획이 모두 뒤틀렸다.

여기에 자신의 유일한 힘이라 할 수 있는 천군지사대는 초단위로 계속해서 죽어가고 있었다.

'일단은 저놈부터!'

서기종은 광휘를 노려보았다.

어차피 구파일방을 주축으로 하는 맹의 세력에 크나큰 의문을 던져넣은 것은 성공했다. 시기만 적절했다면 아예 통째로 맹을 뒤집어엎을 수 있었지만 그래도 이 정도만으로도 입지를 잡을 수 있다.

파밧!

"천군지사대는 전력을 다하라! 강호의 정의를 세우기 위해 이 몸 또한 함께할 터이니!"

전력으로 보법을 시전해서 빠져나가는 서기종.

때마침 맹주는 운기행공 중이라 일어날 수 없는 상황이다.

그 틈에 가장 문제가 되는 광휘만 없애면, 이제까지의 절망적이던 입지에서 엉망진창으로 꼬이는 판으로나마 바꿀 수 있다.

그리고 맹 내부에서의 정계 다툼은 맹주보다 서기종 자신이 훨씬 위였다. 적당히 이권을 나누어 주고 서로 간의 약점을 들먹이며 협상을 구하면, 내쫓기다시피 했던 지위를 되찾을 수 있다.

그러기 위해 지워야 하는 것은 바로 광휘 저놈!

"저 쥐새끼가 또 무슨 짓을… 어? 어디서 많이 봤던 장면인데……."

인상을 팍 쓰던 묵객, 그리고 이제 막 등장해서 입을 열려던 팽가운의 시선이 서기종을 향했다.

쉬익! 쉬익!

피를 뿌리며 천군지사대 사이에서 협공당하고 있는 광휘. 그를 보고 묵객의 입이 쩍 벌어졌다.

"아이고, 젠장! 저 형장 또 미쳤구나!"

＊　　＊　　＊

퓨욱! 파지작!

살이 뜯겨 나가고 피가 뿌려진다.

'아······.'

온몸을 파고드는 섬뜩함.

패도적인 방식에 잔혹성까지 더해지자 맹의 정예부대인 천군지사대도 일순 얼어붙었다.

지휘하던 대장 검훈도, 후위에서 보던 임조영도 마찬가지였다.

쉬이익! 서격! 서격! 서격!

휘두르면 베이고, 피해내면 쫓아가기라도 하듯 검기가 날아가 찢어버린다.

공격은 엄두도 나지 않고, 방어조차 불가능하다. 너무나 압도적인 무력에 신뜻 움직임을 펼치기 힘들었던 것이다.

"뭐 하는가! 적은 한 명이다!"

다급해진 서기종이 대원들 곁으로 다가오며 소리쳤다.

이제껏 천군지사대와 운명을 함께한 서기종. 총관이라는 그의 직책이, 그리고 그간 천군지사대에게 해온 달콤한 감언이설이 통했을까.

"하앗!"

"으합!"

지레 물러서 있던 대원 넷이 기합을 지르며 달려들었다.

쏴아아악!

그러나 그들은 접근도 못 했다.

지척에 다가가기도 전에 피를 뿌리며 쓰러지게 만드는 극쾌의 검술.

광휘가 어떤 내공 발출도 하지 않았는데, 삼 장 이내로 누구도 접근이 불가능했다.

"더 바짝 접근해! 방식을 바꾼다!"

파파팟.

이번엔 여섯이었다.

광휘를 에워싼 이들이 정면, 옆면, 그리고 그 위 공중에서까지 삼각형의 진을 짜서 달려든 것이다.

이거라면 통한다! 그렇게 생각한 대원들은 불끈 주먹을 쥐며 기대감을 가졌다.

하지만 그 기대가 좌절로 바뀌는 데는 단 일 초.

투투투툭.

검날 세 개가 똑같이 떨어져 나가고.

파바바박!

위아래로, 전후좌우로 엉켜 최고의 전력을 발휘해야 하는 순간, 조원들이 모두 튕겨 나오며 바닥을 뒹굴었다.

"끄윽… 윽……."

선혈이 흐르고, 창졸간 십여 명의 목숨이 유명을 달리했다.

"검기! 무조건 검기를 써라! 전력을 다해 몰아쳐라!"

피해가 점차 커져가자 서기종이 최종 돌격을 명했다. 그의 외침에 천군지사대 전원의 검에 흐릿한 검기가 서렸다.

"차아아아앗!"

사사사사삭!

이미 대열이고 뭐고 없었다. 벌 떼처럼, 온 부대가 전력으로 검기를 뿌리며 단 한 사람을 향해 죽어라고 달려들었다.

촤라라라라!

"컥!"

"흑!"

결과는 죽음이었다.

휘어진 검기들이 사방으로 흩날리며 대원들이 하나둘씩 쓰러져 갔다. 그 모습에 대원들을 지휘하던 검훈이 경악에 가까운 표정을 지었다.

'건곤… 대나이?'

자신들이 쏘아낸 검기가 멋대로 움직여서 오히려 자신들을 공격한디.

사량발천근의 극을 넘는 무의 기예. 이야기로만 전해 내려오던 건곤대나이였다.

"아무리 그래도… 어찌 저 많은 검기를……."

쇄애애액!

파동이 흔들리는 소리.

뛰는 발소리, 그리고 묘한 울림이 눈앞에 그려지던 그때.

"……!"

투욱.

누군가 자신의 가슴에 손을 대고 있었다.

"어떻게……."

그리고 그, 광휘의 존재를 자각했을 때엔.

"크큭."

뿌드득!

미묘한 웃음소리와 함께 천군지사대장은 바닥에 쓰러졌다.

이미 심장이 터져 나가 가슴의 고동이 멈추는 것을 한발 늦게 느낀 것이다.

"이건… 꿈이야."

공포에 정신이 나간 걸까. 순찰당주 임조영이 광휘를 보며 몸을 떨었다.

전법과 변칙.

검기와 응용.

대원들의 모든 공격도 무용지물이었다.

대응도, 반격도, 저항도 그의 앞에서는 무의미했다.

그저 그의 영역 안에 들어서면 죽음만이 전부였다.

"이, 이게 아니었는데……."

서기종도 같았다.

그로선 이런 상황이 올지 꿈에도 생각하지 못했다. 광휘, 광휘 말은 들었는데 그자의 실체를 목격하는 것은 이번이 처음이었으니까.

"뭐 하는가! 뛰어들어! 죽여서 입을 막아야 해!"

두려울수록 그의 외침은 더욱 커졌다.

이미 본심마저 토해져 나왔다.

하지만 이미 완전히 붕괴된 천군지사대.

대원들 중 서기종의 말을 듣는 자는 아무도 없었다.

심지어 임조영도 멈칫, 멈칫, 공포에 발을 뒤로 빼고 있었다.

"뭣들 하는 게냐! 이놈의 입만 막으면 우리는… 아!"

서기종은 말을 잇지 못했다.

그의 앞으로 광휘가 다가오고 있었던 것이다.

"아, 안 돼……."

서기종은 덜덜 떨리는 몸으로 겁에 질려 말도 제대로 못 뱉고 있었다.

그렇게 잠시 정적이 일었고.

촤아아악.

그의 목이 허공으로 날아갔다.

또다시 정적이 흘렀다.

입도적인 무공.

누구도 대항할 수 없는 절대적인 무위.

쓰윽.

이윽고 강철처럼 은백으로 빛나는 광휘의 시선이 무릎을 꿇은 채 덜덜 떠는 임조영에게 향했다.

"난, 난 아니오……"

그는 기어드는 목소리로 겨우 항변했다.

물론 이미 이성이 모두 증발한 광휘는 그를 보며 검을 들었고.

쩌어어엉!

"……!"

느닷없는 강렬한 빛 무리로 인해 갑자기 튕겨 나갔다.

처음이었다.

그의 일방적이던 학살이 그친 것도.

그가 직진하던 방향에서 튕겨 물러선 것도.

"정말이지 매번 이 모양, 이 꼴로 만나는데."

그리고 그 자리에는 어느새 기세등등한 사내가 서 있었다.

"한 번 졌고 한 번 비겼지."

도강을 날리고 나타난 묵객.

그는 한 손으로 쓰윽, 팔소매를 어깨까지 걷어붙이며 말을 이었다.

"형장, 이번엔 내가 이깁니다."

第十二章

이젠 함께 싸우자

데굴데굴. 다다닥!

바닥을 뒹굴며 굉장한 속도로 튕겨 나간 광휘.

파밧!

하지만 그 가속이 거짓말인 것처럼, 그는 한순간 간단히 몸을 일으켜 지면을 딛고 섰다.

창졸간에, 무의 극의라는 도강(刀罡)을 기습으로 받고도 간단히 대처해 낸 것이다.

'인간이긴 한 거지?'

묵객은 속으로 혀를 내둘렀다. 호당하게 외치긴 했지만, 도강을 맞고도 상처 하나 없다니. 사람을 질리게 만들었다.

게다가 광채를 띤 흰자위의 눈동자. 산발이 된 머리는 이게 사람인지 귀신인지 모를 쭈뼛한 광경이다.

'젠장, 온다.'

잔뜩 긴장하고 있던 묵객의 손에 힘이 꾹 들어갔다.

파파팟!

무려 육 장 거리를 한달음에 좁히며 날아온 광휘의 찌르기.

까아아앙!

"큭!"

묵객이 머리 위로 도를 올려 막아내고, 그대로 한 바퀴 돌리며 반격을 시도했다.

캉!

"젠장!"

하지만 그 공격은 너무도 쉽게 막혔다. 오히려 공격을 틈타 재차 공격이 들어오자.

팟!

묵객은 도저히 막을 자신이 없어 뒤로 물러났다.

그리고 그때부터 난투전이 시작됐다.

쉬쉬쉬쉬식!

사방으로 뻗어나가는 광휘의 공격은, 거의 빛살이 흩어지는 듯 빨랐다.

카카카카캉!

보고 막으면 늦는다. 묵객은 한 발, 한 발 물러서며 반사적인 감각만으로 방어를 해내고 있었다.

치잉!

그리고 다시 한번 맞붙은 일합에, 묵객의 신형이 뒤로 튕겨 나오며 바닥을 굴렀다.

'체면 다 구기… 헙!'

다다닥!

급히 몸을 일으키는 그의 시야엔, 이미 공중에 떠 있는 광휘가 보였다.

"찹!"

사각.

묵객의 도가 바닥을 긁으며 위로 올라갔다.

도가 닿지 않는 거리.

그 상황에서 땅의 모래를 퍼서 암기처럼 퍼 날린 것이다.

'……!'

파사사사삭!

하지만 기습 삼아 날린 모래알도 광휘에게 접근하지 못했다.

광휘는 세차게 검을 휘둘러 검풍으로 모래알을 전부 쓸어버린 것이다.

하지만.

퍼억!

극히 짧은 찰나, 묵객이 도면을 왼쪽 어깨에 대고 방패처럼 힘으로 밀어버렸다.

둥. 쿠웅!

광휘가 다시금 밀려 나갔다.

"이거 원……"

흙을 털며 겨우 한숨을 몰아쉬는 묵객.

그의 고개가 정면으로 향했다.

"확실히 대단하긴 하구려, 형장. 하지만."

힘든 기색도 없어 보이는 광휘. 그를 보며 묵객은 사납게 웃었다.

"이번엔 나도 비장의 한 수가 있거든."

＊　　　＊　　　＊

"세상에!"

"허어."

묵객의 무위는 구파일방을 또다시 충격으로 빠뜨렸다.

절대의 경지에 도달해야 사용할 수 있다는 도강. 그리고 이제껏 거침없이 전장을 종횡하던 광휘를 처음으로 밀어낸 것이다.

"저자가… 칠객 중 하나라는 묵객입니까?"

"그렇습니다. 강호를 돌며 협행을 한다는 얘길 들은 적 있지만, 직접 보니 소문 이상이군요."

"소문이란 게, 때로는 과장이 아니라 축소가 될 때도 있으니까요."

청성과 점창, 곤륜파 장문인들은 묵객의 무위에 놀라움을 감추지 못했다.

그들 또한 중원을 대표하는 고수였지만, 지금 보이는 묵객의 무위는 강호에 알려진 칠객의 수준을 훨씬 상회하고 있었다.

애초에 기(氣)를 빛으로 바꾸는 도강 자체가 무인이 평생을 노력해도 도달하기 힘든 경지다.

"아니, 근데, 그러고 보니 묵객의 사부가……."

"크흠, 접니다. 제가 가르쳤습니다."

아미파 수월 신니가 말을 꺼내자마자 진일강이 가슴을 쭉 펴며 거드름을 피웠다.

"어릴 때부터 싹수가 있던 놈이라, 잘 골라서 하나부터 열까지 성심성의껏 가르쳤지요. 특히, 단순히 무에만 치중하지 않고 협의에 대한 마음가짐을 높이 두었습니다만, 흠흠."

한껏 제자 자랑에 여념이 없는 진일강. 그를 보고 누군가 감탄하며 끄덕였다.

"과연. 장강의 뒷물이 앞물을 밀어낸다더니, 실로 청출어람이구려."

"이보쇼! 청출어람이라니!"

"익?"

한데 그 말에 진일강은 즉각 반발했다.

그는 부상당한 것도 잊은 채 식식거리며 울화를 터뜨렸다.

"방주가 잘 모르나 본데 저놈의 자식이 날 따라잡으려면 십 년은 더 고행해야 할 거요. 하물며 나를 넘으려면? 하! 눈에 흙이 들어가기 전에는 그 꼴 못 보……."

툭. 툭.

때마침 쌍심지를 켜며 열변을 토해내는 진일강의 어깨를 누군가 쳤다.

돌아보자 방혜 대사가 온화하게 웃으며 반장을 해왔다.

"진정한 공덕은 강호의 동량을 새로 만드는 것이지요. 진 대협의 덕으로 무림의 미래가 밝습니다."

"아… 뭐 그렇지요."

아무리 혈기 방장한 진일강도, 생불 같은 방혜 대사의 앞에서는 겸연쩍게 얼굴만 붉혔다.

채앵! 챙!

그 가운데 다시 예리한 금속성이 울렸다.

"다시 시작됐습니다."

＊　　　＊　　　＊

타탓.

일순, 한 지점을 두고 묵객과 광휘가 교차했다.

챙!

그리고 땅을 밟고 허공에 떠오른 둘이 또다시 맞붙었고.

타탓. 타탓.

땅에 닿자마자 지근거리에서 다시 한번 충돌했다.

쿠웅! 지이이이익!

광휘는 가볍게 한 걸음을, 반면 묵객은 이 장 가까운 거리를 쭈욱 밀려 나갔다.

"하, 이거야 원."

묵객은 자신의 몸 상태를 훑으며 고개를 절레절레 저었다.

처음 교전에서 오른쪽 소매가 찢어졌고, 두 번째 교전에서 어깨와 무릎이 드러날 정도로 상처를 입었다. 그런데 이번에는 쇄골부터 가슴 어림까지 길게 베이는 상처를 입은 게 아닌가.

단순한 대련이라면 이미 패색이 역력한 상황이다.

"제길, 저때보다 더 지쳐 보이는데도……."

쉭!

광휘가 다시 움직였고 묵객이 이를 갈며 신법으로 재차 달려나갔다.

"어떻게 더 빠른 거냐!"

캉! 캉! 캉!

세 번의 출수와 연거푸 마주침.

쇄애애액!

하지만 네 번째 움직임은 광휘가 더 빨랐고 묵객은 공세를 급히 수세로 바꿨다.

슈슈슈슈슈!

"크윽!"

결국 피가 튀었다. 묵객이 대부분의 공세를 막아냈지만 몇 번은 어깨와 옆구리를 가볍게 스치고 지나갔다.

따끔따끔한 통증에 숨을 들이마시며 물러서자 광휘는 그 기세를 몰아 더욱 달려들었고, 결국 몇 걸음을 더 물러서야 했다.

"칫!"

쉬익!

틈을 노리고 반사적으로 도기를 뻗어냈지만, 오히려 자신에게 되돌아왔다.

"왁!"

뻐억!

급히 모든 기운을 모아 공멸시킨 묵객. 그 여파로 인해 뒤로 다시금 밀려 나갔다.

"와, 진짜!"

'저런 놈을 대체 어떻게 이겨?'라는 나약한 말이 목구멍까지 올라올 뻔했다.

거칠게, 어깨로 숨을 쉬는 묵객.

하지만 막막한 심정과 달리, 얼굴에는 특유의 역력한 자신감이 가득했다.

타악!

특히나, 손해를 입은 가운데서 광휘가 아닌 묵객이 오히려 먼저 몸을 던지듯 달려 나갔다. 산 같은 파도가 덮쳐오면 피하지 말고 오히려 맞서라. 해남파의 기본적인 가르침이었다.

카카카캉! 카카캉!

굉장한 파공음이 터져 나오기 시작했다.

묵객의 몸에서 크고 작은 상처가 일어났다. 그리고 어느 순간, 이런 말이 떠올랐다.

"강해지고 싶다면 강기(罡氣)를 아끼시오."

사방으로 빗발치는 광휘의 찌르기.

명호가 했던 말이다.

묵객은 이를 악물며 그대로 따랐다. 기를 끌어 올리는 예비 동작을 포기하고, 빠른 속도에 대응해 중요한 급소만 보호하고 있었다.

"싸움에는 항상 변수가 많소. 검기는 말할 것도 없고, 강기를 쓰고 난 뒤에 더욱 빨리 죽었지."

츠팟! 츠팟!

어깨에서 피가 터져 나오고, 목을 아슬아슬하게 스쳐 지나간 곳에서 선혈이 흘러내렸다. 심지어 무릎은 뼈가 보일 정도로 깊은 지상을 입었다.

하지만 묵객은 버텼다.

불리하다는 건 안다. 근접전으로, 그리고 난투전으로 몰고 가면 더욱 불리하다는 것도 안다.

그러나 애초부터 이 싸움은 정상적인 혈투가 아니었다.

"기본을 더 다져야 하오. 부단히 수련과 경험을 쌓아야 할 것이오. 딱히 쓰려고 쓰는 것이 아니라 검을 휘두를 때 자연스럽게 나갈 수 있도록 해야 하오. 검기든, 강기든."

"츠읍!"

묵객은 끝까지 물러서지 않았다.

그가 노리고 있는 건 한계 이상으로 나오는 쾌검에 대한 대응법이다. 예전처럼 일 초에 모든 걸 거는 수법이 아닌, 상대의 체력을 소진시키는 전법이었다.

그가 광휘보다 확실히 우위에 있는 것은 바로 단련된 체구. 환골탈태를 통해 얻은 내공(內功)에 대한 자신감이 그 바탕이었다.

'언젠가 기회는 와.'

거센 비일수록 급격히 그치고 마는 법이다. 버티고 버티다 보면 광휘의 저 미친 듯한 상태가 머지않아 흐트러질 터.

그때부터 체력적인 우위를 바탕으로 반격을 시작한다.

묵객은 어느새 대응하는 전술을 바꾸고 있었다.

캉! 카아앙! 사각! 캉!

막고 흘리고 맞고 피하고가 반복되고 있었다.

검은 상상도 못 하게 빨랐지만 묵객은 느끼고 있었다.

조금씩, 조금씩, 검에 실리는 힘이, 속도가, 이전보다 줄어가는 것을.

퍼억! 캉!

이번엔 제법 묵직한 공격이 들어왔다.

몸을 두 토막으로 갈라 버리려는 광휘의 강격.

거기에 묵객은 도면으로 막아내며 어깨로 확 밀어버렸다.

치잇—

생각보다 얼마 밀려 나가지 않은 광휘.

다시 그의 몸이 흐릿해지기 시작했다.

거기서 묵객은 재빨리 도를 세우며 바닥에 내려쳤다.

"차압!"

슈이이이잉!

강맹한 도풍이 바닥을 쓸어가다 한순간 '휙!' 하고 허공으로 솟아올랐다.

움찔!

그 순간, 묵객의 눈앞까지 나타난 광휘가 움찔하며 다시 흐릿하게 바뀌었다. 시기적절하게 날아든 도풍에 이형환위까지 쓰며 뒤로 물러난 것이다.

"타아!"

쿵!

그사이 묵객은 한 발짝 발을 내딛고 도를 크게 내려찍었다.

우우우우웅.

꿀렁이는 파동.

도 끝에 맺힌 기가 제자리를 맴도는 기이한 현상이 나타났고.

쇄애애애액!

한 박자 늦게 광휘에게 쏟아져 나갔다.

* * *

"아!"

"와아……."

지켜보던 구파일방 사람들은 모두 넋을 잃었다.

특히나 화산파 사람들은 경악에 가까운 반응을 토해냈다.

두 검수의 무공은 현란함의 극치였다.

묵객은 엄청난 도풍을 바닥에 뿌리다가 임의적으로 솟아오르게 만들었고, 다음으론 도에 기막을 쳐서 도기를 잠시 가두었다가 폭발적으로 개방했다.

'이명(耳鳴: 귀울음) 현상을 노렸다.'

싸움을 목도하던 진일강은 무릎을 '탁!' 하고 두들겼다.

한 번의 공격에 두 가지 수법이 들어갔다.

도풍으로 먼저 시야를 가리고, 통제한 기를 한 번에 폭발적으로 터뜨려 충격파를 일으킨다. 그건 어마어마한 소리로 상대의 귀를 흔들 것일 터.

시각과 청각, 한 번에 두 기관의 감각을 흐트러뜨리는 기가 막힌 응용이었다.

불끈!

팽가운 역시 천생 무인인지, 그 기발한 수에 주먹을 들어 올렸다.

"됐습니다! 묵 대협이 승기를……."

"아니, 막혔네."

단호하게 말을 끊은 노인.

능시걸이 '빠드득!' 이를 갈며 신음했다.

"오히려 위기일세."

"네?"

그 말에 팽가운의 눈이 '확!' 하고 뜨였다.

　　　　　*　　　　*　　　　*

　지이이이잉!

　도풍과 도기가 뻗어나가던 사이.

　묵객이 모든 힘을 끌어내 도에 주입시켰다.

　흰빛 도강.

　마지막 승부를 보려고 한 것이다.

　그렇게 도를 움직이던 그때.

　쭉 하고 검이 솟아 나오더니, 턱 하니 막혀 버렸다.

　자신의 공격을 모두 파훼해 내고, 이미 눈앞까지 다가온 광휘
가 묵객이 도강을 뿌리는 곳.

　즉 출수하는 지점을 쿠욱, 막은 것이다.

　"……."

　"……."

　일시적으로 굳어버린 두 사람.

　"아니, 이건 좀……."

　그리고 뒤늦은 묵객의 항변. 하지만 '너무하잖아!' 소리는 차
마 내뱉지 못하고 서로 맞닿은 칼에 불꽃이 튀었다.

　빠각!

　"큭!"

　묵객은 거의 바닥을 구르다시피 밀려 나갔다.

　그 순간에도 광휘가 다가오지 못하도록 팔방풍우의 방식으
로 도를 휘둘렀다.

훼애애액! 훼애애액! 훼애애액!

마구잡이로 뻗어낸 십여 개의 도기가 뻗어나갔다.

하지만 그 도기는 허무하게 허공을 갈랐고.

쉬익!

'이런!'

광휘가 공중을 연달아 내디디며 떨어져 내렸다.

하필이면 피가 눈에 튀어 시야의 일부가 막혔던 묵객.

그는 이제 입을 벌려 최후의 수단을 썼다.

"장련이 살아 있어!"

멈칫!

떨어져 내리던 검이 묵객 머리 위에서 멈췄다.

동시에 고개를 갸웃거리는 광휘.

이거다 싶어진 묵객은 재차 외쳤다.

"살아 있다고! 내가 그걸 보고 왔어! 그러니 미친놈아! 좀 정신을……."

말하던 묵객이 순간 움찔했다.

"……."

눈을 부릅뜨고 얼이 빠졌다.

카아아아앙!

검을 다시 뻗으려던 광휘가 뒤로 이동했다. 검기 한 줄기가 그곳 바닥에 선명한 자국을 남겼다.

"고생했다, 묵객."

툭.

운기행공을 마친 맹주가 그의 앞에 서며 부드럽게 말했다.

"정말 잘 버텨주었다."

"……"

"이젠 함께 싸우자."

처억. 처억.

때마침 천중단 넷도 그의 주위를 감싸며 자리했다. 이전과 사뭇 기세가 바뀐 그들은 살짝 묵객에게 목례하며 감사의 뜻을 보내고 있었다.

'분명……'

한데, 분명 자랑스러워할 만한 상황에서도 묵객은 멍하니 앉아 있었다. 그는 끔찍한 충격에 손을 덜덜 떨었다.

'말을… 했다.'

효과가 있으리라곤 생각지 않았지만, 분명 광휘를 멈추게 했다.

그뿐만 아니라 대답까지 했다.

'의식이 있다는 건가? 그런데 왜?'

혼란스러웠다.

그냥 단순한 발작이라고 생각했다. 지난번에 그랬던 것처럼, 적아를 구분 못 하고 단순히 광기에 빠져든 것뿐이라고 생각했다.

하지만.

"관, 심……"

묵객은 믿기지 않는 얼굴로 중얼거렸다.

광휘가 내뱉은 말은, 그건 자신의 말에 대한 대답이었다.

그런데.

채앵! 챙! 챙!

맹주와 광휘가 2차전을 시작하고 있었다. 그런 와중에 묵객의 얼굴이 딱딱하게 굳었다.

이건, 이건 아니었다. 정말로 아니었다.

일어나서는 안 되는 일, 들어서는 안 되는 말을 들었다.

'저 형장… 미친 것이 아니었어?'

생각도 하지 못한 문제였다. 그냥 때려눕히고, 발작이 풀리고, 그렇게 다 끝날 거라고 생각했다.

한데, 자신이 한 말에 광휘는.

"살아 있다고! 내가 그걸 보고 왔어! 그러니 미친놈아! 좀 정신을……."

충격적이게도 그럴 마음이 없었다.

그렇지 않다면 그 말을 하지 않았을 테니까.

관. 심. 없. 어. 라고.

『장씨세가 호위무사』 제5막 14권에 계속…